A festa do século

Niccolò Ammaniti

A festa do século

Tradução
Joana Angélica d'Avila Melo

Copyright © 2009, Niccolò Ammaniti

Título original: *Che la festa cominci*

Capa: Rafael Nobre

Foto de capa: Oxford Scientific/GETTY Images

Editoração: FA Studio

Texto revisado segundo o novo
Acordo Ortográfico da Língua Portuguesa

2011
Impresso no Brasil
Printed in Brazil

CIP-Brasil. Catalogação na fonte
Sindicato Nacional dos Editores de Livros – RJ

A539f	Ammaniti, Niccolò, 1966-
	A festa do século/Niccolò Ammaniti; tradução Joana Angélica d'Avila Melo. – Rio de Janeiro: Bertrand Brasil, 2011.
	336p.: 23 cm
	Tradução de: Che la festa cominci
	ISBN 978-85-286-1542-5
	1. Romance italiano. I. Melo, Joana Angélica d'Avila, 1941-. II. Título.
11-7502.	CDD: 853
	CDU: 821.131.1-3

Todos os direitos reservados pela:
EDITORA BERTRAND BRASIL LTDA.
Rua Argentina, 171 – 2º andar – São Cristóvão
20921-380 – Rio de Janeiro – RJ
Tel.: (0xx21) 2585-2070 – Fax: (0xx21) 2585-2087

Não é permitida a reprodução total ou parcial desta obra, por quaisquer meios, sem a prévia autorização por escrito da Editora.

Atendimento e venda direta ao leitor:
mdireto@record.com.br ou (0xx21) 2585-2002

*Para Anatole,
que me tirou de uma caixa*

Primeira parte
Gênesis

> Suicide is painless
> It brings on many changes...
> The game of life is hard to play
> I'm gonna lose it anyway
> The losing card I'll someday lay
> So this is all I have to say.
> MASH, *Suicide Is Painless*.

> Tu sei forte, tu sei bello, tu sei imbattibile,
> tu sei incorruttibile, tu sei un... Ah... Ah... Cantautore.
> EDOARDO BENNATO, *Cantautore*.

1.

Em uma mesa da pizzaria Jerry 2 de Oriolo Romano, estavam reunidas as Bestas de Abaddon.

Seu líder, Saverio Moneta, o Mantos, mostrava-se preocupado.

A situação era grave. Se ele não conseguisse retomar o comando da seita, aquele ameaçava ser o último encontro das Bestas.

A hemorragia começara algum tempo antes. O primeiro a ir embora tinha sido Paolino Scialdone, o Ceifador. Sem dizer uma palavra, havia largado o grupo e entrado para os Filhos do Apocalipse, um grupo satanista de Pavia. Poucas semanas depois, Antonello Agnese, o Molten, comprara uma Harley-Davidson de segunda mão e se unira aos Hell's Angels de Subiaco. E por fim Pietro Fauci, o Nosferatu, braço direito de Mantos e fundador histórico das Bestas, se casara e abrira um negócio de termo-hidráulica em Abetone.

Agora só restavam quatro.

Convinha fazer um discurso muito sério, trazê-los de volta à ordem e recrutar novos adeptos.

— Mantos, vai querer o quê? — perguntou Silvietta, a vestal do grupo. Uma ruivinha magricela, olhos redondos que se destacavam sob as sobrancelhas finas, altas demais na testa. Em uma narina e no centro do lábio, trazia argolas prateadas.

Saverio deu uma olhada distraída no cardápio.

— Não sei... Uma marinara? Não, é melhor não, o alho me fica no estômago... Ah, já sei: as *pappardelle*.

— Eles fazem sem frescura, mas são boas! — aprovou Roberto Morsillo, o Murder, um gordalhão com quase 2 metros de altura, cabelos longos e tingidos de preto, óculos de grau ensebados. Vestia uma camiseta esmolambada do Slayer. Originário de Sutri, estudava direito em Roma e trabalhava no Bricocenter de Vétralla.

Saverio esquadrinhou seus discípulos. Embora já passassem dos 30, ainda se vestiam como um bando de metaleiros fodidos. E pensar que ele vivia recomendando: "Vocês têm que parecer normais, acabem com esses piercings, essas tatuagens, essas tachas..." Mas não adiantava nada.

Bom, é o que temos, pensou, resignado.

Mantos ergueu o olhar: sua imagem se refletia no painel espelhado da cerveja Moretti pendurado atrás do balcão da pizzaria. Franzino, 1,72 m, óculos de grau com armação metálica, cabelos escuros penteados com a risca do lado esquerdo. Usava uma camisa azul-clara de mangas curtas abotoada até o pescoço, calça de veludo cotelê azul-marinho e mocassins *college*.

Um sujeito normal. Como todos os grandes paladinos do Mal: Ted Bundy, Andrej Čikatilo, Jeffrey Dahmer, o canibal de Milwaukee. Gente que você podia encontrar na rua, e não daria um centavo por eles. No entanto, eram os filhos prediletos do Demônio.

O que Charlie Manson faria no meu lugar se tivesse discípulos tão fodidos?

— Mestre, precisamos conversar com você... Estivemos pensando uma coisa sobre a seita... — desnorteou-o Edoardo Sambreddero, o Zumbi, o quarto do grupo, um varapau que não podia ingerir alho, chocolate e bebidas gasosas. Sofria de esofagismo congênito. Ajudava o pai a montar instalações elétricas em Manziana. — Tecnicamente, como seita, nós não existimos.

Saverio tinha intuído aonde o adepto queria chegar, mas fingiu não entender.

— Como assim?

— Há quanto tempo fizemos o juramento de sangue?

Saverio deu de ombros.

— Talvez uns dois anos.

— Na internet, por exemplo, nunca se fala de nós. Mas dos Filhos do Apocalipse, direto — sussurrou Silvietta, com uma vozinha tão baixa que ninguém a ouviu.

Zumbi apontou o palitinho crocante para a cabeça dele.

— Em todo esse tempo, o que aprontamos?

— Das coisas que você prometeu, o que fizemos? — reforçou Murder. — Sacrifício humano não houve nenhum, e você disse que faríamos um monte. E os ritos de iniciação com virgens? E as orgias satânicas?

— Mas o sacrifício humano nós fizemos, ora se fizemos — retrucou Saverio, irritado. — Pode não ter dado certo, mas fizemos. E a orgia também.

Em novembro do ano anterior, no trem para Roma, Murder conhecera Silvia Butti, estudante que vinha de sua cidade para frequentar a faculdade de psicologia na capital. Os dois tinham muito em comum: o amor pelo time Lazio, os filmes de horror, o Slayer e o Iron Maiden, em suma, o bom e velho heavy metal dos anos 1980. Começaram a bater papo pelo MSN e a se encontrar na Via del Corso nas tardes de sábado.

Foi Saverio quem teve a ideia de sacrificar Silvia Butti a Satanás no bosque de Sutri.

Só havia um problema. A vítima devia ser virgem.

Murder deu sua palavra.

— Fiz de tudo com ela, mas, quando tentei trepar, não houve jeito.

Zumbi havia começado a rir.

— Não lhe passou pela cabeça que ela talvez não quisesse dar para um gordalhão como você?

— Imbecil, ela fez uma escolha pessoal de castidade. Aquela lá é cem por cento virgem. E também, queiram desculpar, se por acaso não fosse, qual é o problema?

Saverio, mestre e teórico do grupo, ficara preocupado.

— Bom, é muito grave. O sacrifício seria inútil ou, pior ainda, poderia até se voltar contra nós. As potências infernais, não satisfeitas, poderiam nos atacar e nos destruir.

Depois de horas de discussão e de pesquisas na internet, as Bestas haviam concluído que a castidade da vítima não era um problema substancial. Então, bolaram um plano.

Murder convidou Silvia Butti para uma rodada de pizza em Oriolo Romano. Ali, à luz de velas, ofereceu-lhe croquetes de arroz recheados, filés de bacalhau e uma cerveja gigante, na qual tinha dissolvido três comprimidos de Rohypnol. Terminado o jantar, a estudante mal se aguentava em pé e balbuciava coisas sem sentido. Murder carregou-a nos ombros para o carro e, com a desculpa de irem ver o amanhecer no lago de Bracciano, levou-a para o bosque de Sutri. Ali, as Bestas de Abaddon tinham erguido com blocos de tufo calcário uma ara sacrificial.

A jovem, quase inconsciente, foi despida e deitada sobre o altar. Saverio invocou o Maligno, degolou uma galinha, esguichou o sangue sobre o corpo nu da moça, e depois todos deitaram e rolaram com ela. Em seguida, depois de cavarem um buraco, enterraram-na viva. O rito havia sido consumado e a seita empreendera sua viagem pelos obscuros territórios do Mal.

O problema se apresentou três dias depois. As Bestas vinham saindo do cinema Flamingo, onde acabavam de assistir a

O massacre da serra elétrica: o início, quando toparam com Silvia. A jovem, sentada num banco da pracinha, comia uma *piadina*.* Não recordava muita coisa da noitada, mas tinha a sensação de que se divertira. Contou que, ao acordar embaixo da terra, havia escavado até a superfície.

Saverio então a recrutou como sacerdotisa oficial da seita. Algumas semanas depois, ela começou um namoro firme com Murder.

— Sim, é verdade, vocês fizeram a orgia — disse Silvietta, com uma risadinha encabulada. — Já me contaram cem vezes.

— Sim, mas você não era virgem. Portanto, tecnicamente, a missa não funcionou... — comentou Zumbi.

— Mas como vocês podiam pensar que eu era virgem? Minha primeira relação...

Saverio a interrompeu.

— De qualquer jeito, era um rito satânico...

Zumbi cortou.

— Ok, vamos deixar pra lá o sacrifício. E depois, o que mais nós fizemos?

— Degolamos diversas ovelhas, eu acho. Ou não?

— E depois?

Sem querer, Mantos levantou a voz.

— Ora, e depois! E depois! Depois houve as pichações no viaduto de Anguillara Sabazia!

— Não diga! Pois sabia que Paolino e o pessoal de Pavia destriparam uma freira?

A única coisa que o líder das Bestas de Abaddon conseguiu fazer foi tomar um copo-d'água.

---

* Ou *piada*, fogaça de pão ázimo, delgado, típico da Emilia-Romagna, que pode ser consumido recheado ou como acompanhamento. (N. da T.)

— Mantos! Entendeu bem? — Murder cobriu com a mão um lado da boca. — Eles estriparam uma freira de 58 anos.

Saverio deu de ombros.

— A babaquice de sempre. Paolo quer fazer a gente se roer de inveja, se arrependeu de ter nos deixado. — Mas, enquanto falava, tinha a sensação de que não era uma babaquice.

— Você assiste ao telejornal ou não? — continuou Murder, impiedoso. — Lembra aquela freira originária de Caianello que encontraram decapitada perto de Pavia?

— E daí?

— Foram os Filhos do Apocalipse. Pegaram ela numa parada de ônibus e depois Kurtz a decapitou com uma bipene, aquela machadinha de dois gumes.

Saverio detestava Kurtz, o líder dos Filhos do Apocalipse de Pavia. Sempre o primeiro da classe. Sempre aquele que fazia as coisas mais exageradas. Bravo, Kurtz! Parabéns! Você é o melhor!

Passou a mão pelo rosto.

— Tudo bem, pessoal... Afinal, vocês devem considerar que esse período foi muito duro pra mim. O nascimento dos gêmeos. O maldito financiamento para a casa nova.

— Por falar nisso, como vão as crianças? — perguntou Silvietta.

— São uns canos de descarga. Comem e cagam. E de noite não nos deixam pregar o olho. Também pegaram rubéola. Pra piorar, o pai de Serena operou a bacia e a movelaria está toda nas minhas costas. Agora me digam, como é que eu faço para organizar alguma coisa para a seita?

— Por falar nisso, tem alguma promoção na loja? Eu queria comprar um sofá-cama de três lugares, o gato destruiu o meu — disse Zumbi.

O chefe das Bestas não escutava, pensava em Kurtz Minetti. Alto pra caralho e corpulento. Confeiteiro de profissão. Já incendiara um representante da Folleto e agora decapitara uma freira.

— Vou dizer uma coisa, vocês são uns ingratos. — E apontou um a um. — Botei o cu na reta por esta seita. Se não fosse eu pra introduzi-los ao culto dos Infernos, a esta hora ainda estariam lendo *Harry Potter*.

— Certo, Saverio, mas entenda. Nós acreditamos no grupo, mas desse jeito não se pode avançar. — Murder, nervoso, mordeu um palitinho crocante. — Vamos deixar pra lá, e continuamos amigos.

O chefe das Bestas, exasperado, bateu as mãos no tampo da mesa.

— Façamos o seguinte. Me deem uma semana. Uma semana não se nega a ninguém.

— O que você pretende fazer? — perguntou Silvietta, mordiscando a argola do lábio.

— Estou estudando uma ação extraordinária. Uma missão muito perigosa... — Saverio fez uma pausa. — Mas, depois, vocês não podem dar pra trás. Porque, pra falar, todos são bons. Mas quando vem o risco... — Fez uma vozinha lamentosa. — "Não posso, desculpe..." "Tenho problemas de família, minha mãe não está bem..." "Preciso trabalhar..." — E encarou particularmente Zumbi, que, culpado, baixou a cabeça sobre o prato. — Não. Todo mundo tem que arriscar o rabo do mesmo jeito.

— Mas não dá pra nos antecipar alguma coisa? — perguntou timidamente Murder.

— Não! Só posso dizer que é uma ação que nos fará subir de repente à top list das seitas satânicas da Itália.

Silvietta agarrou o pulso dele.

— Mantos, por favor, diga só uma coisinha. Estou muito curiosa.

— Não! Já falei que não! Vocês têm que esperar. Se, daqui a uma semana, eu não trouxer um projeto sério, então muito obrigado a todos, trocamos um belo aperto de mãos e dissolvemos a seita. Tudo bem? — Levantou-se. Seus olhos negros tinham ficado vermelhos, refletindo as chamas do forno de pizza. — Agora, discípulos, me prestem as honras!

Os adeptos baixaram a cabeça. O líder ergueu os olhos para o teto e abriu os braços.

— Quem é seu pai carismático?

— Você! — responderam em coro as Bestas.

— Quem escreveu as Tábuas do Mal?

— Você!

— Quem lhes ensinou a Liturgia das Trevas?

— Você!

— Quem pediu *pappardelle* com ragu de lebre? — interveio o garçom, trazendo nos braços uma fileira de pratos fumegantes.

— Eu! — disse o líder, estendendo a mão.

— Não encoste que estão pelando.

O líder das Bestas de Abaddon se sentou e, em silêncio, começou a comer.

2.

A uns 50 quilômetros da pizzaria Jerry 2, uma vespinha de três marchas arrancava na subida do Monte Mario, em Roma, a capital da Itália. No assento, o conhecido escritor Fabrizio Ciba. A scooter parou no sinal e, no verde, enveredou pela Via della Camilluccia. Dois quilômetros adiante, freou diante de um portão de ferro escancarado. Ao lado, estava pendurada uma placa de latão com os dizeres: "Villa Malaparte".

Ciba engrenou a primeira e já ia enfrentar a longa ladeira recoberta de cascalho que levava ao palacete quando à sua frente apareceu um gorila metido num terno cinza.

— Ei, moço! O senhor aí! Aonde vai? Tem convite?

O escritor tirou o capacete em forma de prato fundo e começou a remexer nos bolsos do paletó amarrotado.

— Não... acho que não... Devo ter esquecido em casa.

O homem se plantou de pernas abertas.

— Pois então não pode entrar.

— Fui convidado para...

O leão de chácara puxou um papel e colocou uns oclinhos de armação vermelha.

— Como disse que se chama?

— Eu não disse. Ciba. Fabrizio Ciba.

O sujeito começou a percorrer com o indicador a lista dos convidados, fazendo sinal de não com a cabeça.

Não me reconheceu. Fabrizio não se chateou muito. Era óbvio que aquele primata não curtia literatura, mas, puta merda, não via televisão? Ciba apresentava um programa chamado *Crime & Castigo* todas as noites de quarta-feira na RAI 3, justamente para casos como este.

— Lamento. Seu nome não consta da lista.

O escritor estava ali para apresentar o novo romance, *Uma vida no mundo*, do prêmio Nobel de literatura Sarwar Sawhney publicado pela Martinelli, sua editora. Aos 73 anos e tendo nas costas dois livros da grossura do manual de direito privado, Sawhney havia recebido o prêmio da academia sueca. Ciba iria dividir as honras da casa com Gino Tremagli, titular da cátedra de literatura anglo-americana na Sapienza de Roma, mas esse velho bombástico havia sido chamado só mesmo para dar ao evento uma marca oficializada. Cabia a Fabrizio destrinçar os arcanos segredos encerrados naquele calhamaço e dá-los em pasto ao público romano, notoriamente sedento de cultura.

Ciba começou a se aborrecer de verdade.

— Escute. Se você deixar essa lista pra lá e olhar o convite, o cartãozinho branco de forma retangular que eu infelizmente não trouxe, vai encontrar o meu nome, sendo eu o apresentador da noite. Se você quiser, vou embora. Mas, quando me perguntarem por que não compareci, direi que... Como é o seu nome?

Por sorte, materializou-se uma hostess de cabelo curtinho, louro, e tailleur azul-marinho. Assim que viu na vespa de época o seu autor preferido, com aquele topete rebelde e aqueles olhões verdes, quase caiu para trás.

— Deixe ele entrar! Deixe ele entrar! — estrilou, com uma vozinha aguda. — Não está vendo quem é? É Fabrizio Ciba! — Em seguida, com as pernas enrijecidas pela emoção, foi ao encontro do escritor. — Lamento muitíssimo. Meu Deus, que vexame terrível! Estou mortificadíssima! Eu me ausentei um instantinho e o senhor chegou... Peço desculpas, mil desculpas... Eu sou...

Fabrizio brindou a moça com um sorrisinho satisfeito.

A hostess olhou o relógio.

— Já passa da hora. Todos devem estar à sua espera. Entre, entre, por favor. — Deu um empurrão no segurança e, quando Fabrizio passava, gritou: — Depois, o senhor me daria um autógrafo?

Ciba deixou a vespa no estacionamento e se encaminhou para a *villa* em passos ágeis de meio-fundista.

Um fotógrafo, mimetizado nas sebes de loureiro, desembocou na alameda e correu ao encontro dele.

— Fabrizio! Fabrizio, lembra-se de mim? — E começou a segui-lo. — Comemos juntos em Milão, naquela taberna... La Compagnia dei Naviganti... Eu te convidei para o meu *dammuso** em Pantelleria e você disse que talvez aparecesse...

O escritor levantou uma sobrancelha e esquadrinhou aquela espécie de *freak* careca, coberto de máquinas fotográficas.

— Claro que me lembro... — Não fazia ideia de quem diabo era o sujeito. — Só que estou atrasado, desculpe. Nos falamos outra hora. Estão me esperando...

O fotógrafo insistia:

— Escute, Fabrizio, quando estava escovando os dentes eu tive uma ideia muito impactante: queria bater umas fotos suas num lixão...

No portão da Villa Malaparte, o editor Leopoldo Malagò e a relações-públicas da Martinelli, Maria Letizia Calligari, acenavam para que ele se apressasse.

O fotógrafo se arrastava com aqueles 15 quilos de equipamentos pendurados no pescoço, mas não desistia.

— É uma coisa insólita... forte... o monturo, os ratos, as gaivotas... Entende? Para o suplemento *Venerdì di Repubblica*...

— Outra hora, desculpe — disse Ciba, e se lançou entre Leopoldo e a Calligari.

Exausto, o fotógrafo se dobrou e apertou o flanco.

— Posso ligar pra você nos próximos dias?

O escritor não se deu o trabalho de responder.

— Fabrizio, sempre o mesmo... O indiano chegou há uma hora. Aquele pentelho do Tremagli queria começar sem você.

— Malagò o empurrava para o salão, enquanto a Calligari lhe

---

*Casa de pedra, com teto em abóbada, típica da ilha mencionada. (N. da T.)

enfiava a camisa para dentro da calça, resmungando: — Mas veja só como você está vestido! Parece um esmolambado. A sala está cheia. Até o prefeito veio. Feche o zíper.

Fabrizio Ciba tinha 41 anos, mas para todos era o jovem escritor. Esse adjetivo, regularmente repetido pela imprensa e pelos outros meios de comunicação, produzia um efeito miraculoso sobre seu físico. Fabrizio não aparentava mais de 35 anos. Era magro e sarado, sem fazer ginástica. Enchia a cara toda noite, mas a barriga continuava lisa e durinha como uma tábua.

Totalmente o contrário do seu editor, Leopoldo Malagò, o Leo. Aos 35 anos, Malagò demonstrava, se quisermos ser condescendentes, outros dez. Havia perdido os cabelos em tenra idade, mas lhe restara uma fina lanugem grudada ao crânio. A coluna vertebral se entortara seguindo a conformação de uma cadeira de Philippe Starck, na qual ele passava dez horas por dia. As bochechas tinham se afrouxado e, como um piedoso pano de boca, recobriam o queixo triplo. A barba, que ele astutamente deixara crescer, não era espessa o suficiente para esconder aquela região montanhosa. A barriga era dilatada, como se tivesse sido inflada por um compressor. A Martinelli não poupava despesas no que se referia à nutrição dos seus editores. Graças a um cartão de crédito especial, eles podiam se enfiar nos melhores e mais caros restaurantes, convidando escritores, borra-papéis, poetas e jornalistas para comilanças de trabalho. O resultado dessa política era que os editores da Martinelli constituíam um bando de gastrônomos obesos, com constelações de moléculas de colesterol navegando em liberdade por suas veias. Em suma, para as conquistas amorosas, apesar dos oclinhos de tartaruga e da barba, que o faziam parecer um sefardita nova-iorquino, e dos macios ternos de cor verde-pântano, Leo precisava contar com seu poder, sua desinibição e sua obtusa insistência. Isso não valia para as mulheres da

Martinelli. Chegavam à editora como secretárias desenxabidas e nos anos da militância melhoravam constantemente, graças a enormes investimentos em suas pessoas. Aos 50 anos, sobretudo se tivessem funções de representação, tinham se tornado gélidas boazudas sem idade. Maria Letizia Calligari era um exemplo emblemático disso. Ninguém sabia quantos anos tinha. Uns diziam que eram 60 bem-conservados, outros que eram 30 malconservados. Jamais levava documentos de identidade consigo. As más línguas fofocavam que ela não dirigia para não ser obrigada a ter a carteira de motorista na bolsa. Antes do Tratado de Schengen, ia à Feira de Frankfurt sozinha, para não mostrar o passaporte. No entanto, certa vez tinha cometido um erro. Uma noite, no Salão de Turim, deixara escapar que havia conhecido Cesare Pavese.

— Cuidado, Fabrizio, não vá agredindo logo o pobre do Tremagli — pediu Maria Letizia.

— Vá em frente, coragem. Bote pra foder — disse Malagò, empurrando Fabrizio para o salão das conferências.

Quando entrava na arena, Ciba tinha um truque para se fortalecer. Pensava em Muhammad Ali, o grande pugilista, que berrava e avançava para o ringue incitando a si mesmo: "Vou destruir esse cara! Não lhe dou nem o tempo de me ver, e ele já está caído no tapete." Deu dois saltinhos no lugar. Alongou o pescoço. Desalinhou os cabelos. E, carregado como uma bateria, entrou na grande sala decorada com afrescos.

3.

O líder das Bestas de Abaddon estava ao volante de seu Ford Mondeo no trânsito que avançava rumo a Capranica. Naquele trecho da estrada, os centros comerciais ficavam abertos até tarde e sempre havia engarrafamento. Em geral, ficar na fila não aborrecia Saverio: era o único momento do dia em que ele podia pensar nos seus assuntos em santa paz. Só que agora estava atrasadíssimo. Serena o esperava para jantar. E ele também devia passar pela farmácia para comprar um antitérmico para os gêmeos.

Recapitulava a reunião. Pior não poderia ter sido e, como sempre, ele tinha se encrencado sozinho. Por que dissera às Bestas que, se não trouxesse um projeto dentro de uma semana, dissolveria a seita? Não tinha nem um farrapo de ideia, e, como se sabe, planejar uma ação satânica exige tempo. Ultimamente havia procurado bolar uma missão, mas nada. Na fábrica de móveis, o mês das liquidações tinha sido um massacre. Desde a manhã até a noite fechado lá dentro com o velho, que pegava no seu pé assim que ele tentava respirar um pouco.

Na realidade, uma ideiazinha lhe ocorrera: profanar o cemitério de Oriolo Romano. Em tese, era uma bela ação. Se feita da maneira certa, podia resultar dali uma coisa realmente legal. Refletindo melhor, porém, decidira abandoná-la. Porque diante do cemitério havia um vaivém de carros que não acabava nunca, portanto seria preciso entrar tarde da noite. O muro, com mais de 3 metros de altura, era coberto por cacos de vidro. Do lado de fora, bandos de adolescentes se encontravam, e às vezes aparecia até uma caminhonete vendendo *porchetta*.* Dentro, morava o vigia, um ex-*carabiniere* maluco. Era preciso agir em silêncio, mas para abrir sepulturas, tirar os caixões, pegar os ossos e empilhá-los, inevitavelmente você faz algum barulho. Saverio tinha até pensado em crucificar o ex-*carabiniere* de cabeça para baixo no mausoléu dos Mastrodomenico, a família de sua mulher.

---

* Leitão desossado e assado inteiro, com recheio e vários temperos, e às vezes consumido em sanduíche. (N. da T.)

Muito complicado.

O celular começou a tocar. No visor apareceu: SERENA.

Saverio Moneta tinha dado a desculpa de sempre: a partida do torneio de Dungeons & Dragons. Já fazia tempo que, para esconder suas atividades satanistas, ele alegava ser um campeão de RPG. O pretexto já não se aguentaria muito. Serena andava desconfiada, continuava fazendo um monte de perguntas, queria saber com quem ele jogava, se havia vencido... Certa vez, para deixá-la mais tranquila, Saverio organizara em casa uma partida de mentirinha com as Bestas. Só que sua mulher, quando viu Zumbi, Murder e Silvietta, ficou ainda mais desconfiada, em vez de sossegar.

Saverio respirou fundo e atendeu ao telefone.

— Oi, amor. Eu sei, me atrasei, mas estou chegando. O trânsito está horrível. Deve ter havido um acidente.

Serena respondeu com a delicadeza costumeira:

— O que houve, seu cérebro derreteu?

Saverio afundou no assento do Mondeo.

— Por quê? O que foi que eu fiz?

— Tem um cara da transportadora DHL aqui, com um embrulho enorme. Quer 350 euros. Diz que é pra você. E aí, devo pagar?

Oh meu Deus, chegou a Durindana.

Ele havia comprado no eBay a fiel reprodução da espada de Rolando, o paladino de Carlos Magno. Segundo a lenda, antes de Rolando, ela pertencera até a Heitor de Troia. No entanto, aquele retardado do Mariano, o porteiro do prédio, deveria ter interceptado a entrega. Serena não podia ficar sabendo de nada sobre a espada.

— Sim, sim, pague, assim que eu chegar lhe devolvo o dinheiro — disse Saverio, fingindo tranquilidade.

— Ficou maluco? Trezentos e cinquenta euros? O que você comprou? — reagiu Serena, virando-se em seguida para o entregador da DHL: — Por favor, pode me dizer o que tem nesta caixa?

Enquanto um jorro de ácidos pépticos lhe queimava as paredes do estômago, o grão-mestre das Bestas de Abaddon se perguntou por qual porra de razão havia escolhido uma vida tão humilhante. Ele era um satanista. Um homem atraído pelo desconhecido, pelo lado obscuro das coisas. Naquele momento, porém, de obscuro e desconhecido em sua vida não havia nada, exceto a razão que o impelira para os braços daquela harpia.

— E então, o que tem nesta caixa? — repetiu Serena para o homem da DHL.

Saverio ouviu ao fundo a voz do entregador.

— Madame, preciso ir, está tarde. A senhora pode ver na nota fiscal.

Enquanto isso, Saverio batia a nuca contra o encosto de cabeça e murmurava:

— Que encrenca... Que encrenca...

— Aqui diz que vem de *The Art of War*, de Caserta... Uma espada? — Saverio ergueu os olhos para o céu e fez um esforço para não começar a uivar. — O que você vai fazer com uma espada?

Mantos balançou a cabeça. Sua pupila direita foi atraída por um enorme painel ao lado da estrada.

A CASA DA PRATA. LISTAS DE CASAMENTO.
PRESENTES EM PRATA, ÚNICOS E EXCLUSIVOS.

— É um presente, Serena. Uma surpresa. Vai entender ou não? — A voz lhe saiu duas oitavas acima.

— Mas pra quem? Você parece doido.

— Ora, pra quem? E pra quem poderia ser? Tente adivinhar!

— E eu lá sei...

— Para seu pai!

Houve um instante de silêncio.

— Meu pai? E o que ele vai fazer com esta espada?
— Ora, o que ele vai fazer? Colocar em cima da lareira, não?
— Em cima da lareira? Na montanha, você quer dizer? No chalé de Roccaraso?
— Isto mesmo.
A voz de Serena se suavizou na hora.
— Puxa... Eu não esperava de você um pensamento tão doce. Que gracinha... às vezes você sabe me surpreender.
— Tenho que desligar agora, é proibido dirigir falando no celular.
— Tudo bem. Mas venha logo.
Saverio encerrou a conversa e jogou o telefone no porta-objetos.

4.

Na sala de conferências da Villa Malaparte havia gente por todo canto. Muitos estavam de pé ao longo dos corredores laterais. Alguns estudantes universitários se sentavam no chão, de pernas cruzadas, em frente à mesa dos conferencistas. Outros se empoleiravam nos parapeitos das janelas. Estranho que não houvesse ninguém pendurado nos lustres de Murano.

Assim que o primeiro fotógrafo avistou o escritor, os flashes começaram a pipocar. Trezentas cabeças se voltaram e houve um instante de silêncio. Depois, lentamente, subiu um murmúrio.

Ciba caminhava tendo sobre si seiscentos olhos que o observavam. Virou-se um instante para trás, baixou a cabeça, tocou o lóbulo da orelha e exibiu uma expressão medrosa, tentando se mostrar levemente desajeitado e confuso. Tipo alienígena teletransportado das grutas venusianas. A mensagem corporal que ele transmitia era simples: eu sou o maior escritor existente na face da Terra, no entanto até a mim acontece chegar atrasado porque, apesar de tudo, sou uma pessoa normal, igualzinho a vocês. Parecia exatamente como queria parecer. Jovem, atormentado, a cabeça nas nuvens. Com o paletó de tweed puído nos cotovelos e parecendo ter sido embolado dentro de um pote de geleia, a calça disforme e dois números acima do seu (mandava confeccioná-las em um *kibbutz* perto do Mar Morto), o colete comprado numa *charity shop* de Portobello, os velhos mocassins Church's que havia ganhado de presente no dia da formatura, o nariz só um pouco grande para seu rosto e aquele tufo de cabelos rebeldes que lhe caíam sobre os olhos verdes. Um astro. Um ator inglês que possuía o dom de escrever como um deus.

Enquanto avançava para a mesa, Fabrizio examinou a composição da plateia. Calculou uns dez por cento de autoridades, quinze de repórteres e fotógrafos, uns bons quarenta de alunos universitários, ou melhor, alunas carregadas de hormônios, e uns trinta e cinco de velhotas com cheiro de menopausa. Depois avaliou o percentual do seu livro e o do romance do indiano, ambos apertados contra o peito por aquelas bravas pessoas. Fácil. O seu era azul-claro com o título em um belo vermelho-sangue, e o do indiano, branco com as letras em preto. Mais de oitenta por cento eram azuis! Conseguiu abrir caminho entre os últimos grupos amontoados. Uns lhe apertavam a mão, outros lhe davam um tapinha fraterno, como se ele estivesse retornando de algum reality show tipo *No Limite*.

Finalmente chegou à mesa dos apresentadores. O escritor indiano estava sentado no centro. Parecia uma tartaruga na qual, depois de extraí-la do casco, alguém tivesse enfiado uma túnica branca e uns óculos de grau com armação preta. Tinha um rosto plácido e dois olhinhos líquidos e distantes. Um tapete de cabelos negros puxados para trás com brilhantina o ajudava a não parecer uma múmia egípcia. Quando viu Fabrizio, o indiano inclinou ligeiramente a cabeça e juntou as palmas das mãos, em sinal de cumprimento. Só que quem magnetizou a atenção de Ciba foi a criatura feminina sentada ao lado de Sawhney. Cerca de 30 anos. Sangue misto. Meio indiana e meio caucasiana. Podia ser uma modelo, mas aqueles oclinhos pousados sobre o narizinho arrebitado lhe davam um ar de professora. Um palito chinês mantinha desordenadamente presos os longos cabelos. Cachos em desalinho, cor de alcatrão, caíam sobre o pescoço magro. A boca pequena e carnuda, preguiçosamente aberta, ressaltava como uma ameixa madura sobre o queixo pontudo. Ela usava uma blusinha de linho branco, aberta o suficiente para destacar uns seios nem muito pequenos nem muito grandes.

Sutiã tamanho médio, calculou Fabrizio.

Os braços cor de bronze terminavam em pulsos delgados, cobertos por pesadas pulseiras de cobre. Já os dedos eram arrematados por unhas pintadas de preto. Fabrizio, sentando-se em seu lugar, espiou embaixo da mesa para ver se também ali ela era bem-acabada. Pernas elegantes brotavam de uma saia escura. Os pés magros eram enfaixados por sandálias gregas, e as unhas deles também estavam cobertas pelo mesmo esmalte preto das mãos. Quem era aquela deusa caída do Olimpo?

Tremagli, sentado à esquerda, ergueu de seus papéis um olhar severo.

— Bom, o senhor Ciba se dignou a chegar... — Fitou ostensivamente o relógio de pulso. — Se estiver de acordo, creio que podemos começar.

— De acordo.

Para Fabrizio Ciba, o estimado professor Tremagli era, sem usar meios-termos, um pé no saco. O mestre nunca o agredira com suas resenhas venenosas, mas tampouco o elogiara alguma vez.

Simplesmente, para ele, a obra de Ciba não existia. Quando falava do atual e embaraçoso estado da literatura italiana, Tremagli começava a louvar uma série de escrevinhadores que só ele conhecia e que, se vendessem 1.500 exemplares, era festa na família. Jamais uma menção, jamais um comentário sobre Fabrizio. Finalmente, um dia, no *Corriere della Sera*, à pergunta direta: "Professor, como o senhor explica o fenômeno Ciba?", havia respondido: "Se é de fenômeno que devemos falar, trata-se de um fenômeno transitório, uma daquelas tempestades tão temidas pelos meteorologistas, que passam sem causar danos." E esclarecera: "De qualquer modo, não o li com atenção."

Fabrizio havia começado a espumar como um cão hidrófobo e se atirara ao computador para escrever uma resposta inflamada, a sair na primeira página do *Repubblica*. Mas, diminuída a raiva, deletou o arquivo.

A primeira regra de todo verdadeiro escritor é: nunca, jamais, nem mesmo à beira da morte, nem sequer sob tortura, responder às ofensas. Todos esperam que você caia na armadilha da resposta. Não faça isso: convém ser intangível como um gás nobre e distante como Alfa Centauro.

Mas Ciba teve vontade de esperar o velho em frente ao prédio dele, tomar aquela porra de bengala e com ela lhe percutir o crânio como se este fosse um tambor africano. Que prazer, e com isso reforçaria sua fama de escritor maldito, de alguém que responde com as mãos às ofensas literárias, como os homens de verdade, e não como os intelectuais de merda e suas respostinhas azedas no suplemento de cultura. Só que o cara tinha 70 anos e ia esticar as canelas no meio do Viale Somalia.

Tremagli, em tom hipnotizador, começou uma exposição sobre a literatura indiana que partia dos primeiros textos em sânscrito, de 2000 a.C., encontrados nas tumbas rupestres de Jaipur.

Fabrizio imaginou que, para chegar a 2000 d.C., o professor levaria no mínimo uma hora. Os primeiros a caírem anestesiados seriam as velhotas, depois as autoridades, e por fim todas as outras pessoas, inclusive ele mesmo e o escritor indiano.

Apoiando um cotovelo na mesa e a testa na palma da mão, Ciba tentou fazer três operações simultaneamente:

1) conferir quem eram as autoridades presentes;
2) sacar quem era a deusa sentada ao seu lado;
3) refletir sobre o que iria dizer.

A primeira operação decorreu rapidamente. Na segunda fila, estava a Martinelli em peso: Federico Gianni, executivo-chefe; Achille Pennacchini, diretor-geral; Giacomo Modica, diretor de vendas; e uma série de editores, entre os quais Leo Malagò. Em seguida, todo o gineceu da assessoria de imprensa. Se até Gianni havia desgrudado a bundinha de Gênova para Roma, significava que para eles o livro do indiano era importante. Talvez esperassem vender alguns exemplares.

Na primeira fila reconheceu o secretário de Cultura, um diretor de TV, alguns atores, uma penca de jornalistas e outras caras que ele tinha visto mil vezes, mas não sabia onde nem quando.

Sobre a mesa estavam os cartõezinhos com os nomes dos participantes. A deusa se chamava Alice Tyler. Murmurava no ouvido de Sarwar Sawhney a tradução do discurso de Tremagli. O velho, de olhos fechados, fazia sim com a cabeça com a regularidade de um pêndulo. Fabrizio abriu o romance do indiano e descobriu que a tradução era de Alice Tyler. Então, ela não era só a intérprete da noitada. Começou a pensar seriamente que havia encontrado a mulher da sua vida. Bela como Naomi Campbell e inteligente como Margherita Hack.*

---

* Famosa astrofísica e divulgadora científica italiana, nascida em 1922. (N. da T.)

Fazia algum tempo, Fabrizio Ciba vinha levando em consideração a possibilidade de construir uma relação estável com uma mulher. Isso talvez pudesse ajudá-lo a se concentrar no novo romance, parado havia três anos no segundo capítulo.

Alice Tyler, Alice Tyler? Onde havia escutado aquele nome?

Por pouco não caiu da cadeira. Era a mesma Alice Tyler que traduzira Roddy Elton, Irvin Parker, John Quinn e toda a estirpe dos escritores escoceses.

Deve ter conhecido todos! Certamente saiu para jantar com Parker, que depois a terá comido em um squat londrino, entre guimbas apagadas no carpete, seringas usadas e latinhas vazias de cerveja.

Uma dúvida atroz. *Mas será que leu os meus livros?* Precisava saber agora, logo, imediatamente. Era uma necessidade fisiológica. *Se não leu os meus livros e não me viu na televisão, ela pode pensar que eu sou um qualquer, me tomar por um daqueles escritores medíocres que sobrevivem de apresentações e eventos culturais.* Tudo isso era insuportável para seu ego. Qualquer relação paritária, na qual ele não fosse o astro, lhe provocava desagradáveis efeitos secundários: garganta seca, vertigens, vômito e diarreia. Para cortejá-la, precisaria contar apenas com seu magnetismo, sua ironia cortante, sua inteligência imprevisível, e não com suas obras. E ainda bem que não estava considerando a hipótese de que Alice Tyler as tivesse lido e achado ruins.

E chegou ao último ponto, o mais espinhoso: de que falaria, depois da verborreia empolada do velho? Nas semanas anteriores, Ciba havia tentado algumas vezes ler o tijolão indiano, mas depois de umas dez páginas tinha ligado a TV e assistido ao campeonato de atletismo. Até tivera boa vontade, mas o livro era de um tédio mortal, de cozinhar o saco. Então havia chamado um amigo seu... ou melhor, um fã, um escritor de Catanzaro, um daqueles seres insossos e servis que lhe adejavam ao redor tentando, como baratas, se alimentar das migalhas de sua amizade. Este, porém, ao contrário dos outros, era dotado de certo espírito analítico, de uma, sob certos aspectos, borbulhante capacidade criativa. Alguém que talvez, num futuro indefinido, fosse publicado pela Martinelli por sua recomendação. Mas, por enquanto, a esse amigo de Catanzaro ele confiava tarefas secundárias, tais como escrever para ele o artigo a sair no semanário feminino, traduzir um texto do inglês, fazer pesquisas em biblioteca e, como neste caso, ler o calhamaço e lhe compor um belo resuminho crítico que em seguida, em quinze minutos, ele faria seu.

Tentando não dar muito na vista, Ciba puxou do paletó as três páginas escritas pelo amigo.

Fabrizio nunca lia em público. Falava de improviso, inspirado pelo momento. Era famoso por esse talento, pela mágica sensação de espontaneidade com que presenteava seus ouvintes. Sua mente era uma forja que funcionava em tempo integral. Não havia filtro, não havia depósito, e, quando partia com seus monólogos, ele fascinava todo mundo: do pescador de Mazara del Vallo ao professor de esqui de Cortina d'Ampezzo.

Naquela noite, porém, uma amarga surpresa o esperava. Leu as três primeiras linhas do resumo e empalideceu. O texto falava de uma saga familiar de musicistas. Todos obrigados, por um destino imperscrutável, a tocar sitar durante gerações e gerações.

Pegou o livro do indiano. O título era *A conjuração das virgens*. Então, por que o resumo discorria sobre *Uma vida no mundo*?

Terrível suspeita. O amigo de Catanzaro se enganara! Aquele cabeça de merda havia errado de livro.

Desesperado, devorou a quarta capa. Não se falava em absoluto de tocadores de sitar, mas de uma família de mulheres nas ilhas Andamane.

Nesse momento, Tremagli concluiu sua exposição.

5.

A ideia de que a Durindana de 350 euros fosse parar na lareira do sogro o deixava desesperado. Saverio Moneta havia comprado aquele espadão pensando em trucidar o vigia do cemitério de Oriolo, ou pelo menos em usá-lo como arma sacrificial nos ritos de sangue da seita.

Os carros avançavam devagarinho. Um renque de palmeiras, queimadas pelo inverno, estava coberto de luzes coloridas que brilhavam sobre os capôs dos Mercedes e Jaguar parados nos estacionamentos das concessionárias.

Deve ter havido mesmo um acidente.

Saverio ligou o rádio e começou a procurar a estação do trânsito. Uma parte de seu cérebro trabalhava incessantemente, em busca de outra ação para propor a Murder e aos outros.

E se, por exemplo, matássemos padre Tonino, o pároco de Capranica?

O celular tocou de novo. *Por favor... Serena... De novo?* Mas no visor aparecia: NÚMERO DESCONHECIDO. Devia ser o velho canalha, que se escondia para tentar sacaneá-lo.

Egisto Mastrodomenico, o pai de Serena, tinha 77 anos, mas pilotava celulares e computadores como um garoto de 16. Em seu escritório, no último andar da Movelaria dos Mestres Marceneiros Tiroleses, mantinha uma bateria de computadores ligados a telecâmeras de causar inveja a um cassino de Las Vegas. O rendimento dos quinze vendedores era monitorado o dia inteiro, como se eles estivessem dentro de um reality show. E Saverio, responsável pelo setor Móveis Tiroleses, tinha quatro objetivas apontadas sobre sua pessoa.

Não, esta noite não vou aguentar ouvi-lo. Aumentou o volume do rádio, tentando emudecer o telefone.

Mantos odiava o sogro com tal intensidade que havia contraído colite espástica. O velho Mastrodomenico não perdia ocasião para humilhá-lo, para fazê-lo se sentir um coitado incompetente, um parasita que continuava trabalhando na movelaria só porque era casado com sua filha. Ofendia-o não só diante dos colegas, mas também dos clientes. Uma vez, durante as ofertas de primavera, xingara-o de cretino aos berros, no microfone ligado. O único consolo era saber que, mais cedo ou mais tarde, o filho da puta bateria as botas. Então, tudo iria mudar. Serena era filha única, e ele se tornaria o diretor da movelaria. Embora, já havia algum tempo, tivesse começado a duvidar de que o velho pudesse morrer. Tinha lhe acontecido de tudo. Haviam tirado seu baço. Haviam lhe removido um cisto sebáceo do ouvido e por pouco ele não ficara surdo. Um olho era devastado pela catarata. Aos 74 anos, batera com sua Mercedes a duzentos por hora contra um caminhão estacionado num posto de gasolina. Ficara em coma por três semanas e despertara mais emputecido do que antes. Depois lhe diagnosticaram um câncer no intestino, mas, como ele já era um ancião, o tumor não conseguia se expandir. E, como se não bastasse, durante o batizado dos gêmeos havia despencado pela escadaria da igreja e fraturado a bacia. Agora vivia numa cadeira de rodas, e cabia a Saverio levá-lo de manhã para o trabalho e trazê-lo para casa à noite.

O celular continuava tocando e pulsando no porta-objetos ao lado do câmbio.

— Vá se foder! — rosnou, mas o maldito sentimento de culpa inscrito nos cromossomos o obrigou a atender. — Papai?

— Olá, Mantos.

Não era a voz do velho. E este não podia conhecer sua identidade satânica.

— Quem fala?
— Kurtz Minetti.

Ao ouvir o nome do sumo sacerdote dos Filhos do Apocalipse, Saverio Moneta fechou os olhos, depois os abriu, apertou o volante com a mão esquerda e o telefone com a direita, mas o aparelho escorregou como um sabonete molhado e foi parar entre suas pernas. Para recuperá-lo, tirou o pé da embreagem, o motor começou a soluçar e morreu. Atrás, as buzinas tocavam, enquanto Saverio gritava a Kurtz:

— Um momento... Estou dirigindo. Um momento que eu vou encostar.

Um motociclista numa scooter gigante de três rodas bateu em sua janela.

— Sabia que você é um babaca?

Finalmente Saverio recolheu o celular, ligou o carro e conseguiu sair para o acostamento.

O que Kurtz Minetti queria com ele?

6.

Assim que Tremagli concluiu sua intervenção, a plateia começou a se levantar das poltronas onde se encolhera, a espichar as pernas dormentes, a trocar tapinhas de solidariedade após superar uma provação tão árdua. Por um instante Fabrizio Ciba esperou que a coisa acabasse ali, que o professor tivesse esgotado todo o tempo à disposição para o encontro.

Tremagli olhou para Sawhney, certo de que este faria comentários, mas o indiano sorriu e, de novo, baixou a cabeça em sinal de cumprimento. A essa altura, a bola envenenada passou a Fabrizio.

— Creio que agora é sua vez.

— Obrigado. — O jovem escritor massageou o pescoço. — Falarei pouco. — Em seguida se dirigiu ao público. — Vocês parecem ligeiramente cansados. E sei que ali adiante há um excelente bufê. — Amaldiçoou-se no mesmo momento em que tais palavras lhe saíram da boca. Havia publicamente ofendido Tremagli, mas viu nos olhos da plateia um brilho de aprovação que confirmava seu comentário.

Procurou um gancho, uma besteira qualquer, da qual pudesse partir. — Ahã... — disse, para soltar a voz. Deu uns piparotes no microfone. Encheu um copo-d'água e molhou os lábios. Nada. Sua mente era uma tela negra. Um estojo esvaziado. Um universo frio e sem estrelas. Uma lata de caviar sem o caviar. Aquela gente viera de todas as partes da cidade, desafiando o trânsito, não achando estacionamento, dando-se meia jornada de liberdade porque ele estaria ali. E ele não tinha porra nenhuma para dizer. Olhou seu público. O público que pendia dos seus lábios. O público que se perguntava o que ele estava esperando para começar.

A guerra do fogo.

Uma visão fugaz de um velho filme francês, visto sabe-se lá quando, desceu-lhe sobre a mente como o espírito divino e lhe excitou o córtex, que emitiu enxames de neurotransmissores, os quais choveram sobre os receptores prontos a acolhê-los, despertando outras células do sistema nervoso central.

— Desculpem. Eu me perdi numa imagem fascinante. — Jogou os cabelos para trás, regulou melhor a altura do microfone. — É alvorada. Uma alvorada suja e longínqua, de 800 mil anos atrás. Faz frio, mas não há vento. Um cânion. Vegetação baixa. Seixos. Areia. Três pequenos seres peludos, um metro e meio de altura, cobertos por peles de gazela, estão no meio de um rio. A corrente é impetuosa, não é um riachinho qualquer, mas um rio de respeito. Um daqueles cursos-d'água por onde, muitos anos depois, passarão famílias americanas embrulhadas em jaquetas infláveis, a bordo de coloridos botes de borracha. — Fabrizio fez uma pausa técnica. — A água é cinzenta, baixa e gelada. Deve chegar aos joelhos deles, mas a correnteza é diabolicamente forte. E os três devem atravessar o rio, avançam com atenção, apoiando um pé a cada vez. Um deles, o mais corpulento, que com aquelas tranças de cabelos e lama se assemelha um pouco aos rastafáris jamaicanos, leva nas mãos uma espécie de cesta, um troço feito de raminhos entrelaçados. No centro da cesta oscila uma pequena chama, uma minúscula chama balançada pelo vento, uma chaminha que ameaça se extinguir, pequenina, que deve ser alimentada continuamente com gravetos e talos de cacto seco, que os outros dois carregam nos braços. À noite eles se revezam para mantê-la acesa, encolhidos dentro de uma caverna úmida. Dormem com um olho só, atentos para que o fogo não se apague. Para encontrar lenha, devem enfrentar as feras. Enormes, assustadoras. Tigres-dentes-de-sabre, mamutes peludos, monstruosos tatus de caudas pontudas. Nossos pequenos antepassados não estão no topo da cadeia alimentar. Não a encaram de cima para baixo. Estão em boa posição na hit parade, mas acima deles existem alguns seres com um caraterzinho nada amigável. Seres que possuem dentes afiados como navalhas, que têm venenos capazes de apagar um rinoceronte em trinta segundos. É um mundo de espinhos, farpas, ferrões, de plantas coloridas e tóxicas, de minúsculos répteis que esguicham líquidos piores do que detergente amoniacal... — Ciba apalpou o maxilar e lançou uma olhadela inspirada para a abóbada ornada de afrescos da sala.

O público já não estava ali, mas na pré-história. Esperando que ele prosseguisse.

Fabrizio se perguntou por que caralho os levara à pré-história e onde iria parar. Mas não importava, devia prosseguir.

— Os três estão no meio daquele rio. O mais forte, o portador do fogo, encabeça a fila. Com os braços rígidos como blocos de mármore, segura diante de si o débil lume. Sente os músculos gritarem de dor, mas avança contendo a respiração. Uma coisa ele não pode fazer: cair. Se cair, os outros não terão mais o calor que lhes permite não morrer de frio naquelas noites sem fim, assar as carnes coriáceas dos javalis, manter as feras longe do acampamento. — Deu uma espiada para o indiano. Estaria acompanhando? Parecia que sim. Alice traduzia e Sawhney sorria, mantendo a cabeça um pouco erguida, como fazem às vezes os cegos. — Qual é o problema?, vocês devem estar se perguntando. O que é preciso para acender um fogo? Lembram-se do livro de história do curso médio? Aquelas ilustrações nas quais se vê o famoso homem primitivo, com barba e tanga, esfregando duas pedras ao lado de uma bela fogueira preparada por um escoteiro diligente? Onde estão estas malditas pedras de fogo? Por acaso já encontraram alguma, durante um passeio na montanha? Eu, não. Você quer fumar um cigarro durante um trekking, está sem fôlego mas um marlborozinho seria uma boa, não tem isqueiro, então o que faz? Claro! Apanha duas pedras no chão e tac, uma centelha. Não, meus amigos! Não é assim que funciona. E nossos ancestrais, para azar deles, vivem apenas cem anos antes daquele gênio, um gênio sem nome, um gênio a quem ninguém pensou em dedicar um monumento, um gênio do nível de Leonardo da Vinci e Einstein, o qual descobrirá que certas pedras, ricas em enxofre, se esfregadas entre si produzem centelhas. Estes três, para ter o fogo, devem esperar que um raio caia do céu e incendeie uma floresta. Um fato que acontece de vez em quando, mas não com muita frequência. "Meu anjo, preciso assar este brontossauro mas não tenho fogo, vá procurar um incêndio", diz a mamãe hominídea, e o filho parte. Ela só irá revê-lo três anos depois. — Risadas do público. Até se ouvem algumas palmas. — Agora vocês entendem por que estes três devem manter aceso aquele fogo. O famoso fogo sagrado... — Ciba tomou fôlego e exibiu um grande sorriso ao seu público. — Por que estou lhes contando tudo isso, não sei... — Mais risadas. — Ou melhor, talvez saiba... E creio que vocês também compreenderam. Sarwar Sawhney, este escritor excepcional, é um daqueles seres que assumiram a difícil e terrível responsabilidade de manter aceso o fogo e transmiti-lo a nós, quando o céu escurece e o frio nos penetra a alma. A cultura é um fogo que não se pode apagar e reacender com um fósforo. Deve ser preservada, mantida lá no alto, alimentada. E todos os escritores, entre os quais me incluo, têm o dever de jamais se esquecer daquele fogo. — Ciba se levantou da cadeira. — Gostaria que todos vocês se levantassem, por favor. De pé, um instante. Aqui conosco está um grande escritor que deve ser homenageado por aquilo que faz.

Com grande estrépito de cadeiras, todos se ergueram para aplaudir fragorosamente o velho indiano, que começou a balançar a cabeça, meio encabulado.

— Bravo! Muito bem! Bravo! Obrigado por existir! — berrava alguém que provavelmente ouvia o nome de Sawhney pela primeira vez e que certamente não compraria o livro dele. Até Tremagli, de má vontade, teve que se levantar e aplaudir aquela palhaçada. Uma moça da segunda fila puxou um isqueiro. Foi imediatamente imitada por todos. Chamas se acenderam por toda parte. Alguém desligou os grandes lustres e o comprido aposento foi lugubremente iluminado por cem foguinhos. Parecia que se estava num show de Baglioni.

— Por que não? — Ciba também puxou seu isqueiro, e se viu imitado pelo executivo-chefe, pelo diretor-geral e pelo grupo inteiro da Martinelli.

O escritor estava satisfeito.

7.

— Mantos, quero lhe fazer uma proposta. Espero você amanhã, em Pavia, para um almoço de trabalho. Mandei que lhe reservassem um voo para Milão.

Saverio Moneta estava na beira da estrada provincial para Capranica e não conseguia acreditar que o famoso Kurtz Minetti, o sumo sacerdote dos Filhos do Apocalipse, aquele que havia decapitado uma freira com uma bipene, estava falando com ele. Passou a mão na testa em chamas.

— Amanhã?

— Isso. Mando um dos meus seguidores buscá-lo no aeroporto de Linate — disse Kurtz, com voz calma e sem sotaque.

— Mas amanhã que dia é?

— Sábado.

— Sábado... Me deixe pensar... — Era impossível. No dia seguinte começava a semana dos quartos juvenis e, se ele pedisse mais um dia livre ao velho, este o borrifaria com querosene e lhe atearia fogo no estacionamento da movelaria. Criou coragem:

— Não, amanhã eu não posso. Lamento, mas não posso mesmo. — *Devo ser o primeiro que se atreve a recusar um convite do maior expoente do satanismo italiano. Ele agora vai me bater o telefone na cara.*

Mas Kurtz perguntou:

— E quando você estaria livre?

— Pois é, nestes dias, na verdade, ando muito ocupado...

— Entendo. — Mais do que aborrecido, Kurtz parecia desconcertado.

Mantos arriscou:

— Não podemos falar do assunto por telefone? Você me pegou numa fase difícil.

Kurtz respirou fundo.

— Não gosto de falar por telefone. Não é seguro. Posso apenas adiantar alguma coisa. Como você sabe, os Filhos do Apocalipse são a primeira seita satânica da Itália e a terceira da Europa em ordem de grandeza. Nosso site registra 50 mil acessos por dia e temos um calendário riquíssimo de iniciativas. Organizamos orgias, raides, missas negras e excursões aos locais satânicos, tais como o pinheiral de Castel Fusano e as grutas de Al Amsdin na Jordânia. Temos também um cineclube no qual projetamos os melhores do cinema demoníaco. E estamos preparando um semestral ilustrado, chamado *Família satânica*. — Sua voz tinha mudado, ficara mais cativante. Ele já devia ter feito esse discurso inúmeras vezes. — Nossos seguidores se distribuem esparsamente por toda a península. Mantemos a sede histórica em Pavia, mas agora, dada a situação, resolvemos nos expandir e dar um passo à frente. E aqui entra você, Mantos.

Saverio abriu o botão do colarinho.

— Eu? Eu, como?

— Você, sim. Sei que está tendo dificuldades de gestão com suas Bestas de Abaddon. É um problema comum a todas as seitas pequenas. O Ceifador me disse que houve várias deserções na última estação, e vocês ficaram reduzidos a três.

— Bem... Na verdade, contando comigo, somos quatro.

— Além disso, ainda não fizeram nada de relevante, exceto, como fui informado no fórum, umas pichações de louvor ao Demônio no viaduto de Anguillara Sabazia.

— Ah, vocês notaram? — fez Saverio, com certo orgulho.

— Os fatos mostram que a situação de sua seita é decididamente ruim. E, como você há de concordar, com a crise que está rolando as Bestas não têm muitas chances de resistir por mais um ano. Desculpe a franqueza, mas vocês são uma realidade insignificante no duro panorama do satanismo italiano.

Saverio soltou o cinto de segurança.

— Estamos batalhando. Nosso programa inclui a procura por novos adeptos e a realização de ações que possam nos destacar no mundo do satanismo. Somos poucos, mas bastante entrosados.

Kurtz não se deu por achado e prosseguiu:

— O que lhe proponho é dissolver as Bestas e entrar para a prole maldita dos Filhos do Apocalipse. O que lhe ofereço é se tornar nosso ponto de referência para a Itália Central.

— Em que sentido?

— Você seria o diretor da sucursal dos Filhos do Apocalipse para a Itália Central e a Sardenha.

— Eu? — O coração de Saverio se encheu de orgulho. — Por que eu?

— O Ceifador me deu boas referências suas. Disse que você tem carisma, vontade de agir, e é um ardoroso fiel de Satanás. E, como você há de concordar, para ser chefe de uma seita satânica é preciso amar as forças do Mal mais do que a si mesmo.

— Ele realmente disse isso? — Saverio não esperava. Estava certo de que Paolo o odiava. — Certo. Concordo.

— Ótimo. Organizaremos uma orgia em Terracina em sua homenagem. Temos lá diversas noviças do Agro Pontino...

Mantos relaxou no apoio de cabeça.

— Murder, Zumbi e Silvietta ficarão felizes com essa proposta.

— Um momento. A oferta é só para você. Seus adeptos deverão preencher o formulário de adesão, que pode ser baixado do nosso site, e enviá-lo para nós. Avaliaremos caso a caso para decidir se os aceitamos ou não.

— Entendo.

A voz de Kurtz se tornou fria:

— Como você há de concordar, os favoritismos são a morte de qualquer empreendimento.

— Claro.

— Você deverá subir até Pavia para um breve estágio no qual lhe daremos noções básicas sobre a liturgia adotada por nós.

Saverio olhou pela janela. Os automóveis ainda estavam enfileirados. Do outro lado da estrada, num terrapleno coberto de cartazes publicitários, chispou o trem regional para Roma. Parecia uma serpente luminosa. Diante de um supermercado, pessoas se amontoavam com os carrinhos. A lua, acima dos telhados, lembrava uma toranja madura e a estrela do Norte, aquela que conduz os marinheiros... Seria aquela a estrela do Norte?

Não estou me sentindo muito bem.

Culpa das *pappardelle* com ragu de lebre: tinham permanecido em seu estômago. Sentia uma pressão incômoda na boca do esôfago. Escancarou os maxilares, como se fosse bocejar, mas produziu uma espécie de ronco que ele tapou com a mão.

Kurtz continuava a explicar:

— ... No primeiro período você poderia dividir as responsabilidades com o Ceifador...

Faz muito calor aqui dentro... Estava perdendo o fio da conversa. Apertou a tecla para baixar o vidro.

— ... Nesse aspecto você está carente, mas essas eu lhe dou, não se preocupe, e também...

Uma lufada de ar com cheiro de batata frita e kebab do quiosque em frente ao centro comercial entrou na cabine. O odor rançoso lhe deu náusea. Ele arqueou a coluna e reprimiu um arroto.

— ... Organizaremos uma série de missas satânicas na zona Castelli Romani, claramente sob seu controle direto, e depois seria preciso...

Saverio tentou se concentrar no monólogo de Kurtz, mas tinha a sensação de haver engolido 1 quilo de tripa estragada. Abriu o botão da calça e sentiu a barriga se dilatar.

— ... Enotrebor, nosso ponto de referência para a Itália do Sul, está fazendo coisas notáveis em Basilicata e Molise...

Um Alka-Seltzer, uma Coca-Cola...

— Mantos? Mantos, você está aí?

— O quê?

— Está me ouvindo?

— Sim... Claro...

— Então, topa um encontro na próxima semana para armarmos um esquema de trabalho?

Saverio Moneta gostaria de dizer que sim, que era uma honra, que ficaria feliz por ser o representante da Itália Central e da Sardenha, no entanto... No entanto, não conseguia. Recordou quando seu pai lhe dera de presente uma Malaguti 50. Por todos os anos do ensino médio, Saverio havia desejado uma motoneta e o pai prometera que lhe daria se ele tirasse 60 no fim do curso. Na última série, Saverio meteu a cara e acabou conseguindo. Sessenta. E o pai voltou do trabalho e lhe mostrou sua velha e fedorenta Malaguti.

"Pronto. É sua. As promessas devem ser cumpridas."

Saverio esperava uma motoneta nova.

"Mas como? Vai me dar a sua?"

"Não tenho dinheiro para outra. Esta não lhe serve? O que ela tem que não funciona?"

"Nada... Mas como é que você vai para a fábrica?"

O pai encolheu os ombros.

"De transporte público. Qual é o problema?"

"Mas aí você vai ter que acordar uma hora mais cedo."

"Promessa é promessa."

Só que a mãe achou de dar palpite:

"Você vai ter coragem de deixar seu pai a pé?"

Nos meses seguintes, Saverio tentou usar a Malaguti, mas sempre que montava nela lhe aparecia a imagem do pai, que saía do prediozinho deles às cinco da manhã, embrulhado no capote. Então lhe subia uma ansiedade terrível. Por fim, deixou a motoneta no pátio e alguém a roubou. E acabaram a pé os dois, tanto ele quanto o pai.

Uma coisa não tinha nada a ver com a outra, mas algo de bom ele havia feito com as Bestas. E devia isso em parte àquele bando de azarados que o seguiam. Não podia abandoná-los.

Kurtz queria fodê-lo. Como seu pai o fodera com a motoneta. E o velho, quando prometera lhe dar uma função de responsabilidade na empresa. Como o fodera Serena, dizendo que seria sua gueixa e que dois gêmeos, afinal, são a mesma coisa que ter só um.

Por isso ele se tornara um satanista. Porque todos o enganavam.

Que raça de presente é esse que, quando você o usa, seu pai é obrigado a pegar um ônibus?

Saverio Moneta odiava todos eles. Todo mundo. A humanidade inteira, que seguia adiante no engano e no abuso dos semelhantes. No ódio ele se alimentara, se revigorara, se protegera. O ódio lhe dera a força para resistir. E por fim Saverio fizera dele sua religião. E de Satanás, seu Deus.

E Kurtz era como todos os outros. *Caralho, como se permite dizer que as Bestas de Abaddon são uma realidade insignificante?*

— Não.

— Não o quê?

— Não. Não estou interessado. Obrigado, mas vou continuar dirigindo as Bestas de Abaddon.

Kurtz estava surpreso.

—Tem certeza do que está dizendo? Pense bem. Não vou lhe fazer outras ofertas.

—Não me importa. As Bestas de Abaddon podem até ser uma realidade insignificante, como você diz. Mas um tumor, no início, também é só uma célula, e depois cresce, se reproduz e derruba a pessoa. As Bestas serão uma realidade com a qual todos terão que lidar. Espere só pra ver.

Kurtz caiu na gargalhada.

—Não seja patético. Vocês estão acabados.

Saverio prendeu de novo o cinto de segurança.

—Pode ser, mas, como você há de concordar, não é tão certo assim. Não é certo mesmo. E também, a ser seu representante, prefiro me tornar padre.—E desligou.

Os restos do ocaso tinham se dissolvido e as trevas caíram sobre a terra. O líder das Bestas de Abaddon ligou a seta e, cantando pneu, arrancou de volta à provincial.

8.

O velho escritor indiano se mantinha sentado num canto da sala, com um copo-d'água nas mãos.

Tinha chegado num voo de Los Angeles na manhã daquele dia, após duas semanas exaustivas de apresentações nos Estados Unidos, e agora só queria voltar para o hotel e se espichar na cama. Tentaria dormir, não conseguiria, e acabaria tomando um sonífero. O sono natural abandonara seu corpo havia tempo. Pensou na esposa Margaret, em Londres. Gostaria de ligar para ela. Dizer que estava com saudade. Que voltaria logo. Olhou para o outro lado da sala.

O escritor que havia falado do fogo estava cercado por uma rodinha de leitores que lhe pediam autógrafo em seus exemplares. E para cada um o rapaz tinha uma palavra, um gesto, um sorriso.

Sawhney invejou sua juventude, sua desenvolta vontade de agradar.

A ele, nada daquilo importava mais. O que lhe importava? *Dormir*. Tirar seis horas de sono sem sonhos. Até o giro do mundo que o tinham obrigado a fazer depois do Nobel não fazia o menor sentido. Ele era um fantoche, carregado de um lado a outro do globo para ser mostrado ao público, entregue aos cuidados de pessoas a quem não conhecia, das quais se esqueceria assim que fosse embora. Tinha escrito o livro. Um livro que lhe custara dez anos de vida. Isso não era suficiente? Não bastava?

Durante a apresentação, não havia conseguido ir além dos agradecimentos. Não era como o escritor italiano. Tinha lido o livro dele no avião. Um romance pequeno e fluente. Leu por escrúpulo, porque não lhe agradava ser apresentado por escritores cuja obra não conhecia. E gostou. Queria dizer isso a ele. E não era delicado se manter à parte.

Assim que o velho se levantou da cadeira, três jornalistas que o esperavam na passagem lhe caíram em cima. Sawhney explicou que estava cansado. No dia seguinte, ficaria feliz em responder às perguntas deles. Mas disse isso tão baixinho, tão suavemente, que não conseguiu afastar aquelas varejeiras chatas. Por sorte chegou uma senhora, de sua editora italiana, que os enxotou dali.

— E agora, o que devemos fazer? — perguntou ele à mulher.

— Temos o coquetel. Depois, dentro de mais ou menos uma horinha, iremos comer no Trastevere, um restaurante típico, famoso pelas especialidades romanas. O senhor gosta de massa à carbonara?

Sawhney pousou a mão no braço dela.

— Eu gostaria de falar com o escritor... — Ai, meu Deus, como se chamava? Sua cabeça havia parado de funcionar.

A mulher o socorreu.

— Ciba! Fabrizio Ciba. Claro. Fique aqui. Vou chamá-lo agora mesmo. — E, batendo os saltos, ela atravessou o grupinho.

— Não é a mim que vocês devem pedir autógrafo, mas a Sawhney. Foi ele quem ganhou o Nobel, não eu. — Fabrizio Ciba tentava limitar o mar de livros no qual o submergiam. Seu pulso já estava doendo, de tantas vezes que havia assinado. — Qual é o seu nome? Antonia Paternò? Como? Espere um instantinho... Ah, gostou de Erri, o pai de Penelope? Ele lhe lembra seu avô? A mim também.

Uma gordalhona toda afogueada abriu caminho a cotoveladas e plantou diante dele mais um exemplar de *A cova dos leões*.

— Vim de Frosinone especialmente por sua causa. Nunca li seus livros. Mas dizem que são muito bonitos. Comprei este na estação. O senhor é muito competente... e bonito. Sempre o vejo na televisão. Minha filha é apaixonada pelo senhor... E eu também... um pouco.

Na cara de Ciba se estampava um sorriso gentil.

— Bem, talvez a senhora devesse lê-los, pode ser que não goste.

— Não diga isso, está de brincadeira?

Mais um livro. Mais um autógrafo.

— Como é o seu nome?

— Aldo. Pode escrever: para Massimiliano e Mariapia. São meus filhos, têm 6 e 8 anos, vão lê-lo quando forem mais vel...

Fabrizio os detestava. Eram uma massa de ignorantes. Um rebanho de ovelhas. A apreciação deles não valia nada. Com o mesmo entusiasmo, acorreriam pelas memórias familiares do diretor do telejornal da RAI 2, pelas confidências amorosas da mais insossa assistente de palco de TV. Queriam apenas ter sua própria conversinha com o astro, o próprio autógrafo, o próprio momento com o ídolo. Se pudessem, até lhe arrancariam um pedaço do terno, um tufo de cabelos, um dente, e os levariam para casa como relíquias.

Não aguentava mais ser gentil. Sorrir como um idiota. Tentar ser modesto e condescendente. Em geral, conseguia mascarar muito bem o incômodo físico que o contato humano indiscriminado lhe provocava. Era um mestre do fingimento. Quando chegava a hora, lançava-se na lama convencido de que isso o agradava. Daqueles banhos de multidão, saía transtornado, mas purificado.

Naquela noite, porém, uma suspeita atroz estava envenenando sua vitória. A suspeita de não estar tendo o comportamento adequado, a contenção de um verdadeiro escritor. De um escritor sério como Sarwar Sawhney. Durante a apresentação, o velho não dissera palavra. Ficara ali como um asceta tibetano, com aqueles olhos de ébano, sábios e distantes, enquanto ele bancava o bufão dizendo besteiras sobre o fogo e a cultura. E, como de hábito, surgiu-lhe na mente a pergunta sobre a qual se apoiava toda a sua carreira. *Quanto do meu sucesso eu devo aos livros, e quanto à televisão?*

Como sempre, preferiu não se dar uma resposta, era melhor tomar uns uísques. Antes, no entanto, precisava se livrar daquele enxame de moscas. Quando viu a pobre Maria Letizia abrir espaço a cotoveladas, só pôde se regozijar.

— Sawhney quer lhe falar... Assim que terminar aqui, você pode ir ao encontro dele?

— Agora! Agora mesmo! — respondeu Ciba. Como se tivesse sido convocado pelo Pai Eterno em pessoa, se levantou e disse a todos os fãs que ainda não tinham recebido o certificado de participação: — Sawhney quer falar comigo. Por favor, me deixem passar.

À mesa dos aperitivos, entornou dois uísques, um atrás do outro, e se sentiu melhor. Agora, com o álcool no corpo, podia enfrentar o prêmio Nobel.

Leo Malagò se aproximou bamboleando feliz, como um cão que ganhou um canapé de pasta de javali. — Grande! Você empolgou todo mundo com aquela historinha do fogo. Me pergunto como é que lhe vêm certas ideias. Mas agora, Fabrizio, por favor não se embriague. Ainda devemos ir jantar. — Pegou-o pelo braço. — Fui conferir na bancada dos livros. Sabe quantos você vendeu esta noite?

— Quantos? — foi a resposta inevitável de Ciba. Era como um reflexo condicionado.

— Noventa e dois! E sabe quantos Sawhney vendeu? Nove! Você não sabe como Angiò está emputecido. — Massimo Angiò era o editor de literatura estrangeira. — Eu adoro vê-lo puto da vida! E amanhã você estará em todos os jornais. A propósito, que tradutora gostosa, hein? — O rosto de Malagò relaxou, os olhos ficaram repentinamente enternecidos. — Imagine comer aquela gata...

Fabrizio, porém, havia perdido todo o interesse pela moça. Seu humor estava baixando como um termômetro durante uma geada repentina. O que o indiano queria lhe dizer? Reclamar das besteiras que ele havia disparado? Fez um esforço.

— Um instante, desculpe.

Viu Sawhney num canto. Sentado diante da janela, olhava as frondes das árvores que arranhavam o céu amarelento de Roma. Os cabelos negros brilhavam à luz dos lustres.

Ciba se aproximou cauteloso.

— Com licença...

O velho indiano se voltou, viu-o e sorriu, mostrando uma dentadura perfeita demais para ser verdadeira.

— Por favor, pegue uma cadeira.

Fabrizio se sentia como um menino chamado pelo diretor para levar uma bronca.

— Como vai? — perguntou em seu inglês escolar, sentando-se diante de Sawhney.

— Bem, obrigado. — Em seguida o indiano se corrigiu. — Na verdade, estou um tanto cansado. Não consigo dormir. Sofro de insônia.

— Eu, não, felizmente. — Fabrizio se deu conta de que não tinha nada a dizer a ele.

— Li seu livro. Meio às pressas, no avião, pelo que peço desculpas...

Fabrizio soltou um estrangulado "E...?". Estava prestes a ouvir a avaliação do prêmio Nobel de literatura. Do escritor mais importante do mundo. Aquele que recebera na imprensa a melhor resenha dos últimos dez anos. Uma parte de seu cérebro se perguntou se ele realmente queria ouvi-lo.

Com certeza, achou asqueroso.

— Gostei. Muito.

Fabrizio Ciba notou uma onda de bem-estar que lhe invadia o corpo. Uma sensação semelhante àquela que os toxicômanos experimentam quando se injetam heroína de boa qualidade. Uma espécie de calor benéfico que fez sua nuca formigar, deslizou-lhe ao longo da mandíbula, cerrou-lhe as pálpebras, insinuou-se entre gengivas e dentes, desceu pela traqueia, irradiou-se do esterno à espinha através das costelas, ardente e agradável como Vick Vaporub, e saltitou de uma vértebra para outra até a bacia. O esfíncter teve uma palpitação e simultaneamente os pelos dos braços se arrepiaram. Era como tomar uma ducha quente sem se molhar. Melhor. Uma massagem sem ser apalpado. Ao longo dessa reação fisiológica que durou cerca de cinco segundos, Fabrizio ficou cego e surdo, e quando finalmente voltou à realidade Sawhney estava falando.

— ... lugares, fatos e pessoas ignoram a força que as cancela. Não acha?

— Sim, certamente — respondeu. Não tinha ouvido nada.
— Obrigado. Estou feliz.

— O senhor sabe como interessar o leitor, como tocar as melhores cordas da sensibilidade. Eu gostaria de ler algo mais longo de sua autoria.

—*A cova dos leões* é o livro mais longo que já escrevi. Há pouco tempo — na realidade, eram quase cinco anos — ... escrevi outro romance, *O sonho de Nestor*, mas esse também é bastante curto.

— Por que não se aventura um pouco mais? Certamente o senhor tem os meios expressivos para isso. Não tema. Deixe-se levar, sem medo. Se posso lhe dar um conselho, não se apresse, permita que a narração o conduza.

Fabrizio se conteve para não abraçar aquele querido e adorável velhinho. Como era verdadeiro e certo o que Sawhney estava dizendo! Ele se sabia capaz de escrever O GRANDE ROMANCE. Ou melhor, O GRANDE ROMANCE ITALIANO, tipo *Os noivos*, no mínimo, aquele que, para os críticos, faltava à nossa literatura contemporânea. Depois de várias tentativas, fazia algum tempo que estava trabalhando na saga de uma família sarda, de 1600 até hoje. Um projeto ambicioso, mas que, sem dúvida nenhuma, tinha mais força do que *O leopardo* ou *Os vice-reis*.

Esteve prestes a dizer isso ao escritor, mas certo pudor o reteve. Sentiu-se no dever de responder aos elogios. Começou a inventar:

— De qualquer modo, eu queria lhe dizer que seu livro literalmente me entusiasmou. É um romance extraordinariamente orgânico, e a trama é tão intensa... Como é que o senhor faz? Qual é o seu segredo? Há uma energia dramática que me deixou abalado durante semanas. O leitor não só é chamado a apreciar a consciência e a inocência daquelas potentes figuras femininas, mas também, através das vicissitudes delas, como direi... Sim, o leitor é obrigado a transferir seu olhar das páginas do livro à sua própria realidade.

— Obrigado — disse o indiano. — Como é bom trocar elogios!
Os dois começaram a rir.

9.

O líder das Bestas de Abaddon estava instalado à mesa da copa, terminando de comer uma lasanha que boiava num lago de bechamel reaquecido. Sentia náusea, mas devia fingir que não tinha jantado.

Serena, sentada com as pernas apoiadas no lava-louças, estava pintando as unhas. Como sempre, não o esperara para jantar. Na bancada de fórmica da cozinha, a televisão transmitia *Quem quer ser milionário?*, o programa preferido de Saverio depois de *Mistérios*, transmitido pela RAI 3. A mente do líder das Bestas estava longe, porém. Ele continuava recapitulando o telefonema de Kurtz Minetti.

Eu sou o máximo! Limpou a boca no guardanapo. *Como foi que eu disse? Não. Não estou interessado.* Qual satanista em circulação teria colhões para recusar o convite a se tornar o ponto de referência dos Filhos do Apocalipse na Itália Central? Teve vontade de telefonar a Murder e contar como havia mandado Kurtz ir cagar, mas Serena podia ouvir, e também ele não queria dizer ao outro o que aquele merda do Kurtz pensava sobre as Bestas de Abaddon, isso o deixaria mal.

Estava surpreso pelo modo como aquele "não" lhe saíra potente e sem hesitações. Não pôde evitar pronunciá-lo de novo:

— Não!

— Não o quê? — perguntou Serena, sem erguer o olhar das unhas das mãos, que estava pincelando com esmalte vermelho.

— Nada, nada. Eu estava pensando... — Saverio teve o impulso de contar tudo à sua mulher, mas se conteve. Se ela descobrisse que ele era o chefe de uma seita satânica, no mínimo ia pedir o divórcio.

Mas aquele "não" podia ser o início de uma guinada existencial. Era um "não" que inevitavelmente desencadearia uma avalanche de "nãos" que já era hora de pronunciar. Não aos fins de semana de trabalho. Não às tarefas de cuidador do velho. Não à obrigação de ser sempre ele a jogar o lixo fora.

— Tem aí o resto do peru de ontem. Esquente no micro-ondas. — Serena se levantara e balançava as mãos para secar o esmalte.

— Não. — A resposta dele saiu naturalmente.

Serena bocejou.

— Vou dormir. Quando você terminar, tire a mesa, leve o lixo lá para baixo e apague as luzes.

Saverio a observou. Ela usava uma bermuda de jeans stretch coberta de strass, botas de caubói em verniz branco e uma camiseta preta com um enorme V de Valentino.

Nem mesmo as garotas em frente aos centros comerciais se vestem desse jeito.

Serena Mastrodomenico tinha 44 anos, e todo o sol que havia tomado na vida a deixara desidratada como um tomate seco. Era magérrima, embora tivesse parido dois gêmeos menos de um ano antes. De longe fazia bela figura, com aquele físico esbelto, os peitos como balõezinhos e aquela cor de café com leite. Mas, se você se aproximasse e a observasse bem, descobriria que a pele era frouxa e coriácea como a de um rinoceronte, e que um emaranhado de rugas finas lhe atravessava o pescoço, o contorno da boca e o colo. Os olhos verdes, brilhantes e vivos, se plantavam sobre os zigomas luzidios e redondos como duas maçãs *annurca*.

Com frequência, usava sapatos abertos que destacavam os tornozelos afunilados e os pezinhos graciosos. Trajava roupinhas leves, das quais despontavam as rendas do sutiã, dois tamanhos menor, e os hemisférios de silicone. Cobria-se de joias étnicas como se fosse uma princesa berbere no dia da coroação.

Nos longos anos de casamento, Saverio havia notado que sua senhora fazia muito sucesso entre os homens, sobretudo os jovens. Sempre que Serena ia à loja da movelaria, os rapazes da expedição, um bando de garanhões, faziam comentários grosseiros com ele. Não respeitavam nem a filha do patrão.

"Que espetáculo deve ser sua mulher trepando... Que garotas, que nada, aquela lá tem experiência. Deve se abrir como um sofá-cama", "Vamos, faça um vídeo pornô", "Save, como é que você faz para satisfazê-la? Aquela, na minha opinião, precisa de um time de machos..." "É o tipo clássico que banca a refinada, mas, na realidade, é uma tremenda sacana..." E outras vulgaridades que é melhor não reproduzir.

Se aqueles retardados soubessem a verdade... Serena detestava sexo. Dizia que era grosseiro. Abominava toda forma de nudez, achava repulsivos os fluidos corporais e tudo o que tivesse a ver com relações físicas (menos as massagens, mas praticadas exclusivamente por mulheres).

No entanto, para Saverio Moneta alguma coisa não batia. Se o sexo lhe dava tanto nojo, por que ela saía emperiquitada como uma playmate? E por que, entre todas as vagas do estacionamento, deixava o utilitário bem diante da loja?

Saverio se levantou e começou a tirar a mesa. Não tinha vontade de ir para a cama, estava contente demais. Por sorte, os gêmeos dormiam. Era o momento certo para se concentrar na ideia de que iria balançar as Bestas de Abaddon e o resto do mundo. Pegou um bloquinho, uma caneta, o controle remoto para desligar a televisão, quando ouviu Gerry Scotti dizer:

— Incrível! Nosso simpático Francesco, de Sabaudia, chegou caladinho, caladinho, à pergunta de um milhão de euros...

O concorrente era um homenzinho nervoso, com um sorriso fixo na boca. Parecia estar sentado em cima de um porco-espinho. Gerry, porém, exibia a expressão satisfeita de um gato tigrado que acabou de papar uma latinha de atum. Pouco faltava para que começasse a arranhar a poltrona com as unhas.

— E então, meu caro Francesco, está preparado?

O homenzinho engoliu em seco e ajeitou a gola do paletó.

— Bastante...

Gerry alargou o tórax grandão e se voltou para o público, divertido.

— Bastante? Ouviram bem? — Em seguida, repentinamente sério, dirigiu-se aos telespectadores. — Qual de vocês, no lugar de Francesco, não estaria nervoso? Ponham-se na pele dele. Um milhão de euros pode mudar a vida de uma pessoa. — Voltou a falar com o concorrente. — Você disse que seu sonho era pagar o financiamento da casa. E agora? Se ganhasse, o que faria além disso?

— Bem, eu compraria um carro para minha mãe e também...

— O coitado estava sufocado. Boqueou como um peixe e conseguiu responder: — Gostaria de fazer uma doação ao instituto San Bartolomeo de Gallarate.

Gerry o esquadrinhou de alto a baixo.

— E de que se ocupa o instituto, se me permite?

— De ajudar os sem-teto.

— Bom, parabéns. — O apresentador incitou o público a bater palmas e o público lhe restituiu um fragoroso aplauso. — Você é um filantropo. Mas será que depois não vamos vê-lo correr numa Ferrari? Não. Percebe-se que você é uma excelente pessoa.

Saverio balançou a cabeça. Se ganhasse aquela soma, compraria um castelo medieval nas Marcas e faria dele a base operacional das Bestas.

— Mas agora vamos à pergunta. Está pronto? — Gerry apertou o nó da gravata, pigarreou e, enquanto apareciam na tela a pergunta e as quatro opções de resposta, recitou:

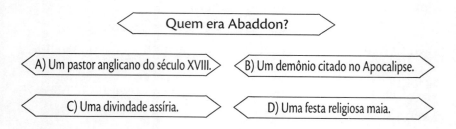

Por pouco Saverio Moneta não caiu da cadeira.

10.

Depois da injeção revitalizante no ego, Fabrizio Ciba sentiu seu humor subir a níveis estratosféricos. Tinha escrito um romance importante e escreveria outro mais importante ainda. Já não havia motivo algum para se interrogar sobre as razões de seu sucesso. Assim, quando viu Alice Tyler conversando com o diretor de vendas da Martinelli, ele decidiu que chegara o momento de intervir. Terminou o uísque, despenteou os cabelos e disse ao escritor indiano:

— Com licença um instante, vou cumprimentar uma pessoa. — E partiu para o ataque.

— Oi, eu sou Fabrizio Ciba. — Intrometeu-se entre os dois e disse a Modica: — Já que vocês são umas sanguessugas e nunca me pagam uma só lira por essas apresentações, posso fazer tudo o que me der na telha, e portanto vou pegar a tradutora mais competente e fascinante do mundo e levá-la para tomar uma taça de champanhe.

O diretor de vendas era um sujeito gordote, de uma palidez esclerótica, e a única coisa que conseguiu fazer foi inchar como um baiacu.

— Você não se incomoda, não é, Modica? — Fabrizio segurou a tradutora pelo pulso e arrastou-a consigo até a mesa das bebidas. — É o único jeito de se livrar dele: falar de dinheiro. Eu queria lhe dar os parabéns, você fez um ótimo trabalho com o livro de Sawhney, conferi a tradução palavra por palavra.

— Não curta com a minha cara — riu ela, divertida.

— É verdade, juro! Juro por Achille Pennacchini! Conferi todas as 800 páginas e nada, tudo perfeito. — Botou a mão sobre o coração. — Só uma observaçãozinha... pois é, na página 615 você traduziu *creel* como cesto para pesca e não como nassa... — Fabrizio tentava fitá-la no rosto, mas não conseguia tirar os olhos dos seios dela. E aquela blusinha apertada não o ajudava. — Desculpe, mas as tradutoras não deveriam ser feias e malvestidas?

Sentia-se patinando no gelo. Voltara a ser Ciba o conquistador, aquele das melhores ocasiões.

— E então, quando nos casamos? Eu escrevo os livros e você os traduz, ou melhor, o contrário, você escreve os livros e eu os traduzo. Vamos arrasar! — Serviu para ela uma taça de champanhe e, para si, outro uísque. — Sim, devíamos realmente fazer isso...

— Fazer o quê?

— Nos casar, não? — Foi obrigado a repetir. Teve a vaga sensação de que a moça não correspondia exatamente aos seus avanços. Não era a clássica italiana espalhafatosa, e talvez ele devesse usar uma estratégia mais soft. — Tive uma ideia. Por que não escapulimos? Minha vespa está aí fora. Imagine que bonito, todo mundo se entediando mortalmente aqui, falando de literatura, e nós circulando por Roma e nos divertindo como loucos. O que acha?

Fitou-a com os olhos de um menino que acabou de pedir à mamãe uma fatia de torta.

— Você é sempre assim? — Alice passou a mão pelos cabelos e descerrou os lábios sobre os dentes branquíssimos.

Fabrizio ronronou:

— Assim, como?

— Bem, assim... — Ela ficou um instante em silêncio, procurando a palavra, e suspirou: — Bobo!

Bobo? Como, bobo?

— É a parte infantil do gênio — chutou Ciba.

— Não, não podemos ir embora. Esqueceu? Temos o jantar. E Sawhney...

— Pois é, o jantar, eu tinha esquecido. Certo — mentiu ele. Havia exagerado, convidando-a para fugir dali, e agora tentava reduzir o peso da recusa.

Ela o agarrou pelo pulso:

— Venha comigo.

Quando passou junto da mesa, Ciba apanhou rapidamente uma garrafa de uísque.

Para onde ela o estava levando?

Em seguida viu a porta do jardim.

11.

Era evidente que Satanás tinha usado Gerry Scotti para se comunicar com ele. Como era possível que, entre todas as infinitas perguntas que existem no universo, os redatores do programa tivessem escolhido justamente uma sobre Abaddon? Era um sinal. De quê, Saverio não tinha a mais pálida ideia. Mas era sem dúvida um sinal do Mal.

O sujeito de Sabaudia havia errado. Tinha respondido que Abaddon era um pastor anglicano do século XVIII e voltado à sua casa para pagar o financiamento.

Bem feito. Assim você aprende a não saber quem é Abaddon, o destruidor.

Saverio pegou numa gaveta um envelope de Alka-Seltzer, dissolveu a pastilha num copo-d'água e recapitulou o dia transcorrido. As últimas doze horas tinham algo de prodigioso. Tudo havia começado com sua decisão repentina de dar o grande salto com as Bestas. Depois a recusa a Kurtz Minetti. E agora, aquela pergunta. Devia procurar outros sinais da presença do Maligno em sua vida.

Que dia era? Estava-se em 28 de abril. No calendário satânico, 28 de abril correspondia a quê?

Foi buscar na sala a mochila do laptop. O aposento era decorado com a coleção étnica Zanzibar. Móveis esquadrados, feitos de uma madeira negra e oleosa, marchetada com losangos de couro de zebra. Emanavam um curioso odor condimentado que com o tempo provocava dor de cabeça. A tela de plasma Pioneer estava disposta sobre um enorme mosaico que Serena havia montado com conchas de vôngoles e mexilhões e com pedras coloridas recolhidas no Argentario. Deveria representar uma sereia sentada sobre um recife, dedilhando os longos cabelos como se fossem cordas de uma harpa.

Saverio se conectou à internet e procurou no Google: calendário satanista. Descobriu que 28 de abril não correspondia a nada. Trinta de abril, porém, era a Noite de Valpurga. Quando ocorre a grande reunião das bruxas no topo do monte Brocken.

Levantou-se, perplexo. Do jeito como iam as coisas, estava seguro de que 28 de abril era um dia satânico.

Embora, na verdade, 28 não seja distante de 30, a Noite de Valpurga.

Aproximou-se da caixa ao lado da porta de entrada. Cortou a fita adesiva e abriu a embalagem. Depois, como um paladino antigo, ajoelhou-se, debruçou-se sobre o tesouro, meteu as mãos entre as aparas de isopor e extraiu a Durindana. Levantou-a com ambas as mãos. A lâmina de aço temperado, o guarda-mão em ferro forjado e a empunhadura coberta de couro. Por muito tempo ele ficara indeciso quanto a comprar uma catana japonesa, mas havia feito bem ao escolher uma arma que pertencia à nossa tradição cultural. Era bonita de tirar o fôlego.

Saiu para a varandinha, ergueu-a diante do disco da lua e, como Rolando em Roncesvales, começou a girá-la. De bom grado desafiaria Kurtz Minetti para um duelo. Na sede dele em Pavia.

Eu com a Durindana e ele com a bipene.

Imaginou-se evitando um golpe, girando sobre si mesmo e, com uma cutilada precisa, decapitando o sumo sacerdote. Depois diria: "Venham a mim! Vocês serão Bestas." E todos os Filhos do Apocalipse se inclinariam perante ele. Essa, sim, seria uma bela ação. Só que Kurtz Minetti, embora fosse baixinho pra caralho, era discípulo de Sante Lucci, um mestre shaolin triestino.

Com uma pirueta, Saverio destruiu o varal de roupas. A ideia de que aquela joia fosse parar na lareira do sogro em Roccaraso o deixava muito mal.

O telefone começou a tocar. A campainha se calou. Serena havia atendido. Pouco depois, ele a ouviu gritar:

— Saverio, é pra você. Seu primo. Diga a ele que, na próxima vez que ligar a esta hora, eu o faço engolir os dentes.

O líder das Bestas voltou à sala, guardou a espada na caixa, pegou o aparelho sem fio e respondeu apressado:

— Antonio? Diga.

— Oi, primo. Como vai?

— Tudo bem. Aconteceu alguma coisa?

— Não, nada. Ou melhor, sim. Preciso de sua ajuda.

Até isso vinha interferir. Afinal, não passava pela cabeça de ninguém que Saverio Moneta também tinha seus problemas para resolver?

— Não, escute... Eu ando enroladíssimo... Lamento.

— Espere. Você não tem que fazer nada. Sei que anda ocupado. Mas de vez em quando já o vi espairecendo com um pessoal aí...

Ele me viu com as Bestas. Preciso prestar mais atenção.

— Estou na merda, quatro poloneses me deram bolo na última hora. Estou procurando uma substituição. É pra carregar caixotes de vinho, colocar as mesas no jardim, tirar os pratos. Coisas assim. Homens de trabalho braçal, mas safos. Mesmo sem muita experiência, basta que queiram dar duro e andem na linha.

Antonio Zauli era o chefe dos garçons da Food for Fun, uma empresa de *catering* da capital que, graças à supervisão de Zóltan Patrovič, o imprevisível chef búlgaro proprietário do famosíssimo restaurante Le Regioni, se tornara em Roma a número um na organização de banquetes e bufês.

Saverio não escutava. *E se eu decapitasse o padre Tonino com um golpe da Durindana? Afinal ele sofre de mal de Parkinson, seria até um favor. Amanhã, depois do pediatra, levo a espada ao amolador... não, assim eu meio que copiaria Kurtz Minetti.*

— Saverio? Está me ouvindo?

— Sim... Desculpe... Não vai dar — chutou.

— Não vai dar é o caralho. Você nem me escutou. E não entendeu. Eu estou desesperado. Estou apostando o rabo nesta festa. Faz seis meses que venho trabalhando nisso, Save. — Baixou a voz. — Jura que não diz a ninguém?

— Não digo o quê?

— Jure.

Saverio olhou para cima e percebeu como era horrendo o lustre étnico.

— Juro.

Em tom conspiratório, Antonio sussurrou:

— Todo mundo irá a essa festa. Diga aí um VIP. Qualquer um. Vamos, diga. O primeiro que lhe vier à cabeça.

Saverio pensou um instantinho.

— O papa.

— Ora, assim não dá! Eu disse um VIP. Cantores, atores, jogadores de futebol...

Saverio bufou.

— E eu sei lá? O que você quer de mim? O que devo lhe dizer? Paco Jiménez de la Frontera?

— O centroavante do Roma. Bingo!

Pronto, se existia no mundo uma palavra que Saverio Moneta odiava, era "bingo". Como todos os satanistas sérios, ele detestava a cultura de massa, o jargão, o Halloween e a americanização da língua. Se dependesse dele, todo mundo ainda deveria falar latim.

— Diga outro.

Saverio não aguentou.

— Não sei! E não estou nem aí! Tenho muitas coisas em que pensar.

Antonio exibiu um tom ofendido.

— Mas o que você tem? Está esquisito, sabia? Eu lhe ofereço, e aos seus amigos, a oportunidade de ganhar uma grana, de participar da festa mais exclusiva dos últimos anos, de estar perto dos personagens mais famosos, e você me manda tomar no cu?

Saverio queria mesmo era arrancar a carótida do primo e tomar um banho em seu plasma, mas se sentou no sofá e tentou tranquilizá-lo.

— Não, Anto, desculpe mesmo. Meu problema não é com você. É que estou cansado. Sabe, os gêmeos, meu sogro, é uma fase braba...

— Entendo. Mas, se lhe ocorrer alguém, me dê um toque. Até amanhã de manhã, tenho que arrumar quatro caras. Pense nisso, ok? Diga a eles que a grana é muito boa, e durante a festa tem também o show de Larita e uns fogos de artifício.

O líder das Bestas eriçou as antenas.

— Como assim? Larita? Larita, a cantora? Aquela que fez *Live in Saint Peter* e *Unplugged in Lourdes*? Aquela da canção *King Karol*?

Elsa Martelli, nome artístico Larita, por alguns anos tinha sido a vocalista do Lord of Flies, uma banda death metal de Chieti Scalo. As canções deles eram hinos ao Maligno, muito apreciadas pela comunidade satânica italiana. Depois, de repente, Larita deixara a banda, convertera-se à religião cristã, fazendo-se batizar pelo papa, e empreendera uma carreira solo como cantora pop. Seus discos eram uma mistura insossa de new age, amores adolescentes e bons sentimentos, e por isso obtinham enorme sucesso em todo o mundo. No entanto, era detestada por todos os satanistas.

— Sim. Acho que sim. Larita... aquela que canta *L'Amore intorno*. — Antonio não era especialista em música pop.

Saverio percebeu que o ar tinha um cheiro bom, de terra e de grama recém-podada dos canteiros. A lua havia desaparecido e estava tudo escuro. As janelas vibravam e o fícus se agitava, balançado por uma lufada repentina de vento. Começou a chover. Gotas grossas e pesadas mancharam os ladrilhos da varanda e um raio, como uma rachadura, rasgou as trevas. Por um instante o céu pareceu diurno, com uma explosão que fez a terra tremer, os alarmes antifurto dispararem e os cães latirem.

Sentado no sofá, Saverio Moneta viu um exército de grandes nuvens negras e contorcidas avançando em direção a Oriolo Romano. Uma, a maior de todas, dobrou-se bem diante dele e se alongou em um lado, transformando-se numa espécie de rosto. Olhos negros e uma boca escancarada. Imediatamente depois, as trevas voltaram.

— Minha Nossa Senhora do Carmo! — soltou, sem querer. Correu a fechar a vidraça, a chuva estava molhando todo o parquê.
— Tudo bem! — ofegou ele no telefone.
— Tudo bem, o quê?
— Eu tenho três. — Em seguida bateu a mão no peito. — E o quarto sou eu.

12.

Fabrizio Ciba e Alice Tyler estavam sentados, com recato, num banco de mármore diante de uma fonte oval. À direita, um bosquezinho de bambu iluminado por uma lâmpada halógena. À esquerda, uma touceira de hortênsias. Entre os dois, 20 centímetros. Estava escuro e fazia frio. As luzes do palacete atrás deles se refletiam na superfície da água e nas pernas esplêndidas de Alice.

Fabrizio tomou um gole de uísque e passou a garrafa à moça, que a agarrou. Devia agir rapidamente, pensou ele. Naquele gelo, se arriscavam a uma paresia. O que fazer? Pular logo em cima dela? *Estou na dúvida... Sabe como é, essas intelectuais anglo-saxônicas...*

O dominador dos rankings, o terceiro homem mais sexy da Itália segundo o semanário feminino *Yes* (depois de um piloto de motocicleta e de um ator de sitcom mestiço), não podia em absoluto aceitar uma recusa. Isso provavelmente o obrigaria a anos de psicanálise.

O silêncio começava a se tornar inquietante. Então ele arriscou:

— Você também traduziu os livros de Irvin Parker, não? — Enquanto falava, percebeu que era a pior coisa a dizer, para uma abordagem rápida.

— Sim. Todos, menos o primeiro.
— Ah... E o conheceu?
— Quem?
— Parker.
— Sim.
— E como ele é?
— Simpático.
— É mesmo?
— Muito.

Não! Não funcionava. E, além disso, ele a sentia distraída. Os 20 centímetros que os separavam pareciam 20 metros. Era melhor entrar de volta no palacete e deixar pra lá.

— Escute, talv...

Alice o encarou.

— Preciso lhe dizer uma coisa. — Seus olhos brilhavam. — Uma coisa meio embaraçosa... — Ela respirou fundo, como se precisasse se livrar de um segredo. — Quando acabei de ler *A cova dos leões*, me comovi... Fiquei mal, imagine que naquela noite eu ia sair mas fiquei em casa, estava muito abalada. E no dia seguinte reli o livro e o achei ainda mais bonito. Não sei o que dizer, foi uma experiência única... Encontrei muitas analogias com minha vida.

Ciba foi atravessado por ondas de prazer, vagalhões de endorfina que desciam da cabeça até embaixo, turbilhonando em suas veias como petróleo num oleoduto. Só que desta vez, ao contrário do que ocorrera com Sawhney, o prazer se canalizou no ureter, no epidídimo, nas artérias femorais, e explodiu dentro de seu órgão reprodutor, o qual se encheu de sangue, provocando uma ereção feroz. Fabrizio agarrou-a pelos pulsos e lhe meteu a língua na boca. E ela, que estava para confessar que havia escrito a ele uma longa carta, viu-se com aquela língua entre as amígdalas. Emitiu uma série de vogais: — Ei iaiô — que significavam "Você enlouqueceu!". Instintivamente, Alice tentou se livrar da gastroscopia, mas, não conseguindo, entregou os pontos. Meteu a mão entre os cabelos dele, pressionou com mais força lábios sobre lábios e começou a rodopiar a língua pequena e carnuda.

Ao senti-la dominada, Fabrizio lhe cingiu a cintura com os braços e pressionou o peito contra o dela, sentindo-lhe a sólida consistência. Alice levantou uma das maravilhosas pernas. Ele a empurrou contra a ereção. Ela então levantou a outra maravilhosa perna. E ele lhe enfiou a mão entre as coxas.

Federico Gianni, o executivo-chefe da Martinelli, e seu fiel escudeiro Achille Pennacchini estavam debruçados na balaustrada do grande terraço que dominava o jardim e Roma inteira.

Gianni era um varapau todo embonecado em seus esvoaçantes ternos de Caraceni. Quando jovem, tinha jogado basquete até chegar à série A2, mas aos 25 anos havia abandonado o esporte para assumir a gestão de uma indústria de calçados de ginástica. Depois, através sabe-se lá de quais caminhos e contatos, chegara à editoração, primeiro numa pequena editora milanesa, e finalmente aproando na Martinelli. De literatura, não entendia porcaria nenhuma. Tratava os livros como sapatos e se orgulhava de seu modo de pensar.

Totalmente o contrário de Pennacchini, tirado por Gianni da universidade de Urbino, onde ensinava literatura comparada, e trazido para dirigir a editora. Era um acadêmico, um homem de letras, e tudo nele demonstrava isso: os óculos redondos com aro de tartaruga diante dos olhos azuis arruinados pelos livros, o paletó de xadrez amarfanhado, a camisa de algodão grosso com botões no colarinho, a gravata de lã e a calça de algodão riscado. Falava pouco. Sempre em voz baixa. E titubeava. Nunca se conseguia compreender o que ele realmente pensava.

— Mais uma que já foi. — Gianni se espichou. — E acho que foi bem.

— Muito bem — ecoou Pennacchini.

Roma parecia uma enorme colcha suja constelada de luzes.

— É grande esta cidade — refletiu Gianni diante daquele espetáculo.

— Muito grande. Vai dos Castelli até Fiumicino. É realmente imensa.

— Quanto terá de diâmetro?

— Bah, não sei... Pelo menos uns 80 quilômetros — chutou Pennacchini.

Gianni deu uma olhada no relógio.

— Dentro de quanto tempo vamos para o restaurante?

— Daqui a uns vinte minutos, no máximo.

— O bufê estava um nojo. Comi dois *tramezzini** de salmão totalmente secos. Estou com fome. — Gianni fez uma pausa. — E também preciso mijar.

Ao ouvir a última afirmação de seu chefe, Pennacchini balançou a cabeça para a frente e para trás como um pombo.

— Estou quase indo fazer no jardim. Ao ar livre. Não há nada melhor do que mijar diante deste espetáculo. Olhe ali, parece que está vindo um temporal. — Gianni se debruçou do terraço e olhou a vegetação escura. — Você pode cuidar para ninguém me ver? Ou melhor, se alguém aparecer por aqui, segure-o.

— E digo o quê? — murmurou incerto o diretor.

— A quem?

— A quem por acaso aparecer por aqui.

Gianni pensou um instantinho.

— Sei lá... Puxe conversa, não o deixe ir em frente.

Baixando o fecho da calça, o executivo-chefe desceu os degraus que levavam ao jardim. Pennacchini se plantou, como um guarda suíço, no alto da escada.

13.

Larita.

Era ela a escolhida. Sacrificariam a cantora de Chieti Scalo ao Senhor do Mal. Durante a festa, Mantos a decapitaria com a Durindana.

---

* Sanduíches de pão de forma, em geral com mais de uma camada de recheio e cortados em formato triangular. (N. da T.)

— Que freira, que nada... Kurtz, vou lhe mostrar — casquinou Saverio, começando a pular pela sala.

O que aconteceria em nível planetário, quando se soubesse que a intérprete que havia vendido 10 milhões de discos entre Europa e América Latina e cantado para o papa no dia de Natal tinha sido decapitada pelas Bestas de Abaddon? A notícia sairia nas primeiras páginas dos jornais do mundo inteiro. Ao nível de John Lennon e de Janis Joplin...

Saverio teve uma dúvida: Janis Joplin tinha sido assassinada?

E quem se importa? O que lhe interessava naquele momento era que, com uma iniciativa daquelas, seria lembrado para sempre. A ele seriam dedicados sites, fóruns e blogs. Seu rosto seria estampado nas camisetas de milhares de garotos. E, durante gerações e gerações, grupos de satanistas se inspirariam na figura de Mantos e ficariam fascinados por sua personalidade carismática e psicótica, à semelhança de Charles Manson.

Saverio pegou no aparador junto à porta de casa o iPod de Serena. Estava certo de que sua mulher tinha alguma coisa da cantora entre os MP3. Não deu outra. Apertou play. A artista começou a cantar, com sua voz melodiosa e rica de oitavas, a história de amor entre dois adolescentes.

Que porcaria!

Aquela nojenta havia unido as coisas que ele mais odiava na vida: o amor e os jovens.

Tirou do bar uma garrafa de Jägermeister e se atracou com ela.

A bebida estava superamarga.

14.

O banco de mármore era desconfortável. Fabrizio Ciba e Alice Tyler estavam embolados um com a outra, enquanto lufadas de mistral começavam a balançar o bosquezinho de bambu. O escritor tinha uma das mãos apoiada na mureta de concreto e a outra sobre um peito da tradutora. A tradutora, por sua vez, tinha uma das suas grudada às costas e a outra enfiada na calça do escritor. O cinturão bloqueava, como um torniquete, o afluxo de sangue à sua mão, e assim a única coisa que ela podia fazer com os dedos entorpecidos era apertar o passarinho dele. Fabrizio ofegava em cima da orelha dela, tentando liberar o seio da constrição do sutiã, mas, não conseguindo, decidiu que lhe exploraria as partes íntimas.

Só perceberam o executivo-chefe, que estava mijando a 10 metros dali, quando o ouviram suspirar:

— Ahh!! Eu estava precisando mesmo. Que alívio!

Os dois se imobilizaram como linguados e, se pudessem, tal como o *Solea solea*, mudariam de cor, mimetizando-se com o ambiente circundante. Fabrizio sussurrou no ouvido dela:

— Não fale, tem alguém aí... Calada, por favor. Não respire.

E se petrificaram, como dois moldes pompeianos. Cada um com a mão na genitália do outro.

Outra voz. Mais distante.

— Ciba foi ótimo esta noite.

Afinal, quantos são?

A voz mais próxima respondeu:

— Sim, devo dizer que nessas coisas o nosso Ciba é o melhor de todos!

— É Gianni! O executivo-chefe! — explicou o escritor a Alice, com um fio de voz.

— Meu Deus, meu Deus, meu Deus — invocou ela. — E se eles nos virem?

— Silêncio. Não fale. — Fabrizio levantou a cabeça. A silhueta de Gianni se alongava atrás da moita de hortênsias. Ciba se abaixou de volta. — Está mijando! Não pode nos ver. Já vai se afastar.

Mas o executivo-chefe, que sofria da próstata, permaneceu sacolejando o troço, esperando descargas sucessivas, enquanto comentava:

— Muito boa a história do fogo! Uma besteira, mas eficaz, nada a reclamar. Devemos chamá-lo mais vezes para fazer essas coisas, ele é magnético.

Fabrizio sorriu satisfeito e olhou Alice, que bufou divertida. O que mais ele podia querer? Estava bolinando uma espécie de modelo mestiça e intelectual, e ao mesmo tempo ouvindo os louvores efusivos do rei de sua editora.

Tocou o clitóris dela. Alice se arrepiou e bafejou a orelha dele:

— Devagar... devagaaar... Senão eu começo a gritaaaaiii...

O pau de Fabrizio se transformara num bloco de cimento armado.

— Mas, falando de coisas sérias... Como anda Ciba com o novo romance?

— Não consigo entender... Pelo pouco que li... — Pennacchini ficou sem palavras. Com frequência lhe acontecia de se bloquear, como se o tivessem desligado da tomada.

— O quê, Pennacchini? O que você leu?

— Me pareceu, bem, bastante desfocado... Ou melhor... Como direi... Uma tentativa desastrada, mais do que uma verdadeira narração...

Fabrizio, que enquanto isso forcejava por desprender o cinturão, se paralisou.

— Uma porcaria, entendi. Como o último, aquele... *O sonho de Nestor*. Não estou nem um pouco satisfeito... E vai mais ou menos. De alguém que havia vendido um milhão e meio de exemplares, francamente, eu esperava algo mais. Com toda a publicidade que compramos para ele... Você viu o balanço semestral? Se não houvesse *A cova dos leões*...

Com um golpe de mestre, Alice finalmente liberou a ereção de Fabrizio e começou a masturbá-lo.

— ... Precisamos discutir o contrato para o próximo livro. A agente dele está maluca. Pediu um valor absurdo. Antes de assinar, temos que pensar bem. Não podemos ser estrangulados por alguém que, na verdade, vende como Adele Raffo, que ganha exatamente a metade do que ele.

Ciba achou que ia desmaiar. Aquele filho da puta o estava comparando a uma freira obesa que escrevia receitas de cozinha? E que história era essa de rediscutir o contrato? E também era um grande falso. Tinha dito a ele que *O sonho de Nestor* era um livro necessário, o romance de sua maturidade.

Enquanto isso, toda arrebatada, Alice não ouvia, continuava a lhe massagear o peru com um preciso movimento anti-horário do pulso, mas, para sua enorme surpresa, a operação não dava seus frutos, pelo contrário. O coiso estava literalmente murchando na mão dela. Olhou para ele, embaraçada. O escritor estava apavorado.

— O que houve? Ele está vindo pra cá?

— Por favor... Um instante. Fique calada, só um instantinho.

Alice percebeu uma nota desafinada na voz de Fabrizio, soltou o flácido apêndice e ficou escutando.

— Até porque ele não tem saída! Para onde vai? Nenhuma editora está disposta a lhe dar o que nós damos. Mas nem a metade! Quem ele acha que é? Grisham? E além disso eu soube que seu programa ainda não foi confirmado para o próximo ano. Se o encerrarem, ele despenca. Temos que fazê-lo baixar a crista. Ou melhor, na próxima semana, Achille, quero fazer uma reunião com

Modica e Malagò para resolvermos como agir... Vai ver que Ciba nem escreve outro livro. Ele está acabado. — Um instante de silêncio. — Ahh! Terminei. Estava me segurando desde o avião. — Em seguida, ruído de passos sobre o cascalho.

Fabrizio ficou suspenso no ar, incapaz de reagir. Depois despencou embaixo, na lama do planeta Terra, ou melhor, sobre a mulher em cuja vagina mantinha imerso o dedo médio. Uma mulher, aliás, que ele acabara de conhecer. E que trabalhava em sua mesma área. Uma estranha. Uma espiã em potencial.

Soergueu-se com a face congestionada e olhos de psicopata.

Ela cobriu o seio com a blusa e fez uma careta indefinível.

Pena! Está com pena de mim!, compreendeu Fabrizio. Extraiu o dedo e o limpou no paletó. Que diabo estava fazendo? Tinha enlouquecido? Como um adolescente no cio, jogara-se sobre uma desconhecida, enquanto sua editora conspirava contra ele.

Tenho que responder a essa afronta.

Só havia no mundo uma pessoa que podia ajudá-lo. Sua agente. Margherita Levin Gritti.

—Desculpe, mas preciso ir! — disse distraidamente, guardando de volta o molusco dentro da calça e afastando-se às pressas.

Ela ficou ali sem saber o que pensar, e depois começou a rebotoar a blusa.

15.

O líder das Bestas de Abaddon havia finalmente encontrado a ideia. Devia se reunir imediatamente com seus adeptos e informá-los da situação. Não importava que já fossem mais de dez horas da noite. Até porque eles estavam na casa de Silvietta, assistindo a um filme.

Com as luzes apagadas, foi até o quartinho de despejo. Bem-escondidos entre embalagens de detergente e caixas de sapato, e atochados dentro de uma sacola de supermercado, estavam os uniformes das Bestas. Ele mesmo os desenhara e mandara confeccionar por um alfaiate chinês de Capranica. Eram simples túnicas de algodão preto (ao contrário das dos Filhos do Apocalipse, ouro e violeta, superberrantes) com capuz pontudo. Como calçados, depois de muitas dúvidas, havia escolhido espadrilles pretas.

Voltou à sala e, tentando não fazer barulho, apanhou na caixa a Durindana e no aparador as chaves do carro. Pegou o guarda-chuva, a garrafa de Jägermeister, e já ia baixando a maçaneta da porta de casa quando o lustre se acendeu, inundando de luz a coleção Zanzibar.

Serena, de camisola, estava na porta da sala.

— Aonde você vai?

Saverio se curvou, baixou a cabeça e tentou esconder a espada atrás das costas, sem conseguir.

— Vou sair um instantinho...

— Para onde?

— Vou ver uma coisa na movelaria...

Serena estava perplexa.

— Com a espada?

— Sim... — Devia inventar imediatamente uma besteira qualquer. — Pois é... Tem um móvel... Um móvel de sala que poderia contê-la perfeitamente, e eu quero conferir se cabe. Vou e volto rapidinho. Enquanto isso, vá dormir.

— E o que tem nessa sacola?

Saverio olhou ao redor.

— Que sacola?

— Essa aí, na sua mão.

— Ah... Esta... — Saverio encolheu os ombros. — Não, nada... Umas roupas que vou dar a Edoardo. São para uma festa a fantasia.

— Sabe quantos anos você tem, Saverio?
— Que pergunta é essa?
— Você me cansou. Cansou profundamente.

Quando Serena dizia que estava cansada, profundamente cansada, com aquele tom exaurido, Saverio sabia que dali a poucos minutos começariam a brigar. E não convinha nunca brigar com Serena. Ela era capaz de aniquilar a pessoa, de se transformar em algo tão terrível que nem dá para descrever. A melhor estratégia era ficar calado e ter paciência. Se ela começasse a gritar, os gêmeos iriam acordar e choramingar, e a essa altura ele teria que ficar em casa.

Deixe-a falar. Superior.

— E não cansou só a mim. Sabe o que papai diz? Que, de todos os setores da movelaria, o seu é o único a dar prejuízo.

Apesar daquilo que acabara de prometer a si mesmo, Saverio não aguentou.

— Claro! Todo mundo está cagando para os móveis tiroleses. Ninguém quer! Foi por isso que seu pai me botou nesse setor. Você sabe muito bem. Portanto, me deixe em...

Serena o interrompeu, estranhamente sem levantar a voz. Parecia tão desanimada que nem sequer tinha forças para berrar.

— Ah! As pessoas cagam para os móveis tiroleses? Sabia que, durante mais de vinte anos, meu pai vendeu única e exclusivamente móveis tiroleses? Não esqueça que ele foi o primeiro a introduzi-los no Lácio. Sabe quantos o copiaram? A decoração rústica e todo o resto só vieram graças àqueles móveis para os quais você tanto caga. — Ela cruzou os braços. — Você não tem respeito... Não tem respeito pelo meu pai nem por mim. Estou realmente cansada de lhe dar cobertura, de todo dia ouvir meu pai insultar meu marido. Isso me maltrata. — Balançou a cabeça, amargurada.

— Espere aí... Espere... como foi que ele o chamou na última vez?

Ah, já sei... Uma barata sem colhões. Se não fosse eu, sabe para onde meu pai o teria mandado a esta hora?

Saverio apertou o punho da Durindana como se quisesse despedaçar sua mulher. Também poderia matar aquele velho canalha. Seria tão fácil... Um golpe seco de espada, entre a terceira e a quarta vértebras cervicais.

— Como tirar a razão dele? — Serena o apontou. — Olhe só para você, saindo às escondidas com roupas de carnaval e uma espada, para ir jogar com seus amiguinhos... Você não tem 13 anos. E eu não sou sua mãe.

Saverio, de cabeça baixa, começou a plantar a ponta da Durindana no parquê.

— As coisas não podem continuar assim. Perdi todo o respeito por você. Eu preciso de um homem. Já se perguntou, por acaso, por que não quero fazer amor com você? — Serena se voltou e retornou ao quarto. Ele a ouviu dizer: — Saia. Vá correndo. Não vai querer fazer seus amiguinhos esperarem! E leve o lixo lá pra baixo.

Durante cerca de um minuto, Saverio continuou parado diante da porta. Lá fora, o temporal não dava indícios de parar. Se ele saísse agora, por uma semana sua vida seria um inferno. Guardou a Durindana de volta na caixa e a sacola com as túnicas no quartinho de despejo. Atracou-se à garrafa de *bitter*. Melhor dormir no sofá. Na manhã seguinte, Serena estaria mais calma e eles poderiam fazer as pazes, ou algo assim.

Devia demonstrar que não era uma barata sem colhões. E, para conseguir, só havia um jeito: recuperar o faturamento trimestral e calar a boca do velho canalha. Ainda faltava um mês para o fim do trimestre e, se ele começasse a trabalhar para valer, podia conseguir. Tomou mais um gole de álcool e, meio atordoado, foi escovar os dentes no banheiro.

Como diabos lhe ocorrera a ideia de matar Larita? Para isso, devia tirar um dia livre, e nesse momento, com o balanço no vermelho, não seria mesmo o caso. E também, convenhamos, além de sua mulher, as Bestas também já não acreditavam nele.

Cuspiu o dentifrício na pia, enxugou a boca e se olhou no espelho. As têmporas estavam quase brancas, e o véu de barba no queixo era cinza.

Você não tem 13 anos. E eu não sou sua mãe.

Serena tinha razão. Razão para dar e vender. Se não lhe provasse que podia ter confiança nele, quando o pai morresse ela jamais lhe daria a gestão da movelaria.

E eu tenho dois filhos para cuidar. Não devem crescer sabendo que têm um pai incapaz.

E, se todo mundo pensava assim, era só culpa sua.

Chega! Esta história da seita satânica tem que acabar. Amanhã convoco as Bestas e digo que o jogo acabou.

Tirou a camisa e a camiseta de baixo. Até aqueles poucos pelos em seu peito começavam a ficar grisalhos. Abriu a torneira da ducha e depois a fechou. Escancarou a boca em um grito mudo. Tinha as faces riscadas pelas lágrimas.

Por que se rebaixara assim? Por qual absurda razão se fechara voluntariamente numa gaiola com aquela harpia e jogara fora as chaves de sua existência? Quando jovem, tinha um monte de projetos. Fazer um giro de trem pela Europa. Ir à Transilvânia para visitar o castelo do conde Vlad. Ver os dolmens e as esculturas da ilha de Páscoa. Estudar latim e aramaico. Não havia feito nada disso. Casara-se cedo demais com uma mulher que adorava visitar aldeias turísticas e esgotar o estoque dos outlets.

Voltou à pia e se olhou de novo no espelho, como que para se assegurar de que ainda era ele mesmo. Pegou a toalha de mão e pousou-a na cabeça.

— Espere... Espere um instante — disse a si mesmo.

Não devia esquecer. Aquele havia sido um dia especial, e não bastava uma briga com Serena para cancelá-lo. Sentia, com cada fibra do corpo, que aquele era o início de uma nova existência, bastava ter a coragem de se rebelar. E não era por Gerry Scotti nem pela nuvenzona com o rosto de Satanás que lhe aparecera como um presságio, não era por Kurtz, que lhe telefonara para pedir que ele fosse seu representante. Era por aquele não. Tinha sido bonito demais. Gratificante demais. Não podia desperdiçá-lo sem mais nem menos. Fora a primeira vez que ele tinha dito NÃO. Um NÃO de verdade.

Se você abandonar a seita, deve estar consciente de que sua vida, de agora em diante, será apenas uma longa sequência de SINS. *Deve estar consciente de que se apagará lentamente, na indiferença geral, como um círio sobre uma lápide abandonada. Se agora você depuser a Durindana e for dormir no sofá, já não haverá missas negras, orgias satânicas e pichações nos viadutos. Já não haverá jantares com seus adeptos. Nunca mais. E você não terá saudade dessas coisas porque estará muito deprimido para ter saudade delas. Decida agora. Decida se é o escravo de sua mulher ou se é Mantos, o sumo mestre das Bestas de Abaddon. Decida que porra você é.*

Tirou a toalha da cabeça, terminou a garrafa de Jägermeister com um gole, pegou o barbeador, ligou-o e raspou a cabeça a zero.

16.

Acabado.

Fabrizio Ciba vinha descendo com a vespa a panorâmica de Monte Mario. Afundando o pé no acelerador, inclinava-se à direita e à esquerda como Valentino Rossi. Estava fora de si. Aqueles infames da Martinelli tinham dito que ele estava acabado e queriam lhe passar a perna. Logo ele, que os livrara da falência, que vendera mais do que todos os outros escritores italianos juntos, ele que havia sido traduzido para 29 línguas, entre as quais suaíli e ladino.

— E vocês ainda embolsam os vinte por cento dos direitos no exterior! — berrou, ultrapassando em cotovelo um Ford Ka.

Se achavam que podiam tratá-lo como uma freira bulímica, estavam muitíssimo enganados.

— Pensam o quê? Todos me querem. E vocês vão ver quando eu aparecer com meu novo romance, seus canalhas de uma figa.

Começou a ziguezaguear no trânsito do Viale delle Milizie. Depois enveredou pela faixa dos bondes. Parou no sinal vermelho cantando pneu.

Devia se transferir para outra editora. E também ir embora desta merda de país. *A Itália não me merece*. Podia morar em Edimburgo, entre os grandes escritores escoceses. Não escrevia em inglês, mas tudo bem. Alguém faria a tradução para ele.

Alice...

A imagem dos dois juntos em um *cottage* escocês lhe cruzou a mente. Alice traduzindo e ele preparando um prato de *rigatoni cacio e pepe*. Amanhã telefonaria para ela e pediria desculpas.

Uma gota grossa como um grão de café o golpeou em plena testa, seguida de uma no ombro, uma no joelho, uma...

— Nããão!

Caiu o aguaceiro. Nas calçadas, as pessoas corriam para se proteger. Abriam os guarda-chuvas. Lufadas de vento maltratavam os plátanos nas laterais da rua.

Fabrizio resolveu seguir em frente mesmo assim, a casa de sua agente não era longe. Tomaria uma ducha quente e depois organizariam juntos a contraofensiva.

Chegou à beira-rio. Milhões de veículos imóveis se engarrafavam no mergulhão. Todos buzinavam. A chuva chicoteava as carrocerias, o asfalto e todo o resto. Os faróis criavam um revérbero ofuscante.

Que diabo está acontecendo?

Sexta-feira, fim de tarde + suburbanos em saída livre + chuva = o centro engarrafado a noite inteira.

Fabrizio detestava as noites de sexta-feira. Hordas de bárbaros provenientes do Prenestino, de Mentana, de Cinecittà, dos Castelli, do perímetro do Grande Raccordo Anulare se derramavam sobre o centro histórico, o Trastevere e a Piramide em busca de pizzarias, pubs irlandeses, restaurantes mexicanos e sanduicherias. Todos determinados a se divertir.

Praguejando, o escritor também se lançou pela avenida à margem do Tibre. Não conseguia avançar. A vespa não passava entre um carro e outro. Subiu na calçada, mas até por ali era difícil prosseguir. Havia automóveis estacionados por toda parte, largados sem ordem um em cima do outro, como os carrinhos de um menino mimado. Molhado até a cueca, chegou a uma espécie de funil que terminava num lago. Os veículos o atravessavam levantando ondas dignas de uma lancha. Respirou fundo e se jogou. Fez os primeiros 20 metros em meio a uma profusão de esguichos. As rodas desapareceram num líquido escuro e gelado. Agora avançava com menos força. O nível da água ultrapassava o fundo da vespa e chegava aos tornozelos dele. O motor começou a engasgar, a tossir. Como um animal ferido, a scooter se arrastava para a frente em espasmos, emitindo um som desesperado. No assento, Fabrizio implorava entre os dentes:

— Vai, caralho, vai, caralho, vai, puta merda... Você consegue!

Mas a vespa estertorou e morreu no ponto mais profundo.

Fabrizio Ciba desmontou praguejando. A água lhe chegava às panturrilhas. Os pés chapinhavam dentro dos velhos Church's.

Começou a chutar a scooter. Não podia acreditar que a humanidade, a mecânica e a natureza, em conluio, no arco de quarenta minutos, tivessem se voltado contra ele.

Monstros tatuados e de cabeça raspada lotavam os carros, que passavam ao seu lado dando-lhe um banho. Todos o apontavam, balançavam a cabeça, riam e se afastavam.

Examinou-se. O paletó se transformara num horrendo poncho gotejante. A calça estava toda encharcada e enlameada.

De cabeça baixa, tremendo, Fabrizio empurrou a motinha para fora do lago. A chuva lhe escorria pelo pescoço, deslizava pelas costas e entre as nádegas. Ele não sentia mais os pés. Largou a scooter e saiu caminhando.

Por sorte, não estava longe da casa de sua agente. Ficaria para dormir lá. Pediria a ela um chá de camomila com mel. Tomaria umas aspirinas e seria paparicado e tranquilizado. Adormeceria agarrado àqueles seios quentes, enquanto ela lhe sussurrava docemente que os dois iriam mandar a Martinelli tomar no cu.

Começou a marchar reanimado, enquanto rajadas de vento o impeliam para trás. A silhueta lúgubre do Castel Sant'Angelo estava envolta pela água. Atravessou a ponte dell'Angelo. O rio na cheia bramia sob seus pés, canalizando-se entre as pilastras.

Na margem oposta, a avenida era uma serpente de lataria que buzinava, imóvel e impaciente. Os bueiros vomitavam torrentes cinzentas que corriam impetuosas ao longo das calçadas. Todas as ruas, vielas, becos que entravam no centro histórico estavam vigiados por grupos de guardas, com impermeáveis amarelos e sinalizadores, que tentavam controlar o fluxo de automóveis. Parecia o êxodo de uma cidade ameaçada por bombas.

Fabrizio abriu caminho entre os veículos e se enfiou na primeira ruela que lhe surgiu à frente. Desembocou numa pracinha onde dois sujeitos se pegavam aos empurrões por uma vaga.

As namoradas, ambas louras, ambas vestidas em modelos de Versace, se esgoelavam das janelas dos carros.

— Enrico! Não está vendo que esse aí é um babaca? Deixe pra lá.

— Franco! Não vale a pena, esse cara é um merda.

Fabrizio passou ao lado sem se dignar a olhar para elas.

Um pesadelo.

Mas tinha acabado, ele havia chegado.

17.

— Com que então, não quer fazer amor comigo?

Serena abriu um olho. Para conseguir dormir, tinha tomado 25 gotas de tranquilizante. Levantou um pouco a cabeça e viu na porta do quarto a silhueta escura do marido.

— O que você quer? — engrolou, sentindo o gosto adocicado da benzodiazepina sobre a língua entorpecida. — Não vê que estou dormindo? Quer brigar?

— Você disse que não quer fazer amor comigo.

— Pare com isso. Me deixe em paz. É melhor — cortou ela, afundando de novo a cabeça no travesseiro. Apesar do sono, uma parte do cérebro de Serena percebeu que o tom de Saverio estava diferente, muito decidido. E enfrentar as coisas daquela maneira direta não era com ele. *O imbecil deve ter enchido a cara.* Começou a remexer na gaveta do criado-mudo, procurando a máscara para os olhos e os tampões de ouvido. Havia ficado o dia inteiro em Roma, procurando um torno para a cerâmica, e estava exausta. Não tinha nenhuma vontade de enveredar por uma briga.

— Repita. Repita, se tiver coragem, que não quer fazer amor comigo.

— Não quero fazer amor com você. Está satisfeito agora?
— Encontrou a máscara.
— Prefere ser comida por aqueles caras da expedição, não é?

Agora Saverio estava exagerando. Devia ser devolvido ao seu lugar. Serena se reergueu e rosnou:

— Ficou maluco? Mas como se atreve? Eu vou lhe... — Mas não conseguiu continuar porque, mesmo ofuscada pelas luzes do corredor, teve a impressão de que Saverio estava nu e... *Não, não é possível. Ele raspou a cabeça a zero.* Um arrepio lhe subiu pela coluna vertebral.

— Sabe o que me dizem quando eu vou à loja? Que você podia ser uma estrela pornô. E, no fundo, têm alguma razão, considerando sua maneira de se vestir. Que puta que você é! Tão puta que diz que trepar é grosseiro, mas refaz os peitos — prosseguiu ele, rindo desbragadamente.

Serena estava petrificada. Nem sequer respirava, no tórax o coração batia enlouquecido e nas artérias o sangue zumbia. Alguma coisa não estava batendo bem no seu marido. E não era porque ele ficara repentinamente ciumento ou porque havia raspado os cabelos. Sim, esses eram sintomas preocupantes. O que a deixava apavorada, porém, era a voz. Tinha mudado. Não parecia a dele. Estava profunda e má. E aquela gargalhada malvada, de psicopata, de possuído.

Serena Mastrodomenico sempre tivera consciência de que, mais cedo ou mais tarde, seu marido podia perder as estribeiras. Ele era um frustrado. Reprimido demais, condescendente demais, dócil demais, gentil demais com todo mundo. Ela gostava assim. Saverio lhe lembrava aqueles cavalos de tração que puxam a carroça, levam pancada a vida inteira e morrem desancados pela fadiga. Por dentro, porém, sabia que Saverio tinha um inferno que ardia o tempo todo. E se divertia em espicaçá-lo, para ver até que ponto ele resistia, e se de vez em quando deixava escapar um rompante de raiva. Em dez anos de casamento, isso jamais havia acontecido.

Está acontecendo agora, puta merda. Lembrou-se daquele filme. Era a história de um funcionário-modelo, com família perfeita, que, preso no trânsito, perdia totalmente o controle e começava a fazer uma carnificina com um fuzil semiautomático. Seu marido estava igualzinho àquele sujeito.

Saverio avançou lentamente para a cama.

— Você não me conhece, Serena. Não faz nem ideia do que eu sou capaz. Acha que sabe tudo, mas não sabe nada.

Ao ver que o marido empunhava o espadão, Serena deu um gritinho e se grudou à parede.

— Calada! Calada! Não acorde os meninos! Ahh... Isto mesmo! Falemos de bebês. Acha que eu não sei por que você insistiu tanto em fazê-los em proveta? Não foi pela idade. Você acreditou que eu tinha engolido essa babaquice da idade. Não! Foi porque você tem nojo de mim. — Saverio levantou os braços e a espada, mostrando-se nu. — Agora diga, eu lhe dou tanto nojo assim?

Serena Mastrodomenico não era especialista em síndromes psicóticas, embora tivesse frequentado o biênio de psicologia. Mas a sabedoria popular sustentava que aos loucos convém sempre dar razão. E, naquele momento, essa atitude lhe parecia mais apropriada do que nunca.

— Não... Não... você não me dá nojo — balbuciou, surpresa por ainda ter fôlego para falar. — Escute, Saverio. Largue essa espada. Me desculpe pelo que eu lhe disse. — Engoliu em seco. — Você sabe que eu te amo...

Ele começou a se sacudir, tomado pelo riso.

— Não... Não me venha com essa, por favor. É justamente o que você não devia dizer. Me ama! Você me ama? É a primeira vez que eu a ouço dizer que me ama, desde que nos conhecemos.

Não disse nem mesmo quando lhe dei o anel de noivado. Até me perguntou se era possível trocá-lo. —Virou a cabeça para a janela, como se ali houvesse alguém. — Entendeu? Entendeu o que é preciso fazer para ser amado pela própria mulher? E depois dizem que o casamento é uma instituição em crise.

Serena quis fugir. A janela que dava para a varanda estava fechada e as persianas abaixadas. Mesmo que ela conseguisse abri-la, estavam no terceiro andar, e lá embaixo ficava o pátio asfaltado do estacionamento. E, se gritasse pedindo ajuda, ele a atacaria com a espada. A única coisa que lhe restava a fazer era implorar piedade e apelar para o bom e velho Saverio, que ainda devia estar escondido em alguma parte da mente enferma daquele esquizofrênico.

Mas isso era impensável. Em 43 anos de vida, Serena jamais pedira piedade a ninguém. Nem mesmo às ursulinas que lhe golpeavam os nós dos dedos com régua. O caráter de Serena Mastrodomenico havia sido forjado segundo a rígida ética luterana dos Mestres Marceneiros Tiroleses. O pai, que passara os anos da juventude como aprendiz numa marcenaria de Brunico, lhe dissera que as madeiras mais valiosas se quebram mas não se dobram.

(E você, estrelinha, é dura e preciosa como o ébano. Não se deixe dominar por ninguém. Nem mesmo pelo seu marido. Prometa.)

Sim, paizinho, eu lhe prometo.

Imagine-se, por conseguinte, se ela iria pedir piedade a um pedaço de merda fracassado, parasita e psicopata como Saverio Moneta, filho de um modesto operário da Osram e de uma dona de casa ignorante. Ela o havia polido, fizera-o entrar em sua cama, ser aceito por aquele santo homem do seu pai, havia acolhido seu esperma bichado para fazer filhos, e agora ele a ameaçava com uma espada.

Serena agarrou o despertador no criado-mudo e o jogou contra o marido, rangendo os dentes:

—Vá tomar no cu! Pode me matar! Me mate, se tiver coragem. Não tenho medo de você, sua barata sem colhão! — Enquanto isso, acenava com as mãos para ele se aproximar.

18.

O prédio de Margherita Levin Gritti era velho e senhorial, com um grande portão que escondia uma portinhola.

Fabrizio Ciba apertou um botão do interfone dourado. Do alto de uma telecâmera, uma lampadazinha lhe disparou uma luz bem nos olhos. Batendo os dentes, ele esperou meio minuto e tocou de novo. Olhou o relógio. Meia-noite e dez.

Do ponto de vista aleatório, disse Fabrizio a si mesmo, era altamente improvável que ela não estivesse em casa. Não era possível enfileirar um atrás do outro um número tão grande de azares. Seria como lançar os dados e fazer sete por dez vezes.

Atracou-se com o botão.

—Atenda! Atenda! Acorde.

E, graças a Deus, uma voz respondeu:

—Quem é? Fabrizio, é você?

—Sim, sou eu. Abra — disse ele, no olho da telecâmera.

—O que está fazendo aqui, a esta hora? — A voz era de espanto.

—Me deixe subir. Estou todo encharcado.

A mulher ficou em silêncio um pouquinho, e depois:

—Não posso... Esta noite, não. Desculpe.

—Como assim? — Fabrizio não acreditava em seus ouvidos.

—Lamento...

—Escute, aconteceu uma coisa gravíssima. A Martinelli quer me passar a perna. Abra — ordenou. — Não é para trepar.

— ... Eu *estou* trepando.
— Como, trepando? Não é possível!
— Por que não é possível? O que você quer dizer? — A voz da agente começava a se alterar.
— Nada, nada. Tudo bem, não importa, abra mesmo assim. Eu lhe explico duas coisinhas, me enxugo e chamo um táxi.
— Chame pelo celular.
— Você sabe que eu não uso celular. Vamos, pare de trepar um instantinho e depois recomece. Qual é o problema?
— Fabrizio, você não se dá conta do que está dizendo.
Ciba sentiu a raiva se expandir dentro das vísceras.
— Você é quem não se dá conta! Olhe pra mim, caralho! — Abriu os braços. — Estou todo molhado! Corro o risco de uma pneumonia. Estou mal! Abra esta maldita porta, puta merda!
A voz da agente era firme.
— Me telefone amanhã de manhã.
— Então, não vai abrir?
— Não! Eu já lhe disse, não vou abrir.
Fabrizio explodiu.
— Pois então, quer saber? Vá tomar no cu! Vá tomar no cu, você e aquela pobretona, eu sei que é a poetisa, está pensando o quê? Como se chama, caralho... Tudo bem, vão tomar no cu as duas, suas lésbicas gordalhonas de merda. Considere-se demitida.
Afastou-se chutando os carros estacionados.

19.

Que mulher! Que leoa!
Saverio Moneta sempre soubera que sua mulher tinha colhões, mas não imaginava até que ponto. Serena se dispunha a

lutar mesmo com risco de vida. Justamente por isso, havia decidido desposá-la. Seu pai, sua mãe e todos os parentes (inclusive os de Benevento, que a viram só uma vez) tinham avisado que ela não era o tipo adequado para ele. Era mimada, iria submetê-lo, pisoteá-lo, reduzi-lo ao nível de um garçom filipino. Mas Saverio não quisera ouvir ninguém e se casara.

Estendeu a espada e apontou-a para a garganta da mulher.

— Quer dizer que você não tem medo?

— Não! Tenho é nojo de você! — retrucou Serena, cuspindo-lhe na cara.

Saverio limpou a face, sorrindo.

— Ah, então eu lhe dou nojo.

Meteu a ponta da Durindana numa casa dos botões da camisola e, com um golpe, arrancou o primeiro.

Serena estava toda contraída, com as garras pintadas de vermelho prontas para arranhá-lo.

— Agora vou te matar.

Saverio arrancou o segundo botão da camisola. Os peitos, grandes como dois melões, com os pequenos mamilos escuros enrijecidos pelo medo, apareceram em seu esplendor siliconado.

— O que você está fazendo? Nojento! Não se atreva — sibilou Serena, com os olhos reduzidos a duas fissuras escuras.

Saverio pousou a lâmina sob a garganta dela e empurrou-a contra a cabeceira da cama.

— Calada! Fique calada! Não quero ouvir sua voz.

— Você é um desgraçado.

Ele agarrou-a pelos cabelos e lhe afundou a cabeça no travesseiro. Largou a espada e, com a mão direita, apertou-lhe o pescoço como se faz com uma cobra venenosa. Em seguida se jogou em cima dela com todo o seu peso.

— E agora, vai fazer o quê? O quê? Não pode se mexer. Não pode gritar. Está com medo, não está? Diga que está com medo.

Serena não desistia.

— Eu não tenho medo de ninguém.

Saverio percebeu que estava com uma violenta ereção e que a desejava loucamente.

— Agora vou lhe mostrar... — Arrancou a calcinha dela e lhe mordeu uma nádega. — Vou lhe mostrar quem é que manda aqui.

Um berro sufocado brotou do travesseiro:

— Se você tentar, juro pelos nossos filhos que te mato.

— Mate! Pode me matar. Até porque não estou nem aí pra esta vida de merda.

Afastou as pernas dela e lhe meteu a mão entre as coxas. Abriu caminho e a penetrou de chofre. O pau afundou até as vísceras ardentes.

Como uma gata enlouquecida, Serena liberou um braço e com uma patada lhe abriu nas costas quatro estrias sanguinolentas.

— Está me violentando, porco! Eu te odeio... Você não sabe quanto eu te odeio...

Saverio, exaltado pela dor, continuava a bimbar desesperadamente. Sua cabeça girava, enquanto o sangue lhe trovejava nos tímpanos.

Serena conseguira levantar a cara do travesseiro e grunhia:

— Pare! Você me dá nojo... Me dá... — Não pôde continuar porque começou a arquear a coluna, oferecendo-se mais.

Saverio se deu conta de que havia conseguido. A puta estava gozando. Aquele era mesmo o seu dia!

Mas agora havia um problema. Naquele ritmo alucinado, ele não se seguraria por muito tempo. Sentia o orgasmo lhe atravessando os tendões das pernas, abocanhando os músculos das coxas e, indiferente à sua vontade, encaminhando-se diretamente para o orifício do cu e para os colhões. Pensou em Sting. Naquele grande filho de uma égua do Sting, que podia trepar até quatro horas sem gozar. Como fazia? Lembrou que numa entrevista o artista inglês explicara que havia aprendido a técnica com monges tibetanos... Algo do gênero. Fosse como fosse, era tudo um problema de respiração.

Apoiando-se com uma das mãos num ombro da mulher e com a outra na parede, começou a inspirar e expirar como uma bomba para bote inflável, tentando reduzir um pouquinho o ritmo.

Embaixo dele, Serena se contorcia como o rabo cortado de uma lagartixa.

Ele a segurou de novo pelos cabelos e lhe apertou um seio.

— Você está gostando. Diga!

— Não. Não. Não gosto. Me dá nojo. — No entanto, não parecia sentir tanto nojo assim. — Canalha. Você é um canalha imundo. — Deu um tapa no colchão e atingiu o radiorrelógio, que acordou do torpor e começou a cantar *She's Always a Woman* de Billy Joel.

Outro sinal inequívoco de que Satanás estava do lado dele. Saverio recomendava aos seus discípulos que não gostassem do Sepultura nem do Metallica, mas em segredo adorava o velho Billy Joel. Ninguém escrevia canções tão românticas.

Apertou os dentes e, com renovado vigor, recomeçou a martelá-la.

— Eu te arrebento... Juro que te arrebento. Tome isto também, sua vaca. — E lhe enfiou um dedo no cu.

Serena se endureceu toda, estirou pernas e braços e levantou a cabeça, olhou-o com uma careta de dor e depois se rendeu, suspirando com um fio de voz:

— Vou gozar... Vou gozar, vá tomar no cu. Vá tomar no cu, maldito.

Saverio finalmente se deixou levar, relaxou as coxas e gozou de boca aberta. Exausto, completamente suado, despencou sobre o pescoço de Serena, meteu a boca entre os cabelos dela e suspirou:

— Agora, diga que me ama!

— Sim. Eu te amo. Mas agora me deixe dormir.

20.

No Corso Vittorio Emanuele, Fabrizio Ciba havia desistido de conseguir um táxi. A longa avenida estava lotada de veículos. Os baixos dos *woofers* faziam pulsar os automóveis parados. Em uma esquina havia um bar iluminado. Ele enveredou lá para dentro.

Um calor asfixiante. O fedor de suor era de entontecer. Gente por toda parte, empurrando-se e acotovelando-se no espaço apertado. E dançavam. Em cima da bancada. Em cima das mesas. Uma orquestra de caribenhos endemoniados tocava uma salsa enjoativa e ensurdecedora.

Diante dele plantou-se um sujeito baixinho, de franja loura e camiseta regata. Usava uma espécie de cinturão de caubói com uns copinhos na frente, em vez dos bagos. Nas mãos trazia uma garrafa.

— Veja só o seu estado! Tome uma bela tequila bum-bum. Vai lhe fazer bem.

Fabrizio engoliu-a de um trago. O álcool lhe aqueceu as tripas geladas.

— Quero mais.

O sujeito lhe serviu outra.

Também esta, ele bebeu de um gole.

— Ahhh! Melhor. Mais uma!

— Tem certeza?

Fabrizio acenou que sim. Colocou sobre o balcão uma cédula de 50 euros toda encharcada.

— Sirva e não me encha o saco.

O garçom balançou a cabeça mas obedeceu.

Fabrizio desceu o copinho no estômago com uma careta de repulsa. Depois encarou o rapaz.

— Escute, eu sou Fabrizio Ciba e tenho um... — Calou-se. Nos olhos do anão abrigava-se o vazio sideral. Ele não fazia a mínima ideia de quem era Fabrizio Ciba. Olhava-o como se olham os mendigos alcoólatras. — Tem um telefone de onde eu possa ligar?

— Não. Na Piazza Venezia deve ter uma cabine.

Certo, pensou o escritor, devia recorrer ao método que costumava usar com os idiotas como aquele.

— Eu lhe dou mais 100 euros se você me levar até a Via Mecenate. Não é longe, fica perto do Coliseu.

O franjinha deu de ombros.

— Quem dera! Mas eu tenho que trabalhar.

— Não banque o idiota! Caralho, não estou lhe pedindo a lua!

O garçom encheu um copinho e o bateu violentamente sobre o balcão.

— Tome, este sou eu que lhe ofereço, mas depois vá embora. Numa boa.

Fabrizio tragou a tequila de uma vez só e limpou a boca com a manga.

— Quando você está na merda, ninguém lhe dá uma mãozinha, é ou não é?

Deu dois passos para trás e foi parar em cima dos pés de alguém.

Uma voz feminina reclamou:

— Ai, que dor! Este babaca me destruiu o dedão!

Ele tentou encará-la, mas as luzes do balcão o atingiam diretamente nos olhos. Levantou a mão para pedir desculpas, mas uma voz masculina latiu:

— Escute aqui... Você está enchendo o saco. Veja o que fez nela!

— E daí? Não entendo... Ela é horrorosa, uma craca... Os moluscos não deveriam ter mais alto o limite da dor? — Fechou os olhos, percebeu que a música havia parado. — Imagino que nenhum dos cavalheiros presentes... — Não pôde continuar. Precisava se sentar. Reabriu os olhos e o local, com todos aqueles rostos desfocados, começou a girar ao seu redor. — Que mundo horrível é o de vocês... — engrolou. Tentou se agarrar ao baixinho, mas desabou no chão, entre as pernas das pessoas. Estas reclamavam:

— Bote esse cara pra fora!
— Agora chega!
— Todo dia é a mesma coisa por aqui!

Ajudado por alguém, ele se levantou:

— Tudo bem...

E, sem se dar conta, viu-se ao ar livre, em pleno dilúvio. O frio e a chuva lhe deram uma chicotada e ele se sentiu um pouco mais lúcido. Faria aquele quilômetro e meio a pé, sob a água.

Chegou à Piazza Venezia de olhos fechados, as pernas trêmulas. Atravessou-a indiferente aos automóveis que freavam de repente, buzinando contra ele. A Via dei Fori Imperiali surgiu à sua frente. Parecia infinita. Ao longe, como uma miragem, reluzia o Coliseu, envolto em água. A chuva fustigava os blocos de pórfiro do calçamento, que brilhavam sob os faróis dos carros.

Só precisava caminhar de cabeça baixa.

Mas tenho que vomitar.

Continuava pensando naquele canalha do Gianni que o esfaqueara pelas costas, naquela puta da sua agente que não o deixara subir, e naqueles merdas do bar.

Amanhã... vou procurar... um novo agente... e mando um belo e-mail... para a Martinelli.

O Coliseu estava mais próximo. Parecia um enorme panetone iluminado.

Fabrizio estava exausto, mas acelerou o passo, empregando suas últimas forças.

Vou sair da Martinelli.

Sentiu que o ar lhe faltava e que uma garra gelada lhe rasgava o coração.

Oh, meu Deus...

Ergueu os olhos para o céu, estendeu a mão como que para se segurar em alguma coisa, tropeçou, a calçada se dobrou e veio ao seu encontro, golpeando-o na maçã do rosto.

Percebeu que estava estirado no chão e perdendo os sentidos. A fisgada de dor se estendera até dentro do braço esquerdo. Vomitou um troço azedo e alcoólico que se dissolveu numa poça.

Infarto.

Sua cabeça se transformara numa bola ardente. Nos ouvidos, um verdadeiro reator. O Coliseu, a rua, as luzes, a chuva turbilhonavam ao seu redor, fundindo-se em espirais luminosas.

Tentou se levantar, mas as pernas não aguentaram. Caiu no chão de novo. Então começou a se arrastar em direção à rua apoiando-se nos braços, enquanto os veículos passavam ao seu lado sem sequer reduzir. Ergueu a mão e murmurou:

— Socorro! Socorro! Por favor... Me ajudem!

Fabrizio Ciba, o autor do best-seller internacional *A cova dos leões*, o apresentador do programa cultural *Crime & Castigo*, o terceiro homem mais sexy da Itália segundo o semanário *Yes*, compreendeu que ninguém iria parar e que ele morreria no meio do próprio vômito diante dos Fóruns Imperiais. Viu a foto de seu corpo largado no chão. Ao fundo, as ruínas romanas.

Vai sair em todos os jornais. O que vão escrever? Como Janis Joplin.
Seu braço recaiu molemente no solo. E assim ficou o escritor, perguntando-se por que, por que aquele destino havia cabido justamente a ele.
Não fiz nenhum mal a ninguém.
Tudo perdia o foco. Só havia uns pontinhos roxos.
Apoiou a cabeça no chão e fechou os olhos.

21.

Os cônjuges Moneta estavam deitados na cama. Lá fora, o temporal começava a diminuir.
Saverio olhou sua mulher. Ela dormia, virada para o outro lado, com a máscara sobre os olhos.
Assim que haviam acabado de fazer amor, Serena dissera que o amava. Não convinha acreditar. Serena era pérfida como um escorpião. Para que ela lhe dissesse isso, ele fora obrigado a estuprá-la.
Mas acabou gozando.
Uma fraqueza de Serena, que a ele custaria caro.
Amanhã, quando se lembrar, vai virar bicho. Será mais egoísta, prepotente e insensível do que nunca. Pode até contar ao velho.
Apesar disso, não conseguia odiá-la. Precisara se conter para não dizer: "Eu também te amo. Você nem sabe quanto. Mais do que a qualquer outra coisa no mundo."
Só que agora, de cabeça fria, sentia-se diferente. Aquele "não" continuava a ressoar em sua mente. A fase de barata sem colhão tinha acabado. A metamorfose estava concluída e só lhe restava alçar voo e desaparecer.
Havia feito uma promessa às Bestas e iria mantê-la. Sacrificariam Larita a Satanás e se tornariam a seita mais famosa

do mundo. Saverio Moneta mostraria a todos que raça de doente mental ele realmente era.

A polícia os pegaria. Isso era certo. E a ideia de passar o resto dos seus dias na cadeia o aterrorizava. Lá dentro havia gente muito má. Assassinos, mafiosos, verdadeiros psicopatas. Claro, se entrasse na prisão como Mantos, o senhor do Mal, o monstro que havia decapitado a cantora Larita e se banhara no seu sangue, talvez tivessem medo dele. E o deixariam em paz.

Talvez... Talvez não... Talvez sejam todos fãs de Larita. E podem me matar, como fizeram com aquele pobre desgraçado do Jeffrey Dahmer.

A história da cadeia o perseguia como uma sarna.

A não ser que...

Sorriu no escuro. Havia uma saída.

Levantou-se da cama. Abriu o armário. Pegou um conjunto de moletom preto que havia comprado pensando em praticar jogging, coisa que nunca fizera. Vestiu-o e botou o capuz na cabeça. Ia saindo do quarto quando Serena resmungou:

— Aonde você vai?

— Durma.

22.

— Precisa de ajuda?

... O quê?

— Está me ouvindo? Está me ouvindo?

... O quê? Quem?

— O senhor está passando mal?

Uma voz. Uma mulher.

Fabrizio Ciba reabriu os olhos com dificuldade.

— Estou péssimo... Me ajude... Por favor.

Agarrou o tornozelo de uma figura negra, de pé à sua frente.

— Meu Deus, mas é... O senhor é o escritor... Claro, o senhor é Fabrizio Ciba! O que está fazendo aí no chão? Que emoção encontrá-lo.

— Sim... Ciba... Sou eu... Eu sou Fabrizio Ciba! Por favor, me ajude, me leve...

— Para o hospital?

Com o pouco de lucidez que lhe restava, Fabrizio compreendeu que se fosse para o hospital acabaria em todos os jornais. E escreveriam que ele era um alcoólatra ou coisa pior.

— Não. Pra casa... Me leve pra casa... Via Mecenate...

— Claro, claro. Levo agora mesmo. Sabe, o senhor é meu escritor preferido, muito melhor do que Saporelli. Li todos os seus livros. Adorei *A cova dos leões*. Estarei sendo inconveniente se lhe pedir um autógrafo? Só que não estou com o livro aqui.

Fabrizio sorriu. Como amava seus leitores!

— Vou colocá-lo no carro.

Sentiu-se agarrado pelas axilas. Viu um automóvel com as portas abertas. A mulher o arrastou e o ajudou a se sentar no banco traseiro.

Ainda sou o mais forte, não estou acabado..., disse a si mesmo, antes de desmaiar.

23.

Zumbi, Murder e Silvietta estavam no pique de discussões cinematográficas.

Refestelados num sofá, passavam entre si um *chillum** confeccionado em casa com uma garrafa de água Rocchetta. No fundo

---

* Espécie de cachimbo que emprega a mesma técnica do narguilé. (N. da T.)

havia uma mistura acinzentada de vodca e fumaça. De um orifício despontava o casco de uma Bic no qual estava enfiado um canudo de dois papéis para cigarro. Tinham acabado de assistir a *Exorcismo: a execução*. Os três eram entusiastas do filme e concordavam em que este era superior ao tão incensado *O exorcista*. Antes de mais nada, era extraído de uma história verdadeira, e segundo os critérios deles as histórias verdadeiras eram superiores às histórias inventadas. E também a cena inicial era grandiosa: Isabelle, a filha de uma pobre família de camponeses texanos, comia um coelho vivo. Era um filme genuíno, fresco, e percebia-se que o diretor e os atores tinham se empenhado nele para valer, apesar do baixo orçamento à disposição.

Silvietta começou a enrolar outro cigarro. Era ela a enroladora oficial do grupo.

— Mas em sua opinião, Zumbi, *A execução* é melhor do que *A profecia*?

Zumbi bocejou.

— Boa pergunta... Não sei.

Silvietta bocejou também.

— Estou doidona. Este marroquino é bárbaro.

Murder se soergueu do sofá e espreguiçou os braços.

— E se a gente fosse pra caminha?

A vestal passou a língua na cola do papel e, com um movimento técnico, selou o cigarro e o acendeu.

— Tudo bem, vamos dar o tapinha da meia-noite. — Em seguida começou a arrumar os CDs de heavy metal, as revistas de tatuagens e os gordurentos saquinhos de flores de abóbora fritas e de azeitonas de Ascoli espalhados pelo piso. Quando exagerava no fumo, tinha síndrome de dona de casa. — Zumbi, por que você não fica pra dormir?

— Bom... Não sei... É melhor não — disse Zumbi, procurando as galochas. — Amanhã de manhã tenho que levar minha mãe pra fazer uns exames em Formello

Era mentira, mas aquele sofá onde o botavam para dormir tinha molas quebradas, e também o chateava fazer sempre a figura de quem não tem mulheres, coisa, aliás, verdadeira. Aqueles dois viviam dizendo que odiavam os apaixonados, os casaizinhos grudentos e as babaquices românticas tipo Dia dos Namorados, e no entanto, sempre que podiam, ficavam apartados como se ele não existisse.

O que custava dormirem os três juntos na cama grande? Não que ele quisesse fazer sexo grupal (embora, na verdade, a ideia não o desagradasse), mas afinal não tinham prestado o juramento de fraternidade satânica? E também não conseguia compreender o que Silvietta via de tão interessante naquele casca-grossa do Murder. Ele era mil vezes melhor. Sem dúvida, tinha o tal problema do esofagismo, mas com os remédios estava quase totalmente bom.

Zumbi apanhou uma galocha no chão.

— Não... Vou para casa. É melhor.

Murder levantou seus 100 quilos de banha e abriu a geladeira da quitinete.

— Faça como preferir.

Silvietta escancarou a janela para deixar sair a fumaça. Lá fora, a chuva quase havia parado. Ela ficou um tempinho olhando a noite e depois se virou para os outros dois.

— Que ação, segundo vocês, Mantos quer nos propor?

Murder tirou da geladeira um velho pote de maionese e começou a inspecioná-lo.

— Eu acho que ele não sabe, não tem mais ideias, está vazio. Não o viram no jantar? Todo nervoso... Eu já disse a vocês que nós também devíamos ir para os Filhos do Apocalipse, como Paolo. A esta hora... imaginem as orgias, os sacrifícios.

Zumbi amarrou os cadarços.

— Eles ficam em Pavia. É muito longe. E eu preciso trabalhar.

Murder enfiou um dedo no creme amarelo e o meteu na boca.

— Vê-se que você não sabe porra nenhuma. Os Filhos do Apocalipse organizam os raides nos fins de semana. Você parte na sexta-feira e volta de trem no domingo à tardinha. Na segunda, está no trabalho.

Silvietta deu uma ajeitada nos cabelos.

— De fato... Mas no final, entre ir e voltar, gasta-se uma nota.

Zumbi coçou o queixo.

— Vou dizer uma coisa a vocês. Saverio não tem o carisma de um Kurtz Minetti ou, sei lá, de um Charles Manson. Vamos admitir, as Bestas de Abaddon morreram!

— Nem chegaram a nascer — corrigiu Murder.

— Não! Não é verdade — disse Silvietta, virando o detergente na pia de louça. — É só uma fase. Vocês sabem que Saverio tem um monte de problemas familiares. Eu confio muitíssimo nele, e não o abandonarei nunca. Se não fosse por ele, eu não teria entrado para as Bestas e não conheceria vocês. E, também, nós combinamos dar a ele outra chance.

— Sim... É mesmo. Devemos isso a ele — repetiu Zumbi, não muito convencido.

Nesse momento, o interfone tocou.

Murder olhou para os outros dois.

— Quem veio nos torrar o saco, a esta hora?

Silvietta bufou.

— Deve ser a velha aí embaixo.

— E o que quer?

— Ela diz que, quando a gente conversa, se ouve tudo. Outro dia, na reunião de condomínio, armou uma confusão que não acabava mais.

Murder baixou a voz.

— E o que deveríamos fazer? Ficar mudos?
— Não. Mas Murder, meu amor, eu já lhe pedi mil vezes pra falar baixo.
— Olha, se alguém aqui fala alto, é ele.
Zumbi botou a mão na testa.
— Mas é claro. No final, a culpa é sempre minha.
O interfone tocou de novo.
Silvietta se aproximou do aparelho.
— O que eu faço? Atendo? E digo o quê?
Murder deu de ombros.
— Diga pra não vir nos encher.
A moça respirou fundo e pegou o fone.
— Ah, é?! — Ficou em silêncio um instante e apertou o botão. — Tudo bem. Vou abrir.
Murder se atirou ao *chillum* para fazê-lo sumir.
— Ficou maluca? Vai deixar a velha subir?
Silvietta abriu a porta.
— É Saverio.

Um minuto depois apareceu o líder das Bestas de Abaddon. Estava todo vestido de preto. Óculos escuros. E cabelos raspados a zero.
Zumbi se aproximou.
— Saverio, o que você apron...?
Mantos lhe acenou para ficar calado e depois, com um gesto teatral, tirou os óculos e esquadrinhou-os um a um.
— Eu sei, vocês pensam que o grande Mantos acabou. Que se acovardou para ficar com a família e o trabalho.
Murder, culpado, baixou a cabeça.
Saverio o encarou, decepcionado.
— Murder, logo você, que foi o primeiro a quem eu dei as Tábuas do Mal para ler. Você, que nem sabia quais são as cortes

satânicas. Você não tem confiança no seu mestre. Esta é uma seita unida pela fé no Maligno. Não esqueça que é dificílimo entrar nela e facílimo sair.

Murder murmurou:

— Não, Saverio, tudo bem. Eu não tenho problema com você. Quer dizer... Sabe...

O líder das Bestas de Abaddon olhou lá fora, pela janela, e voltou a fitar os três.

— De hoje em diante, Saverio Moneta não existe mais. Morreu nesta noite de tempestade. A partir de agora, só existe Mantos, o sumo mestre. Que dia é hoje?

— Acho que é dia 28 de abril — disse Silvietta.

— Registrem esta data. Hoje é o dia da guinada. As Bestas saem das trevas para a conquista da luz. Esta data será inserida no calendário satânico e lembrada com horror pelo mundo cristão. — O líder das Bestas ergueu os braços para o teto. — Eu sou o pai carismático. Eu sou o lobo que traz a morte ao rebanho do Bom Pastor. Eu sou aquele que teve a Ideia!

— Eu sabia que ele era grande! — gritou Silvietta, excitada, para os outros dois. — Viram? Eu tinha dito a vocês.

— Fala, Mantos! — Murder estendeu a mão para o reencontrado pai carismático.

O líder baixou os braços e puxou do bolso do moletom um CD. Jogou-o sobre a mesinha em frente ao sofá.

Zumbi deu um salto para trás, como se aquilo fosse uma tarântula.

— Que é isso, por que você trouxe o CD daquela babaca da Larita?

Mantos apontou o disco.

— Sabem onde ela gravou este *live*? Em Lourdes. Sabem que sua canção *King Karol*, em homenagem a Wojtyla, está há seis meses na top ten?

Murder fez uma careta de repulsa.

— Traidora, se converteu ao cristianismo. É uma inimiga de Satanás.

Silvietta se sentou no colo do namorado e disse:

— Mas temos que compreender seus motivos. Eu li na *Gente* uma entrevista em que ela explica por que abandonou o Lord of Flies. Teve uma história de amor com Rotko, o cantor do Remy Martin, e os dois juntos enveredaram pelo túnel da droga. Ele virou toxicômano, ela saiu graças a dom Toniolo. Na comunidade, teve a iluminação e se converteu ao pop.

Mantos a silenciou.

— Larita vai morrer pelas mãos das Bestas de Abaddon. Essa é a missão.

Um pesado silêncio baixou sobre o aposento. Em algum lugar, um cachorro uivava.

Zumbi começou a coçar a cabeça. Silvietta, a roer as unhas. Murder limpou os óculos na camiseta, suspirou fundo e disse:

— Esta é da pesada! Realmente da pesada. Eu não esperava algo assim.

— E como fazemos? Você tem um plano? — balbuciou Zumbi.

— Óbvio — disse Mantos. — Amanhã, tem uma festa em Roma para a qual estão convidados todos os VIPs da Itália. E durante a festa Larita vai cantar. Nós seremos contratados como carregadores. No momento oportuno, vamos raptar Larita e encharcar a terra com o sangue daquela filha da mãe.

— Mas antes vamos comê-la, não? — perguntou Zumbi, visivelmente excitado.

— Claro, primeiro temos a orgia satânica. No dia seguinte, as Bestas de Abaddon estarão em todos os telejornais do mundo. Estamos falando de coisas sérias, nada a ver com boatos sobre freiras decapitadas. Cada um de vocês se tornará um herói no ambiente satânico e um inimigo para o resto do mundo.

Zumbi passava a mão pelo pescoço..

— Mas seguramente vão nos pegar, Saverio. Eu não quero ir para a cadeia.

Mantos fez que não com a cabeça.

— E não vai.

— Como assim?

— Tranquilo. — O líder das Bestas girou lentamente sobre si mesmo, parou e botou as mãos nos quadris. — Não vão nos pegar nunca. Porque nós vamos nos suicidar.

As Bestas se entreolharam em silêncio.

Murder foi o primeiro a falar.

— Ei, espere um instante. É isto mesmo, Saverio? Não acha meio exagerado?

— Em primeiro lugar, não me chamem mais de Saverio. Em segundo, não temam, a morte será para nós um licor muito doce. Acabaremos sentados ao lado de Lúcifer. — Mantos ergueu os braços. — Agora, ajoelhem-se e prestem homenagem ao pai carismático.

Os três se prostraram no chão.

Mantos se inclinou, tocou a cabeça dos seus adeptos e, de olhos arregalados, começou a rir.

Segunda parte
A festa

Sono un grande falso mentre fingo l'allegria.
TIZIANO FERRO, *Alla mia età*.

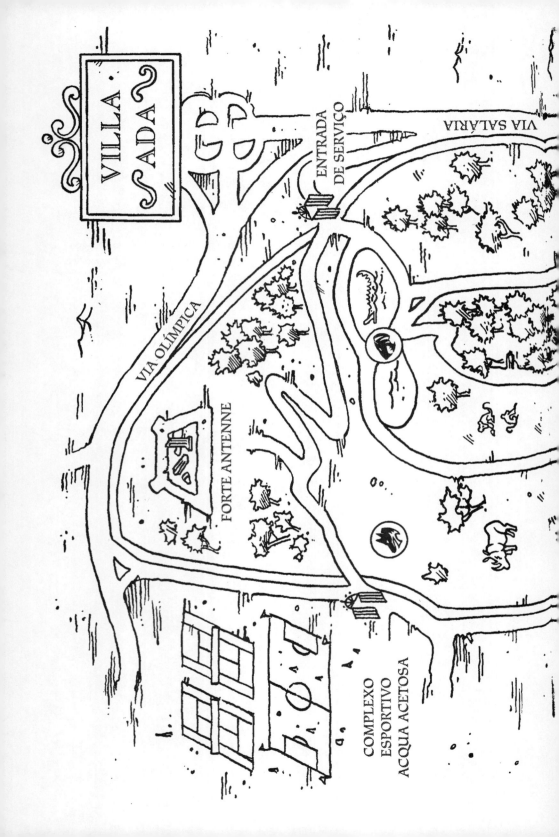

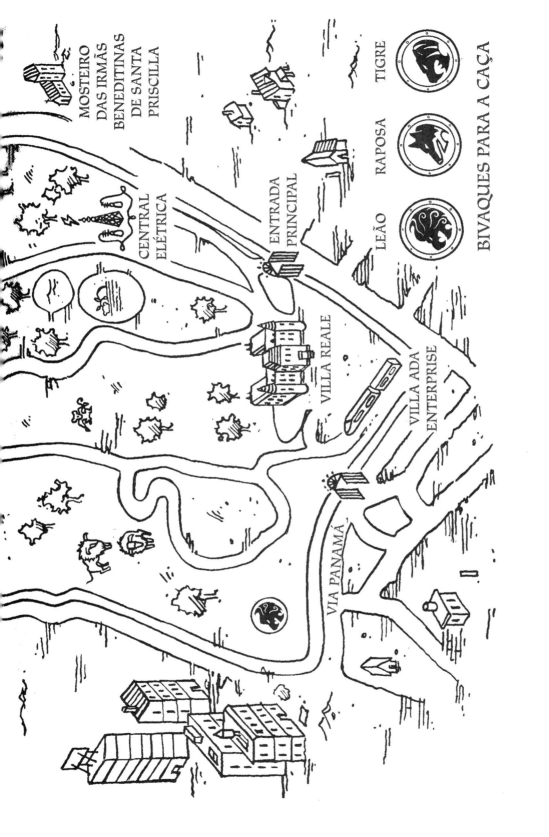

Durante os almoços ao ar livre, discute-se com frequência entre os romanos sobre qual é o parque mais bonito da cidade. Por fim, inevitavelmente, a Villa Doria Pamphili, a Villa Borghese e a Villa Ada disputam o pódio.

A Villa Doria Pamphili, atrás do bairro de Monteverde, é a mais extensa e cenográfica; a Villa Borghese, bem no centro da cidade, é a mais famosa (quem não conhece o mirante do Pincio, de onde se desfruta uma vista inesquecível do centro de Roma e da Piazza del Popolo?); das três, a Villa Ada é a mais antiga e selvagem.

Na modesta opinião do autor desta história, a Villa Ada bate todas as outras. É muito grande, cerca de 170 hectares de bosques, prados e arbustos compreendidos entre a Via Salária, o viaduto da Olímpica e o centro esportivo de Acqua Acetosa. Em seu interior, ainda hoje vivem esquilos, toupeiras, ouriços, coelhos selvagens, porcos-espinhos, fuinhas e uma rica comunidade de aves. Deve ser pelo total abandono e pela incúria em que vive o parque, mas a sensação, assim que se entra em seus bosques, é a de estar numa floresta. A cidade e seus rumores desaparecem e a gente se vê entre pinheiros centenários, pequenos bosques de loureiros, estradinhas lamacentas que se desenrolam entre moitas impenetráveis de amoreiras e troncos abatidos, campos de urtiga e grandes prados cheios de mato. Em meio às ramagens se divisam velhas construções abandonadas, cobertas de hera, fontes desmanteladas pelas figueiras selvagens e bunkers que não se sabe para que serviam. Se você não o conhecer bem, é melhor não se aventurar sozinho pelo bosque, há o risco de se perder durante dias. O subsolo da Villa é atravessado pelas catacumbas de Priscilla, onde os primeiros cristãos sepultavam seus mortos.

Na parte norte, além de um grande lago artificial, eleva-se uma colina arborizada chamada Forte Antenne porque no fim do século XIX o exército italiano ali construiu fortificações para defender Roma dos ataques franceses. Quando Roma ainda não existia, naquele lugar já surgia a antiga cidade de Antemnae. O nome, segundo o historiador romano Varrão, deriva de ante amnem *(diante do rio), porque ali o Aniene conflui com o Tibre. Daquela posição a cidade dominava o tráfego fluvial em direção ao vau da ilha Tiberina. Em 753 a.C., Rômulo a expugnou; os habitantes foram acolhidos como cidadãos romanos, e enviaram-se colonos àquelas terras. A partir do século III a.C., a cidade decaiu e foi abandonada. As alturas de Antemnae, nos séculos da decadência romana, hospedaram os godos de Alarico, os quais, vindos do norte, se preparavam para conquistar Roma. Por várias centenas de anos, não temos mais informações, e devemos esperar o século XVII para tê-las de novo. Roma ainda ficava distante, e ali era campo aberto. A zona se tornara a fazenda agrícola do Collegio Irlandese. Mais tarde, em 1783, a terra foi adquirida pelo príncipe Pallavicini, que construiu no local uma* villa. *Em meados do século XIX a propriedade passou aos príncipes Potenziani e, em 1872, foi vendida à família real, que fez dela sua residência romana. Vítor Emanuel II, que amava a arte venatória, adquiriu outros terrenos limítrofes para fazer deles sua fazenda de caça.*

À sua morte sucedeu-lhe Humberto I, que preferiu se deslocar com toda a sua corte para o Quirinal. A Villa foi comprada por 531 mil liras pelo conde suíço Tellfner, administrador dos bens da família real, que lhe deu o nome de sua esposa Ada, por quem ao que parece era perdidamente apaixonado.

Em 1900 o rei Humberto I foi assassinado por um anarquista. O sucessor, Vítor Emanuel III, decidiu voltar a residir na Villa do avô, que permaneceu como residência oficial dos reinantes até 1946, ano da queda da monarquia, quando o rei e seus familiares foram obrigados ao exílio.

O conjunto da Villa Ada passou então ao Estado italiano, com exceção da Villa Reale, que os Savoia deram generosamente em concessão ao governo egípcio, em sinal de reconhecimento pela hospitalidade recebida após o exílio de 1946. O edifício se tornou a embaixada do Egito.

Daquele momento em diante, a Villa Ada se tornou parte do patrimônio público e foi transformada em parque municipal. Foram traçadas novas alamedas, construídos percursos equipados para atletas, escavados lagos artificiais e plantadas muitas espécies arbóreas não autóctones.

Em 2004, para reengordar o exaurido caixa da prefeitura, a junta capitolina decidiu leiloar toda a área da Villa Ada pela cifra astronômica de 300 milhões de euros.

O leilão aconteceu no Capitólio em 24 de dezembro, em meio aos protestos dos romanos enfurecidos por aquilo que passou aos anais capitolinos como "o grande furto". Dele participaram personagens de alto calibre, como Bono Vox, do U2, o empresário russo Roman Arkedʼevič Abramovič, Paul McCartney, a Air France e um cartel de bancos suíços.

Inesperadamente, quem conseguiu arrematá-la pela cifra de 450 milhões foi Salvatore Chiatti, Sasà, um empresário campaniense de obscuras origens que, no decorrer dos anos 1990, havia conseguido acumular um capital imenso em propriedades imobiliárias. Tinha acabado na cadeia por evasão fiscal e furto de gado, mas, graças ao indulto, voltara à liberdade.

Alguns dias depois, numa entrevista ao diário Il Messaggero, *o empresário assim explicou a aquisição: "Quando criança, eu sempre era levado lá pela minha mãe. Fui impelido pela nostalgia." Mentira, porque Chiatti havia passado a infância em Mondragone, trabalhando na oficina do pai, funileiro de carroceria. O jornalista então lhe perguntara: "E o que pretende fazer dela?"*

"Minha residência romana."

Durante uns dois anos, a Villa ficou fechada. Os moradores do bairro formaram uma comissão a fim de lutar pela restituição do parque aos romanos. Dizia-se que, na realidade, Chiatti a comprara para especular, e estava procurando sócios estrangeiros para transformá-la em área residencial com campos de golfe, clubes de equitação e uma pista de go-kart.

Em 2007 começaram as obras de reforma. Os muros do contorno foram elevados a 10 metros, e no alto instalaram-se rolos de arame farpado. A cada 50 metros ao longo do perímetro murado apareceram torretas das quais pendiam pencas de telecâmeras.

De sua cobertura na Via Salária, a marquesa Clotilde, viúva do general Farinelli, conseguia divisar entre as frondes das árvores uma faixa do parque. A um jornalista do semanário Panorama, a velha senhora revelou que avistava um vaivém ininterrupto de operários. Plantavam árvores, desmatavam. E também tinha visto duas girafas e um rinoceronte. O jornalista deu pouco crédito à fonte, considerando que a viúva Farinelli tinha 78 anos e um início de Alzheimer.

Mas a marquesa tinha visto certo.

Sasà Chiatti construíra lagoas, riachos, areias movediças, e se empenhara no repovoamento do parque. Dos zoos abandonados e dos circos desfeitos do Leste havia adquirido ursos, focas, tigres, leões, girafas, raposas, papagaios, grous, garças, macacos — entre os quais macacos-de-gibraltar —, hipopótamos, piranhas, e os espalhara pelos 170 hectares da Villa Ada. Todos eram animais nascidos e crescidos em cativeiro, e portanto mansos e dependentes da comida fornecida pelos zeladores. Viviam num paraíso natural, onde as regras primordiais presa-predador já não existiam. Com o passar dos meses, a fauna heterogênea encontrou uma espécie de equilíbrio. Cada espécie obteve seu nicho ecológico. Os hipopótamos se instalaram no laguinho ao lado do velho quiosque do bar e dali não saíram mais, os crocodilos *colonizaram junto com as piranhas o segundo espelho artificial, a pouca distância das gangorras e dos escorregas. Leões e tigres formaram uma colônia no Monte Antenne. Os morcegos australianos, bicharocos de 6 quilos cada, encontraram refúgio nas catacumbas. Ao lado da ex-embaixada, numa grande planície gramada, pastavam gnus, zebras, camelos e rebanhos de búfalos que Sasà mandara trazer diretamente de Mondragone.*

Com a fauna aviária as coisas foram um pouco mais complexas. Stefano Coppé, caído ao lado de sua Burgman 250 depois de ser atropelado por um Opel Meriva na alça entre a Salária e a Olímpica, viu girar acima de si uma revoada de abutres e compreendeu que as coisas estavam ficando pretas para ele. Um casal de condores fez seu ninho na sacada da família Rossetti, à Via Taro, e estraçalhou Anselmo, o gato tigrado da casa, que havia tentado uma defesa desesperada da varandinha. Os atletas da Acqua Acetosa viram milhafres e corujas-de-igreja empoleirados nas traves da meta de rúgbi. O peixeiro da Via Locchi foi furtado em uma perca-do-mar de 3 quilos por uma águia-pescadora. Papagaios e tucanos se esborrachavam nos para-brisas dos carros que corriam pela marginal.

A ideia de Sasà Chiatti era simples e grandiosa ao mesmo tempo: organizar para a inauguração de sua Villa uma recepção tão exclusiva e faustosa que seria lembrada nos séculos futuros como o maior evento mundial na história da nossa República. E, da fama de construtor suspeito, ele passaria à de radiante magnata miliardário e excêntrico. Políticos, empresários, gente do espetáculo e do esporte viriam à corte para homenageá-lo, tal como o Rei Sol em Versalhes. Mas, para isso, não bastava uma festa com música, dança, bufê e cotillon. *Era necessária alguma coisa absolutamente especial e inimitável, que deixasse todo mundo embasbacado.*

A ideia lhe ocorreu certa noite, quando ele assistia a Entre dois amores, *com Robert Redford e Meryl Streep.*

Um safári! Devia organizar para os convidados um safári-surpresa. Em sua megalomania, decidiu que um não era suficiente. Eram necessários três. A clássica caça inglesa à raposa, a caça africana ao leão, com batedores negros, e a indiana ao tigre, sobre elefantes.

Mas, para que tudo funcionasse, era preciso que lá fora não vazasse nada dos preparativos para a festa. Então ele fez todos os guardas, os operários e o pessoal em geral assinarem um contrato de sigilo.

Convocou o famoso caçador branco Corman Sullivan, que se vangloriava de ter acompanhado o escritor Ernest Hemingway numa expedição em 1934. Sullivan tinha uma idade indefinida, entre os 80 e os 100 anos, sofria de cirrose hepática crônica e havia vinte anos morava numa casa de repouso das irmãs missionárias em Manzini Town, na Suazilândia, o pequeno Estado confinante com a África do Sul. Chegado ao aeroporto de Fiumicino, o caçador, debilitado por variadas infecções pulmonares, teve que ficar três dias numa câmara hiperbárica preparada em Civitavecchia. Depois, finalmente foi transportado de ambulância para a Villa Ada. Passou mais dois dias deitado numa cama, expelindo sangue e catarro e esperando baixar a terçã maligna que o atacava ciclicamente. Quando teve forças para caminhar, o velho alcoólatra se dedicou a organizar as três caçadas.

Para a caça à raposa não havia grandes problemas. Sasà Chiatti restaurara a cavalariça dos Savoia e ali guardava 25 lipizzanos purosangue. E no canil mantinha uma matilha de beagles adquiridos de uma empresa farmacêutica falida. Também para a caça indiana, Sullivan não encontrou dificuldades. O construtor tinha comprado de um circo de Cracóvia quatro elefantes afetados por dermatose em placas. Os problemas surgiram com a caça ao leão. Foi preciso assalariar uns trinta batedores entre as comunidades de Burkina Faso e do Senegal estabelecidas diante da estação Termini. Não recordavam perfeitamente a arte venatória ao grande felino, mas garantiram fazer um bom trabalho ou pelo menos sair vivos. Já que estava na estação, Sasà contratou também uns filipinos para conduzir os elefantes.

No entanto, seu golpe de gênio empresarial foi obter para os safáris o patrocínio do estilista Ralph Lauren, que escolheu o cáqui e o fúcsia como cores dominantes para os uniformes de caça.

Também o catering *devia ser planejado nos mínimos detalhes. A maior parte das recepções falha justamente na comida, e a essa altura todo o resto entra pelo cano. Chiatti não poupou despesas e chamou Zóltan Patrovič, o imprevisível chef búlgaro proprietário do multipremiado restaurante Le Regioni. Cada safári teria seu próprio acampamento, onde os convidados se revigorariam com alimentos de acordo com a caça. O acampamento da batida à raposa dispunha de grandes mantas em caxemira com desenhos tartan, abertas sobre um prado de urze. Ali a comida seria à base de salmão, carne de caça, pastelão, tudo obviamente reinterpretado pelo toque de Zóltan Patrovič. Para a caça ao tigre, os convidados seriam acolhidos em três casas flutuantes ancoradas no lago artificial. Chiatti mandara trazê-las do lago Dal, na Caxemira. Ali, xerpas serviriam arroz basmati, frango ao curry e outras delícias hindustânis. Para o safári africano, Corman Sullivan fez questão de cinco barracas e de fogueiras para grelhar carne de avestruz e cordeiro de leite.*

A festa começaria na hora do almoço e acabaria ao amanhecer do dia seguinte. Tendas para descansar, postos de informação e quiosques gratuitos para as bebidas seriam montados e espalhados por toda a Villa.

Este é o programa da festa que Salvatore Chiatti, Ingrid Bocutte, a grande organizadora vienense de eventos, e Corman Sullivan pariram depois de um briefing que durou seis dias:

Programa

12h30 — Bufê de boas-vindas

14h30 — Discurso de Salvatore Chiatti aos convidados

15h — Organização dos grupos de caça
Vestidura e atribuição das armas

15h40 — Partida dos safáris

16h-20h Caçada

20h30 — Chegada aos bivaques e jantar

23h — Retorno à Villa Reale

24h — Massa da meia-noite, com molho all'amatriciana

2h — Show Larita live na Villa Ada

4h — Espetáculo pirotécnico by Xi-Jiao Ming
and the Magic Flying Chinese Orchestra

4h30 — Danças new and revival by DJ Sandro

6h — Desjejum com cornetti

7h — Fim

24.

Fabrizio Ciba acordou com a certeza de ter sido exumado de um ataúde. Ergueu a pálpebra direita e uma lâmina de sol lhe perfurou a pupila. De olhos fechados, começou a passar sobre os lábios a língua inchada como a de um bezerro. Moveu levemente a cabeça. A dor foi tão intensa que o deixou sem fôlego, ele não conseguia nem gemer. Era como se uma corrente alternada partisse de suas escápulas ao longo das vértebras cervicais, atravessasse a matéria cinzenta e escorresse das têmporas às arcadas superciliares e dali para dentro dos globos oculares. Tocou os cabelos: até estes lhe doíam. Virou-se de lado para se esconder do sol. O estômago se contraiu e se expandiu, impelindo uma papa ácida pelo gasganete do escritor, que por pouco não vomitou.

— Tudo bem... Tudo bem... Vou melhorar... — implorou ele, desesperado. E assim ficou, atravessado por correntes elétricas no alto e urticado pelos ácidos gástricos embaixo.

O que eu aprontei ontem à noite?

Não recordava sequer como conseguira voltar para casa. Só lembrava que estava avançando bêbado pela Via dei Fori Imperiali, embaixo de chuva. De repente suas pernas haviam cedido. Depois, só escuridão.

Mas estou em casa? Com dificuldade, conseguiu olhar ao redor e percebeu estar de cueca, sob uma coberta, no sofá de seu apartamento na Via Mecenate.

Um velho escritor bêbado de Udine lhe ensinara uma gororoba de sua invenção para casos de ressaca terminal. Embora aquilo que Fabrizio sentia agora mais parecesse o pós-operatório de uma cirurgia no cérebro do que um pós-farra.

Dissolva num copo-d'água três Alka-Seltzer, dois comprimidos de Serenase, 35 gotas de Novalgina, beba, coma um pedaço de pão e volte a dormir. Você verá...

Verá o quê?

O escritor de Udine não levava em conta a dificuldade objetiva de compor a mistura galênica nas precárias condições em que se encontrava Fabrizio. Fosse como fosse, Ciba conseguiu se levantar. Cambaleou pelo apartamento segurando-se a tudo o que encontrava. Entrou no banheiro e, com grande esforço, preparou a poção. Bebeu-a de um só trago, arrotou, arrastou-se para o quarto, fechou a janela, desligou o telefone e se enfiou na cama. O contato com os lençóis frescos, o cheirinho do amaciante no travesseiro e o leve peso do edredom foram as únicas sensações agradáveis no inferno em que ele acordara. Teve a impressão de que a cama o englobava e o protegia de todas as maldades do mundo, como faz a concha com o paguro.

Morreu.

Acordou algumas horas depois. O sono e o coquetel haviam funcionado. As têmporas ainda latejavam e ele sentia os membros doloridos como se tivesse escalado o Monte Rosa, mas estava melhor.

Circulou pelo apartamento, tentando se concentrar. Antes de mais nada, precisava de um café bem quente, de um belo sanduíche de presunto e *stracchino** e de uma ducha.

Sob a chuvinha morna e com o estômago cheio, os pedaços da noitada se recompuseram. Os fatos salientes eram três:

1) a Martinelli queria lhe dar o fora;
2) ele havia mandado sua agente, sua única aliada, tomar no cu;
3) tinha tido um princípio de infarto, um derrame, algo assim.

O último ponto era o que menos o preocupava. Sendo cronicamente apavorado com médicos e com a dor, Fabrizio Ciba

---

* Queijo fresco e mole, feito com leite de vaca. É típico da Lombardia. (N. da T.)

minimizava qualquer problema de saúde. A culpa era de todas aquelas tequilas bum-bum.

Mas os outros dois pontos o angustiavam bastante. Precisava organizar rapidamente um plano. Gianni tinha razão, nenhuma outra editora lhe pagaria tanto quanto a Martinelli.

Saiu para o terraço e se apoiou ao parapeito, tentando clarear as ideias. Céu e sol estavam empastados numa mescla opalescente que pesava como um gás fétido sobre a capital, e o barulho do trânsito, mesmo àquela altura, era ensurdecedor. Lá embaixo ele viu o Coliseu, e ao redor o vaivém de turistas, ônibus, policiais e vendedores de quinquilharias. Pensou naquelas vidas deprimentes, nas noitadas em pizzaria, nas feiras. Os enguiços do carro. As filas no correio. Problemas simples e comuns.

Que sortudos! Não sabiam o que era o sofrimento de verdade. *Por que eu não trabalho numa agência imobiliária? Sem este ofício criativo, sem a responsabilidade de ter que dizer coisas inteligentes à humanidade. E se eu parasse? Se largasse tudo para sempre?*

A imagem de Jerome David Salinger, o grande autor de *O apanhador no campo de centeio*, aflorou à sua mente. *Jerome... Você, sim, é grande. Como eu, escreveu três livros a duras penas. Como eu, fez a obra-prima, depois desapareceu e se tornou um mito. Eu também deveria fazer isso. Com os direitos de* A cova dos leões, *teoricamente conseguiria. Mas precisaria baixar meu padrão de vida.*

Entre uma besteira e outra, Fabrizio Ciba gastava 15 mil euros por mês. Embora seu último romance, *O sonho de Nestor*, já tivesse saído havia cinco anos e vendido menos de 200 mil exemplares, graças ao *A cova dos leões* ele podia se permitir um tal padrão de vida. Aquele romancinho de 120 páginas ainda estava no topo das listas dos mais vendidos. Tinha sido traduzido em meio mundo e a Paramount havia comprado os direitos cinematográficos.

Se fosse sensato, Ciba poderia sobreviver tranquilamente até os 80 anos sem ter que fazer porcaria nenhuma o dia inteiro. Claro, seria preciso se desfazer da cobertura na Via Mecenate. Também devia vender o refúgio nas montanhas de Maiorca. E sobretudo, para manter o mesmo halo de mistério que circundava Salinger, não deveria dar mais entrevistas. Nada de programas, aparições em televisão, nada de festas, nada de trepadas por aí, em suma: transformar-se num monge de clausura e se entediar num retiro solitário pelo resto da vida.

Na América isso talvez seja possível. A natureza, o deserto, os grandes espaços... mas, na Itália, onde vou me recolher? Num conjugado em Boccea? E ainda por cima sozinho, num ermo, sem nenhuma gata... Em duas semanas acabo me suicidando.

Felizmente a palavra "gata" o trouxe de volta à terra.

Devia partir. Passar uns dias em Maiorca. Ali, na solidão, retomaria o romance que estava parado desde...

O cérebro fez um clique imperceptível, como se um alarme tivesse sido acionado. Assim como aparecera, o pensamento se dissolveu e a atenção dele voltou a Maiorca.

Sozinho, claro... Quem poderia levar? Precisava de uma que lhe aumentasse um pouco a autoestima. Mas sobretudo que não enchesse o saco com filhos, casamento e punhetas mentais.

Alice Tyler... A tradutora.

Não, intelectual demais. E também, com o papelão que ele tinha feito...

Em compensação, no rico estoque da Luiss* teria apenas o embaraço da escolha. Pelo menos sete alunas de seu curso de escrita criativa renunciariam aos direitos civis só para passar um fim de semana em sua companhia. Uma delas, aliás, uma tal de Elisabetta Cabras, devia ser bem sacana. De escrita não entendia porra nenhuma, mas tinha um talento insólito para as cenas eróticas. Intuía-se que eram experiências vividas. Ciba imaginou Cabras

---
* Libera Università Internazionale degli Studi Sociali. (N. da T.)

circulando nua em torno da piscina, com aqueles peitões e um Bloody Mary na mão, diante do sol que se afogava no mar das Baleares.

Entrou de volta e se sentou à escrivaninha. Sobre o tampo se amontoavam em desordem pilhas de folhas impressas, livros, fascículos encadernados, latas de cerveja e cinzeiros cheios de guimbas. Começou a procurar a monografia da Cabras, na qual ela seguramente havia escrito o celular, encostou a mão no mouse e a tela do portátil se iluminou. Ali estava o início do segundo capítulo do novo romance:

> Vittoria Cubeddu tinha aquilo que se define como um sotaque italiano puro. Ao contrário de toda a família Cubeddu, que falava o lento e arrastado dialeto de Oristano. E a casa

Havia passado três dias escrevendo aquelas duas frases, continuando obsessivamente a trocar os adjetivos, deslocar os substantivos, inverter os verbos. Contra a própria vontade, releu-as e lhe subiu um refluxo ácido. Com um tapa, fechou o computador.

— Mas que merda é isto aqui? Este deveria ser o novo romance nacional! Eu sou um blefe!

Passou a circular pelo apartamento chutando o sofá e os pufes marroquinos. Sentou-se ofegante na cama. A dor nas têmporas voltara a atormentá-lo. Tinha que reagir. Dentro de si, sepultado sob um mar de besteiras inúteis, ainda havia o espírito do escritor que ele fora um dia. Devia trazê-lo de volta à tona. Fazer *tabula rasa*, parar de beber, parar de fumar e submeter-se a escrever, com a força e a vontade do início.

Mas como? Em quatro anos, tinha abandonado cinco romances. A grande saga sarda lhe parecia a única obra que fazia sentido, e no entanto... nada, era aquela merda. Sim, precisava passar uns dez dias em Maiorca para fazer uma limpeza cerebral.

Enquanto ele recomeçava a procurar o número da Cabras, o telefone fixo tocou. Do outro lado, estava com certeza um mala sem alça. Ainda assim, resolveu atender. Podia ser aquela babaca da sua agente pedindo desculpas.

Exibiu um tom aborrecido.

— Alô? Quem é?

— E aí, veado?

Fabrizio fechou os olhos e se dobrou para trás, como faria um jogador de futebol que erra um pênalti.

Paolo Bocchi. O mala sem alça por antonomásia. Por motivos incompreensíveis para ele, aquele ser continuava a zumbir ao seu redor como um pernilongo sedento de sangue. Na realidade, em última análise, uma razão havia, sim. O professor Paolo Bocchi tinha sempre à disposição qualquer substância psicotrópica que a natureza e a química forneciam ao homem.

De fato, um pouquinho de erva em Maiorca não cairia mal.

— E então, bicha velha, como vai?

Se havia uma coisa que o incomodava profundamente, era a atitude escrachada e vulgar que Paolo Bocchi adotava com ele. O fato de terem sido colegas de turma no liceu San Leone Magno não lhe dava direito àquela intimidade.

— Chega, Paolo, hoje não é dia — disse Fabrizio, tentando manter a calma.

— Nem me fale. Hoje já fiz dois narizes e uma lipo. Estou moído.

O professor Paolo Bocchi era titular de cirurgia estética na clínica San Roberto Bellarmino. Ex-aluno do grande Roland Château-Beaubois, era considerado o número um da cirurgia estética capitolina. Havia restituído a juventude a milhares de velhotas. O único problema era que puxava como uma estufa a pellets.

— Ahá! Consegui. Li *A cova dos leões*. Posso falar? Muito bom!

— Parabéns, saiu oito anos atrás.

— Como é que você faz para entrar desse jeito na cabeça das pessoas? A gente vê os personagens. Juro, melhor do que num filme. As enfermeiras nem acreditavam que eu pudesse ler um livro...

— Que ótimo — disse Fabrizio, tentando cortar. — Escute, estou enrolado. De partida para a Espanha. Ou melhor...

Um grito:

— Como?! E a festa de Chiatti?

Fabrizio deu um tapa na testa. Esquecera completamente a festa de Salvatore Chiatti. O convite chegara havia dois meses. Um quadrado em plexiglas com letras douradas em baixo-relevo, estritamente reservado.

Desde cerca de um ano antes, só se falava daquela recepção. No dizer de todos, o evento prometia ser o mais exclusivo e grandioso das últimas décadas. Faltar a um encontro de tal gênero era um grave ultraje à própria condição de VIP. Mas Fabrizio não estava nas condições psicológicas adequadas para enfrentar mundanidades. Para superar uma experiência social dessas, você tem que estar cem por cento, espirituoso e vivaz como nunca. E ele, naquele momento, estava espirituoso e vivaz como um prófugo ugandense.

Salinger. Pense em Salinger.

Fabrizio balançou a cabeça.

— Nãã... Daquele construtor mafioso? Nunca! É uma cafonice.

— Não seja idiota! Você não sabe quanto gastou aquele louco megalomaníaco. Estou falando de milhões! Não se pode faltar a um troço desses. Todo mundo vai estar lá. Música, arte, jogadores de futebol, políticos, modelos, todo mundo! Uma barafunda alucinada. Você poderia escrever um romance a respeito.

— Não, Paolo, veja, essas festas eu conheço muito bem. São um saco total. E também é justamente esse tipo de badalação que devo evitar. Pense em Salinger...

— Quem?

— Deixe pra lá. Seja como for... a gente se fala quando eu voltar...

— Tem certeza? — Paolo Bocchi estava incrédulo. — Acho que você está fazendo uma grande besteira... Vai ser... como posso dizer... — O grande cirurgião era um mago do bisturi, mas um desastre léxico. — Você não entendeu mesmo... tudo farto e de graça. Dois dias enchendo a cara e trepando no parque. Você é maluco.

— Eu sei, eu sei. Pois é, mas tenho problemas com minha editora. E não estou com disposição.

— Tranquilo, isso eu lhe arrumo. — Paolo Bocchi riu com gosto.

— Esqueça. Parei com esse negócio.

— Então faça como lhe der na telha. Mas, só pra você entender, Larita vai se apresentar. Foi a única coisa que vazou sobre a festa. Percebe?

— Larita? A cantora?

— Não, Larita a salsicheira! A cantora, claro.

— Estou cagando.

— Ganhou não sei quantos Grammy e discos de platina.

Fabrizio queria encerrar a conversa.

— Tudo bem, Paolo, vou pensar. Mas agora me deixe desligar.

— Ótimo, pense nisso. Enfermeira, vamos com essa drenagem, senão entramos pela noite...

— Mas onde você está? — perguntou Ciba, lívido.

— Na sala de cirurgia. Calma, estou com fone de ouvido. Tchau, cara. — E desligou.

Ciba voltou à sala para procurar a monografia da Cabras. Então percebeu um papelzinho preso à lâmpada da escrivaninha.

Bom dia, Fabrizio,
Eu sou Lisa, a moça que o trouxe para casa ontem à noite.
Desculpe falar, mas você estava realmente um caco.

Afinal, quanto bebeu? Não sei o que lhe aconteceu, mas estou contente por ter sido eu a salvá-lo. Assim, tive a sorte de vê-lo pessoalmente e perceber que você é ainda + gato do que na televisão. Eu poderia ter me aproveitado de você.

Tirei sua roupa e o deitei no sofá, mas sou uma moça à antiga e não faço certas coisas.

E, também, me ver aqui em sua casa, a casa do meu ídolo, do número um, é incrível.

É demais. Ninguém vai acreditar em mim.

Nunca mais vou lavar meu braço que você autografou.

Espero que você faça o mesmo com seu quadril.

Fabrizio levantou a camiseta. E viu, bem em cima da nádega esquerda, os restos ilegíveis de um número de telefone.

— Não! A ducha! — E recomeçou a ler.

Não esqueça que você é sempre o melhor, todos os outros estão 100 metros abaixo.

Mas agora chega de tantos elogios, você deve estar cheio dessas como eu. Me telefone, se quiser.

Lisa

Fabrizio Ciba releu três vezes o bilhetinho e, a cada releitura, sentia o físico e o espírito mais tonificados.

Repetiu de si para si, todo satisfeito:

— Você é o número um. É sempre o melhor, todos os outros estão 100 metros abaixo. Eu poderia ter me aproveitado de você. — Apontou a janela e disse: — Eu te amo, doce Lisa.

Viram quem é Fabrizio Ciba? Vão tomar no cu!

Sentiu o impulso infantil de escanear a carta e mandá-la para aqueles cafajestes de Gianni & sócios, mas em vez disso ligou o estéreo e colocou um velho CD ao vivo de Otis Redding.

Os *woofers* das grandes caixas Tannoy começaram a trepidar e os *vu meter* azulados do seu velho Macintosh a ondular, enquanto o cantor da Geórgia atacava *Try a Little Tenderness*.

Fabrizio adorava aquela música. Gostava que ela começasse lenta, tranquila, e depois crescesse aos poucos até se transformar em um ritmo alucinado, com a voz rouca e empastada do velho Otis servindo de contraponto.

O escritor pegou uma cerveja na geladeira e começou a dançar pelado pela sala. Saltava como o grande Muhammad Ali antes de uma luta e gritava ao universo inteiro:

— Vão tomar no cu! Vão tomar no cu! Eu sou Ciba! Eu sou o mais bonito de todos!

Depois pulou em cima da mesinha de Gae Aulenti e, usando a latinha como microfone, começou a cantar. No fim da música, despencou exausto no sofá. Estava sem fôlego, o estômago inflado como um air bag, mas ainda se sentia forte. Era preciso muito mais para derrubá-lo. Não fugiria para Maiorca com o rabo entre as pernas. Veio-lhe natural a lembrança do grande escritor Francis Scott Fitzgerald. Alguém que vivera na esbórnia, entre festas maravilhosas e mulheres de fábula.

Era novamente ele mesmo. O velho combatente.

Fabrizio Ciba começou a procurar, entre os papéis e a correspondência que lotavam a mesa, o convite para a festa.

25.

As Bestas de Abaddon, a bordo do Ford Mondeo de seu líder, estavam paradas no trânsito. O GPS indicava um quilômetro e meio para a Villa Ada, mas os postos de bloqueio na Via Salária haviam criado um engarrafamento na Olímpica e na Via dei Prati Fiscali.

Mantos, ao volante, observou seus adeptos pelo retrovisor. Tinham sido muito valentes. Haviam removido os piercings e tomado banho. Silvietta até pintara de preto os cabelos. Mas, desde que tinham partido de Oriolo, estavam em silêncio, caras sisudas e preocupadas. Devia despertá-los, essa é a tarefa de um líder.

— E, então, moçada? Estão prontos?

— Meio nervosos... — Murder tinha a boca seca.

Silvietta mordia o lábio:

— Não fiquei tão agitada nem mesmo no exame de psicologia geral.

Mantos ligou a seta, encostou ao lado da Olímpica e olhou para eles:

— Vocês têm confiança em mim?

O rosto de Zumbi exibia a cor de uma couve-flor cozida.

— Temos, mestre.

— Ouçam bem. Como sabem, a missão é suicida. Vocês ainda têm tempo de desistir. Eu não obrigo ninguém. Mas, se decidirem ficar, precisamos ser um time perfeito, sincronizados como um relógio suíço. Devemos ser impiedosos e ter confiança no Maligno, que vigia sobre nossas cabeças. — A essa altura, ligou o rádio do carro e o coro dos *Carmina Burana* se espalhou ali dentro: "*O Fortuna, velut Luna statu variabilis, semper crescis aut decrescis.*"*

— Escutem! Nós somos os mais malvados. E eu quero a cabeça de Larita. Uma vez dentro da Villa, ninguém esperará nosso ataque. Vão estar se divertindo, bebendo, baixando as defesas, e nós acabaremos com eles. Zumbi, aí atrás tem um tapetinho de banheiro enrolado. Pegue, mas com muito cuidado.

---

* "Ó Fortuna, és como a lua, sempre cresces ou decresces." Adiante: "A odiosa vida ora abate, ora conforta." (N. da T.)

O adepto se esticou até o porta-malas e entregou o rolo nas mãos de Saverio. O líder das Bestas de Abaddon apoiou o tapete sobre os joelhos e o desenrolou, lenta e solenemente.

Um raio de sol atravessou a janela do carro e fez brilhar o aço. *"Vita detestabilis nunc obdurat et tunc curat."* O coro continuava seu crescendo impetuoso.

Com alguma dificuldade, Mantos levantou a arma acima do apoio de cabeça.

— Esta é a Durindana, a reprodução exata da espada de Rolando em Roncesvales.

— Nããão! — fizeram em coro os adeptos. — É estupenda!

Saverio abriu a porta.

— Vamos sair do carro.

Silvietta apertou o ombro dele, tentando detê-lo.

— Espere um pouco, Sumo, podem nos ver.

— Não importa. A gente se esconde atrás do carro.

As Bestas saíram e se encolheram atrás do Ford.

— Ajoelhem-se. — Saverio pousou a lâmina da Durindana sobre a cabeça dos adeptos. — Murder! Zumbi! Silvietta! Eu, Mantos, seu pai carismático, Grande Sacerdote do Maligno e humilde servidor de Satanás, nomeio vocês Paladinos do Mal. Que ninguém ouse quebrar nosso juramento, agora e pela eternidade! Levaremos a missão até o fim. Até o sacrifício final de nossas próprias vidas. Agora, vamos nos beijar!

Nesse momento as Bestas se abraçaram e se beijaram comovidas.

— Mas o que é isto? Enlouqueceram?

Todos se voltaram.

Do volante de um furgão, o primo de Saverio, Antonio Zauli, olhava-os embasbacado.

— Não... É que... — balbuciou embaraçado o líder das Bestas.

— Depressa, vamos... Vocês estão atrasados... Têm que se registrar. Entrem no carro.

Foram introduzidos pelo GATE WEST, o de serviço. Em toda a Villa havia mais três entradas. Duas estavam fechadas e serviam para casos de emergência, enquanto a terceira, na Via Salária, era destinada aos convidados. Imponentes portões de ferro, com 10 metros de altura, corriam sobre trilhos, movidos por bombas hidráulicas.

A entrada de serviço era patrulhada por seguranças, encarregados de controlar a mercadoria que chegava e que saía. Pouco adiante vinha o posto de registro, uma estrutura de dois andares toda de vidro e colunas de aço anodizado. O pessoal, dos cozinheiros aos batedores para a caça, devia ser identificado antes de acessar o interior.

As Bestas de Abaddon entraram na fila. Na frente havia umas trinta pessoas, a maioria de cor.

— Parece que estamos no aeroporto — comentou Zumbi, que certa vez tinha ido a Colônia para um show do AC/DC.

Quando chegou a vez deles, um guarda os fez responder a um questionário enorme e assinar um contrato escrito em letras bem pequenininhas. Depois lhes imprimiram no pulso um código de barras identificatório. Dali, através de um corredor baixo, clareado por uma luz difusa, passaram a um comprido aposento com fileiras de pequenos armários metálicos onde guardar as roupas e pegar os uniformes. Silvietta se trocou no vestiário feminino. Tinha recebido uma saia preta, uma blusa branca e uns sapatinhos de solado grosso. Quando reapareceu, os outros começaram a rir e a curtir sua cara. Nenhum deles jamais a vira de saia. No entanto, foram obrigados a admitir que esta lhe caía bem.

Um cartaz avisava em muitas línguas que era terminantemente proibido levar para o interior da Villa objetos pessoais, incluídos telefones celulares, máquinas fotográficas e videocâmeras.

— E como vamos entrar com a espada? E as túnicas? Não podemos executar o ritual sem as túnicas — cochichou Murder no ouvido de Mantos, que as mantinha escondidas na mochila. Embaixo do braço carregava o tapetinho de banheiro no qual havia enrolado a Durindana.

Saverio não tinha pensado nisso. E agora? O importante era fazer crer que estava tudo sob controle.

— Sem problema. Fiquem calmos.

Respirou fundo e atravessou o detector de metais, torcendo para que o alarme não soasse.

Mas não foi assim.

— Venha cá — intimou um guarda avolumado pelo colete antibala. — O que o senhor tem aí?

Mantos desenrolou o tapete com desenvoltura.

O guarda balançou a cabeça.

— Proibido entrar com armas.

Mantos encolheu os ombros, como se fosse a centésima vez que lhe acontecia uma chatice do gênero.

— Não é uma arma. É só uma reprodução da Durindana, que perteinceu a Rolando e, antes dele, a Heitor.

O homem tirou os óculos escuros, mostrando dois olhinhos expressivos como um abajur.

— Em que sentido?

O líder das Bestas observou seus adeptos, que, junto do guarda, esperavam uma resposta. Sorriu.

— No sentido de que ela tem exclusivamente valor estético.

A resposta lhe pareceu ótima. Daquelas definitivas, às quais ninguém replica.

— E serve pra quê? — retrucou, no entanto, o sujeito.

— Pra que serve? Vou lhe explicar — disse Saverio. Respirou fundo e prosseguiu. — Serve para cortar o churrasco. Eu sou o encarregado do corte das carnes vermelhas. E as roupas que levo na mochila são para um espetáculo de magia. Eu sou o mago Mantos e esses três, meus assistentes.

O guarda coçou a nuca raspada.

— Ou seja, me diga se eu entendi, o senhor é um mago encarregado do corte das carnes vermelhas?

— Exatamente.

Algo se rompeu nas poucas certezas graníticas do sujeito.

— Um instante.

Afastou-se e começou a confabular com outro que devia ser seu superior. Depois voltou e disse:

— Tudo bem, podem ir.

As Bestas, retesadas dos pés à cabeça, transpuseram a zona de controle e se viram num pátio cheio de caixotes de vinho e de comida, afora uns contêineres. Num lado estava estacionada uma fileira de carrinhos como aqueles que se usam no golfe. O espaço era circundado por uma rede de aço, e em cima havia cartazes com o aviso: ATENÇÃO. REDE ELETRIFICADA.

Assim que se viram sozinhas, as Bestas não conseguiram conter a alegria.

— Grande Mantos! Você é um mito! — comemorou Murder, dando duas palmadinhas afetuosas no mestre.

Silvietta abraçou o Sumo.

— Maravilhosa, a história do mago cortador de carnes.

— Sabe lá o que aqueles dois conversaram. Você os desorientou — casquinava Zumbi.

— Chega! Já chega — disse o líder, tentando conter os beijos de seus adeptos.

— De novo? Agora viraram uns frescos? — gritou-lhes Antonio, que apareceu dirigindo um carrinho elétrico. — Vamos, rápido, subam aqui. Vou levá-los à área das cozinhas. Tem um monte de coisas pra fazer, e daqui a pouco os convidados começam a chegar.

Mantos olhou ao redor.

— Pra que serve essa segurança toda?

Antonio pisou no acelerador:

— Vocês vão saber agora mesmo.

Atravessaram o portão e enveredaram por uma estradinha de terra que entrava pelo bosque. No início não perceberam nada, mas depois Zumbi achou que vira alguma coisa saltando entre as copas das árvores. Por fim, ouviram uns gritos agudos à sua passagem.

— Gibões. Sosseguem. São inofensivos.

— Nããão... Não é possível! Vejam — disse Zumbi, apontando algo para além do bosque. No ponto onde as árvores rareavam estendia-se uma pradaria verdíssima, onde pastavam gnus, gazelas e girafas. Adiante, num lago lodoso, vislumbravam-se as ancas enlameadas de uma manada de hipopótamos. No céu, voava um bando de abutres.

Mantos estava incrédulo.

— Parece que estamos no zoo safári de Fiumicino.

— E isto não é nada. Vocês vão ver só — sorriu Antonio, satisfeito.

À direita deles, escondida por um renque de azinheiras, via-se uma espécie de central elétrica em miniatura. Grandes transformadores pintados de verde se confundiam com a vegetação, emitindo um zumbido surdo. Tubos coloridos despontavam da estrutura e se plantavam no terreno.

— Esta é a fonte que alimenta o parque todo — explicou Antonio. — Chiatti produz energia elétrica por conta própria, utilizando gás. É mais conveniente do que adquiri-la da Acea,* considerando a quantidade de quilowatts de que precisa para manter

---

* Azienda Comunale Energia e Ambiente. (N. da T.)

sob tensão os recintos, iluminar o parque, alimentar a sala dos computadores...

A estrada foi atravessada por uma dezena de zebras com dois filhotinhos atrás. Silvietta entrou em êxtase.

— Vejam os bebês... Que gracinha!

Esperaram que os animais passassem e retomaram o percurso.

Saverio, em tom desinteressado, perguntou ao primo:

— Ah, e Larita? Chegou?

Antonio levantou os braços.

— Acho que Chiatti reservou para ela um apartamento na Villa Reale. Mais do que isso não sei.

Pouco depois, entre os cimos das árvores, apareceu um velho edifício de três andares coroado por um terraço com duas torrinhas.

— Chegamos à Villa Reale.

O pátio posterior da casa, escondida por altas sebes de buxo, era um vaivém frenético de homens e veículos, em meio à poeira levantada pelos pneus de furgões, picapes e Land Rovers. Equipes de operários com uniformes verdes descarregavam alimentos, garrafas, toalhas, copos, talheres e mesinhas, sob o comando de homens vestidos de preto que gritavam como se estivessem numa prisão militar. Sob um telheiro, acocorados na poeira, os batedores negros, de tanga, comiam das marmitas algo que parecia *tortellini in brodo*.

Num canto, havia uns pré-fabricados dos quais saíam fumaça e cheiro de comida.

— Aquelas são as cozinhas. Daqui a pouco chega Zóltan Patrovič para conferir como estão as coisas. Prestem atenção, hein? — A cara de Antonio ficou séria. — Não se deixem flagrar desocupados.

— Quem é Zóltan Patrovič? — engoliu em seco Silvietta, preocupada.

— Vê-se que vocês vêm de Oriolo. É um famoso chef búlgaro. Muito exigente, portanto trabalhem direito.

Os quatro desceram do carrinho.

Antonio apontou um homem de preto.

— Agora, vão falar com aquele ali e perguntem o que devem fazer. Depois nos revemos... E cuidado, nada de besteiras.

26.

Fabrizio Ciba estava parado no sinal do cruzamento da Salária com o Viale Regina Margherita, em sua vespa que cuspia uma fumaça escura. Tinha conseguido recuperá-la e fazê-la andar.

Ao seu lado, montadas numa scooter, frearam de repente duas adolescentes com as nádegas e a calcinha despontando dos jeans de cintura baixa. Observaram-no um instante, guincharam, excitadas, e a que estava atrás puxou conversa:

— Com licença, você é Ciba? O escritor da televisão?

Fabrizio exibiu sua expressão irônica, destacando a dentadura branqueada.

— Sim, mas não contem a ninguém. Estou em missão secreta.

A lourinha perguntou:

— Está indo para a festa na Villa Ada?

O escritor deu de ombros, como quem diz: "Que jeito?"

A outra garota, mascando chicletes, pediu:

— Será que você não podia nos botar lá dentro? Por favor... Por favor... Pelo amor de Deus... Todo mundo vai estar lá...

— Quem me dera, mas acho que não dá. Eu me divertiria muito mais se vocês também fossem.

O sinal abriu. O escritor engrenou a primeira e a vespa arrancou. Por um segundo, Ciba se viu refletido na vitrine de uma butique. Para a ocasião, tinha escolhido uma calça de algodão marrom-clara, uma camisa Oxford azulada, uma gravata Cambridge azul-escura, lisa, que pertencera ao seu avô, e um paletó em algodão madras de três botões, de J. Crew, com listrinhas brancas e cinza. Tudo rigorosamente amarrotado.

Quanto mais ele avançava em direção à Villa Ada, mais o tráfego aumentava. Pelotões de guardas tentavam desviá-lo para a Via Chiana e a Via Panamá. No alto zumbia um helicóptero dos Carabinieri. Nas calçadas a multidão se acotovelava, por trás das barreiras móveis controladas por policiais da tropa de choque em trajes antimotim. Muitos dos espectadores eram jovens dissidentes dos centros sociais que se manifestavam contra a privatização da Villa Ada. Faixas pendiam das sacadas. Uma, compridíssima, dizia: CHIATTI, MAFIOSO! DEVOLVA NOSSO PARQUE! Outra: JUNTA MUNICIPAL, BANDO DE LADRÕES! E também: VILLA ADA, VOLTE AOS ROMANOS!

Fabrizio decidiu estacionar a vespa e refletir sobre um aspecto que não havia levado em conta. Se participasse da festa de Chiatti, sua imagem pública de intelectual engajado se ressentiria negativamente. Ele era um escritor de esquerda. Tinha aberto o congresso nacional do Partido Democrático, pedindo um esforço urgente pela cultura italiana já agonizante. Nunca recuara de uma apresentação no teatro Leoncavallo ou no Brancaleone.

Ainda posso voltar para casa, ninguém me viu...

— E aí, veado?

Fabrizio se voltou. Paolo Bocchi, ao volante de um Porsche Cayenne, parou ao seu lado.

Não!

— Escritor, largue este traste aí e suba no carro, vamos! Faça uma entrada como se deve.

— Pode ir, pode ir, eu tenho que dar um telefonema de trabalho, nos vemos lá dentro — mentiu Fabrizio.

O cirurgião apontou um grupo de rapazinhos de *keffiyeh*:

— O que esses chatos querem? — E partiu buzinando.

O que fazer? Se resolvesse ir embora dali, o melhor era ir de imediato. Fotógrafos e equipes de TV circulavam famélicos, em busca dos convidados.

Enquanto observava os rapazes dos centros sociais que gritavam aos policiais: "Vocês são merdas e merdas continuarão", Fabrizio se lembrou de uma coisa que de vez em quando, inexplicavelmente, esquecia: *Eu sou um escritor. Eu narro a vida. Assim como denunciei o abate das florestas milenares finlandesas, posso enxovalhar este bando de novos-ricos e mafiosos. Um belo e vigoroso artigo na seção de cultura do* Repubblica, *e dou um jeito neles todos. Eu sou diferente.* Observou sua roupa amassada. *Ninguém me compra! Vou enrabar vocês!* Montou de volta na vespa, engrenou a primeira e enfrentou a multidão.

A composição dos espectadores atrás das barreiras estava mudando. Agora havia mais garotas e famílias inteiras com seus celulares, as quais começaram a fotografá-lo e a lhe pedir aos gritos que parasse.

Finalmente chegou ao espaço controlado por umas vinte hostesses e um monte de seguranças. Uma moça loura, metida num tailleur justinho, foi ao encontro dele.

— Bom-dia, estou feliz por tê-lo conosco. Não tínhamos certeza de sua presença, o senhor não confirmou.

Fabrizio tirou o Ray-Ban e a encarou.

— Tem razão, sou terrivelmente culpado. Como posso me fazer perdoar?

A moça sorriu.

— O senhor não tem nada para ser perdoado... basta que me dê seu convite. — E estendeu a mão para o escritor.

Fabrizio pegou o envelope. Dentro, além do convite, havia um cartão magnético. Ele o entregou à hostess, que o passou num leitor.

— Tudo em ordem, doutor Ciba. É melhor estacionar a vespa aqui à esquerda e transpor a passarela a pé. Boa diversão.

— Obrigado — respondeu o escritor e engrenou a primeira. Virou à esquerda, adiante do tapete vermelho que levava à entrada, em direção a um espaço onde estavam estacionados vários BMW, Mercedes, Hummer, Ferrari. Instalou a vespa sobre o cavalete, tirou o capacete e ajeitou a cabeleira com as mãos. Enquanto dava uma conferida no retrovisor, das barreiras veio um berro esganiçado:

— Seu falsooooo!

Não teve nem tempo de compreender o que estava acontecendo quando algo pesado o golpeou no ombro direito. Por um instante, pensou que os Black Bloc tinham lançado uma saraivada de pedras do calçamento. Pálido e aterrorizado, recuou e se encolheu atrás de um utilitário. Depois, engolindo ar, examinou o ombro atingido. Um croquete siciliano, cheio de arroz e sementes de ervilha, explodira sobre seu paletó e escorria lentamente pelo peito, deixando uma baba oleosa de muçarela e molho fervente. Fabrizio arrancou o croquete do ombro como se aquilo fosse uma sanguessuga infecta e o jogou no solo. Ofendido, ridicularizado e humilhado, virou-se para a multidão. Três homens de paletó e gravata, cabelos crespos e barba encaravam-no com ódio, como se ele fosse Mussolini (aliás, detido justamente na Villa Ada). Apontavam-no com os braços estendidos e lhe gritavam em coro:

— Ciba, filho da puta! Você tem que morrer! É um vendido.

Por um triz, o escritor conseguiu se esquivar de um copázio de um litro de Coca-Cola que explodiu no capô do utilitário.

Um blindado vomitou uma falange de soldados da tropa de choque que agrediram a cassetete os facínoras. Os três tentaram se defender erguendo uma barreira. O que jogara o croquete em Ciba recebeu uma pancada na arcada superciliar, de onde esguichou um jorro de sangue que lhe transformou a cara numa máscara vermelha. Os outros dois acabaram no chão, sob as bordoadas.

Um jovem policial agarrou o escritor pelo braço e o puxou para trás, berrando:

— Saia daí, saia daí!

Angustiado e confuso, Fabrizio o seguiu sem conseguir tirar os olhos do homem ensanguentado, que, mesmo caído, continuava a gritar:

— Ciba maldito! Você é igual aos outrooos! Hipócrita vendido! Nojento!

Enquanto os tiras continuavam a surrar os manifestantes, as limusines paravam junto ao tapete vermelho e os convidados desfilavam entre os flashes dos fãs e dos fotógrafos. Fabrizio Ciba se refugiou no meio dos carros com o coração lhe martelando o esterno.

— Mas que porra é... — ofegou, enxugando o suor da testa — ... são uns malucos!

— O senhor está bem? — perguntou o policial.

Ciba acenou que sim com a cabeça.

— Então, o que está esperando? Entre, entre, aqui é perigoso.

Fabrizio se sentiu morrer. *Não, não. Vou voltar para casa.*

Não podia. Imaginou as manchetes dos jornais: *Contestado pelos centros sociais na festa de Chiatti, o escritor Fabrizio Ciba escapole.* Até porque aqueles três pareciam tudo, menos rapazes dos centros sociais.

Já estava na merda e a única via de saída, àquela altura, era ficar umas duas horas na festa e depois ir para casa e escrever um belo artigo inflamado. Encaminhou-se para a passarela, com o paletó melado de gordura e tomate. Decidiu que era melhor tirá-lo e mantê-lo displicentemente pendurado no ombro.

Diante da entrada da Villa, a situação era completamente diferente. Carrões elegantes continuavam a cuspir atores, jogadores de futebol, políticos, assistentes de palco, em meio aos aplausos e aos gritos dos espectadores esmagados contra as barreiras como frangos na grelha. Nem mesmo no Festival de Veneza ele tinha visto uma coisa assim. Os VIPs cumprimentavam e as mulheres se deixavam fotografar em seus vestidos grifados. Uma jovem conseguiu transpor as barreiras e se atirou sobre Fabio Sartoretti, o comediante de *Bazar*. Mas os seguranças a dominaram no solo e a devolveram à multidão, que a sugou de volta.

Ciba agarrou a coragem com as duas mãos e, esperando não ser reconhecido, avançou de cabeça baixa rumo ao tapete vermelho. No entanto, ao ver que os fãs o saudavam tão calorosamente, não conseguiu se conter e começou a abanar a mão.

Nesse momento um BMW com vidros escuros freou diante da passarela. Do veículo saíram duas pernas bronzeadas que pareciam não acabar nunca. Depois saiu o resto de Simona Somaini. A miss Itália 2003, que havia empreendido com sucesso a carreira de atriz com *SMS do além*, usava um lencinho de strass que deixava descobertas as costas e uma boa porção da bunda, e na frente mal velava os seios, mas não o ventre liso e bronzeado. Ao lado dela, o escritor reconheceu a famosa produtora Elena Paleologo Rossi Strozzi, a qual, em comparação com a diva, parecia um pigmeu com tênia. Ciba, embora ainda estivesse abalado pelo incidente, ao ver aquela potranca de raça achou que, no fundo, o dia não era de se jogar fora. E, sobretudo, pensou que nunca a comera e que essa lacuna devia ser preenchida.

Fabrizio expandiu o tórax, encolheu o estômago e exibiu sua inefável expressão de escritor maldito. Acendeu um cigarro, plantou-o no canto da boca e passou junto de Simona, distraído.

— Fabri! Fabri!

Ciba contou até cinco e só então se voltou e a olhou perplexo, como se tivesse diante de si uma obra de Mondrian.

— Espere... Espere...? — Balançou a cabeça. — Não... Desculpe...

A atriz não ficou propriamente ofendida, estava mais era desorientada. Nos últimos anos, só não tinha sido reconhecida quando fora visitar seu tio Pasquale num asilo para cegos em Subiaco. Depois pensou que o escritor sofria de miopia.

— Fabrizio? Eu sou Simona. Não diga que não se lembra de mim!

Fabrizio chutou o primeiro nome que lhe veio à mente:

— Em Recanati, talvez? No seminário sobre Leopardi?

— *Porta a Porta*, um mês atrás! — A Somaini quis fazer beicinho, mas o botox a impediu. — A triste história do pequeno Hans...

Ciba deu um tapinha na testa.

— Caramba, é o meu Alzheimer... Como é possível esquecer a Vênus de Milo? Tenho até seu calendário no banheiro.

A Somaini emitiu um som semelhante ao do maçarico-real no cio:

— Não me diga que você tem meu calendário! Um escritor como você, com aquele calendário de caminhoneiros.

Fabrizio mentiu despudoradamente:

— Adoro Fevereiro.

Ela passou a mão pelos cabelos.

— Mas o que está fazendo aqui? Não achei que você fosse o tipo dessas festas.

Ciba ergueu as mãos.

— Não sei... Uma forma congênita e nunca identificada de masoquismo? Um desejo irresistível de sociabilidade?

— Fabrizio, não está sentindo um... um cheiro bom de molho, tomate e muçarela? — O último croquete que a Somaini havia experimentado tinha sido em sua crisma.

— Bem... Não, creio que não — disse Ciba, farejando o ar.

Rita Baudo, do noticiário Tg4, veio tirá-lo do embaraço. Chegou com um microfone, seguida por um cameraman.

— Ora vejam, temos aqui a atriz Simona Somaini, como sempre em esplêndida forma, com o escritor Fabrizio Ciba! Não me digam que eu perdi o furo!

Com um reflexo pavloviano, a Somaini se enrolou toda no braço de Ciba.

— Que é isso, Rita? Somos amigos!

— Não querem revelar nada ao público de *Varietà*? — insistiu Rita Baudo, plantando o microfone em cima dos dentes de Ciba, que o afastou aborrecido.

— Não ouviu o que Simona disse? Somos apenas velhos amigos.

— Mas nem um cumprimento aos nossos telespectadores?

Fabrizio balançou a mão diante da câmera:

— Tchau. — E se afastou com a Somaini pendurada no braço.

A Baudo se virou para o operador e encarou matreiramente a câmera:

— Eu acho que estes dois não estão contando tudo!

Um berro desumano subiu do circuito infernal além das barreiras. A Baudo partiu correndo. De um Hummer estavam desembarcando Paco Jiménez de la Frontera e Milo Serinov, o centroavante e o goleiro do Roma.

27.

No pátio atrás da Villa Reale, a cerca de 300 metros do *parterre* dos VIPs, as Bestas de Abaddon estavam sob pressão. Zumbi praguejava e descarregava caixas de Fiano d'Avellino de um furgão. Mantos fora parar na cozinha como ajudante. Já Murder e Silvietta tinham sido encarregados de polir seis faqueiros de prata para o jantar indiano.

De olhos baixos, a vestal esfregava um garfo com um paninho.

— Você continua o mesmo.

Murder bufou:

— Vamos deixar pra lá, pelo menos desta vez...

— Não, não vamos deixar nada pra lá. Você prometeu que diria a ele no carro. Por que não falou?

Impaciente, Murder jogou uma faca sem polimento entre as já polidas.

— Eu tentei... Mas no final não consegui. Depois daquele discurso que ele fez, que jeito eu tinha? E também, desculpe, por que sempre me cabe dizer as coisas difíceis?

Silvietta saltou de pé. Às vezes não suportava seu namorado.

— Foi você mesmo quem me disse que falaria com ele. Que não havia problema.

Murder abriu os braços.

— De fato, qual é o problema? Assim que puder, eu digo.

A namorada o agarrou pelo pulso.

— Não, a esta altura vamos dizer imediatamente! Assim ficamos mais tranquilos. Tudo bem?

Murder se levantou a contragosto.

— Tudo bem. Mas como você é chata... Você sabe como ele se emputece...

Os dois atravessaram o pátio tomando o cuidado de não ser flagrados por Antonio, que, de pé em cima de um caixote, dava ordens a todo mundo. De homem manso e afável, tinha se transformado num capataz nazista.

Murder e Silvietta entraram nas cozinhas. Eram três aposentos enormes. Cheios de equipamentos de aço inox, vapores, perfumes e aromas de todos os tipos. Devia haver pelo menos cinquenta cozinheiros vestidos de branco e com o toque na cabeça. E um exército de ajudantes azafamados. O barulho de panelas e vozes era ensurdecedor.

Encontraram Saverio sentado num banquinho, com uma faquinha na mão. Descascava uma pilha de batatas com as quais seria possível matar a fome de toda a penitenciária da Rebibbia, a maior de Roma.

Mantos os viu e cochichou:

— O que estão fazendo aqui? Enlouqueceram? Se forem flagrados... Eu disse a Zumbi que daqui a meia hora nos encontramos lá fora para um rápido briefing, no qual vou lhes comunicar o plano de ação. Mas agora saiam.

Murder olhou para ele e, retorcendo-se todo, murmurou:

— Espere... Temos uma coisa importante pra lhe dizer.

Mantos se levantou e os puxou para um canto.

— Que coisa?

— É o seguinte... — Murder não conseguia continuar.

— O seguinte, o quê? Diga, vamos!

Uma voz aflautada, com forte sotaque do Leste, disse atrás deles:

— Quem deu permissão a vocês dois para entrar no templo?

Nas cozinhas baixara um silêncio sepulcral. Até as coifas e os mixers pareciam ter se calado. Lá fora, os pássaros estavam mudos.

As Bestas se voltaram e viram diante de si um monge, envolto pelos vapores das panelas. Só que o hábito era de seda negra, bordado com aves-do-paraíso prateadas. O homem trazia os dedos cruzados, escondidos dentro das amplas mangas da roupa, e estava descalço. Sob o capuz despontavam uma barbicha branca em ponta, dois zigomas quadrados, um nariz adunco e dois olhos cinzentos e frios como um dia de inverno no Mar Cáspio.

O líder das Bestas de Abaddon teve certeza de que aquele era Zóltan Patrovič, o imprevisível chef búlgaro.

Saverio não tinha visto o grande Rasputin, o monge maldito que, com seus imbróglios e malefícios, havia condenado o czar e sua família. Mas achou que o sujeito diante dele devia ser a reencarnação do outro.

Atrás do chef, todos os cozinheiros e ajudantes estavam imóveis e de olhos baixos.

— Não... É que... Não sei bem...— Da boca de Saverio saíram umas palavras soltas. Ele queria assumir a culpa, mas era como se a língua estivesse entorpecida por uma injeção de lidocaína. E não conseguia evitar os olhos do chef. Dois poços negros. Muito profundos. Teve a impressão de haver sido engolido ali dentro.

Zóltan lhe agarrou a testa com uma das mãos.

O líder das Bestas sentiu um benéfico fluxo de calor escorrer das pontas dos dedos do chef até sua cabeça e se viu pensando na fritada de macarrão que a tia Imma lhe fazia quando, em criança, ele ia passar o verão em Gaeta.

Está me hipnotizando, pensou por um instante, mas logo depois refletiu que nunca mais tinha comido uma fritada tão gostosa. Era especial porque a tia a fazia com as sobras da massa *à puttanesca* da véspera. Alta e compacta. Levemente crestada. E dentro havia muitas azeitonas e alcaparras. Pena que a tia Imma já morrera, senão agora ele a chamaria pedindo que fizesse de novo. Em seguida disse a si mesmo que no fundo bastava pedir perdão a Zóltan, e poderia correr para casa e preparar sozinho uma fritada tão boa. Será que na geladeira tinha ovos?

— Desculpe. O senhor tem toda a razão. Nós erramos e estamos arrependidos. Mas agora eu preciso saber se Serena comprou ovos — disse Mantos, sério.

— De joelhos — ordenou Patrovič em tom inexpressivo.

Como se fossem radiocomandados, os três se ajoelharam.

— Cabeça no chão.

Os três pousaram a cabeça no chão.

O monge lhes subiu às costas.

Que estranho, não pesa nem um pouco, pensou Saverio. *Talvez esteja levitando.*

O chef manteve silêncio por pelo menos dois minutos, em pé sobre eles.

Tendo a cara grudada ao pavimento, Saverio não podia ver, mas imaginou que o chef estava olhando os cozinheiros. Por fim, Zóltan disse:

— Bom. Estamos entendidos.

E desceu das costas das Bestas.

Todos acenaram que sim e retomaram o trabalho sem dar um pio.

É telepático, intuiu Saverio.

Em seguida o monge atravessou a cozinha, avançando rígido como uma estátua de madeira, parecia ter um skate por baixo do hábito. Os cozinheiros se inclinavam e lhe estendiam os pratos. Ele passava a mão acima destes, como um reikiterapeuta. De vez em quando sussurrava:

— Menos gengibre. Mais sal. Cominho demais. Falta alecrim.

Depois, assim como aparecera, já não estava ali.

Bufê de boas-vindas

28.

Fabrizio Ciba e os outros convidados também foram obrigados a se submeter a uma via-crúcis semelhante à sofrida pelas Bestas para entrar na Villa. O escritor atravessou o detector de metais.

Quando chegou a vez da Somaini, ela foi obrigada a deixar o celular.

— Mas que palhaçada é esta? — perguntou o escritor a uma hostess. A moça explicou que Chiatti não queria que a festa se tornasse um evento público. Portanto, não seria possível enviar fotos nem vídeos e tampouco se comunicar com o exterior. Por esse motivo, os jornalistas não tinham sido credenciados.

— Mas não se preocupe, estão aí os fotógrafos de *Sorrisi & Canzoni*. Chiatti deu exclusividade para eles — confidenciou-lhe em voz baixa a Somaini, que nessas coisas era uma especialista.

Os dois saíram do posto de controle e se viram diante de um trenzinho em forma de siluro ou de torpedo, apoiado sobre um monotrilho. Em cima, estava escrito: VILLA ADA ENTERPRISE.

Sentaram-se numas poltroninhas de couro preto. Os alto-falantes do veículo difundiam a voz de Louis Armstrong cantando *What a Wonderful World*. Junto com eles embarcou Paco Jiménez de la Frontera, com seus longos cabelos oxigenados e a queixada que enlouquecia as mulheres. Para a ocasião, o jogador usava um smoking resplandecente e por baixo uma camiseta de cetim branco. Sua mulher, a escultural modelo de Montopoli di Sabina, Taja Testari, estava coberta da cabeça aos pés por um vestido de organza preta que lhe velava o corpo nu.

Fabrizio, depois da Grande Gala do Canal 5, havia transado com ela, mas estava tão bêbado naquele dia que só recordava que, enquanto trepavam, a modelo lhe dera um tapa no nariz, não sabia se por um jogo erótico ou porque ele lhe arrancara o vestido.

Atrás de Paco vinha seu colega de time Milo Serinov, acompanhado por uma ex-assistente de palco e deixando, ao passar, uma esteira nauseabunda de loção pós-barba.

Simona Somaini continuava a guinchar, apertando-se ao braço de Fabrizio Ciba e colando os peitos nele. O escritor desconfiava que ela fazia tudo isso porque sabia que os direitos de *A cova dos leões* tinham sido vendidos à Paramount, sabe-se lá o que esperava. Ignorava que ele não tinha poder algum sobre o filme. Os americanos nem sequer quiseram encontrá-lo. Tinham respondido à sua agente que não achavam necessário. Limitaram-se a lhe dar uma grana alta, sob a condição de que ele não enchesse o saco.

A tela plana no encosto da poltrona da frente ganhou vida e a carantonha de Salvatore Chiatti apareceu.

— Meu Deus, é igual a Minos! — fez Simona, cobrindo a boca com a mão pela surpresa.

Fabrizio se espantou. Não imaginava que a atriz entendesse de mitologia grega.

— Minos?

— Sim, o pug de Diego Malara, meu cabeleireiro. É idêntico.

A atriz não estava enganada, o construtor campaniense revelava uma incrível semelhança com o pequeno molossoide. Os olhos esbugalhados, o nariz diminuto, parecido com um focinho de buldogue, o crânio redondo que se engastava diretamente nos ombros largos. Nos lados, sobre as orelhas miúdas, crescia uma faixa de cabelos prateados, mas no resto ele era completamente careca.

— Bom-dia, eu sou Salvatore Chiatti. Espero que esta festa possa superar tudo o que vocês imaginaram. Eu e meus assistentes fizemos todos os esforços para que isso aconteça. Agora, por favor, fechem os olhos. Não estou brincando, fechem mesmo.

Os passageiros se entreolharam e em seguida, meio encabulados, obedeceram.

A voz de Chiatti se tornava cada vez mais açucarada.

— Imaginem que voltaram a ser crianças. Estão sozinhos numa pequena cabana de madeira, a vovó foi ao vilarejo. De repente, o céu começa a roncar. Vocês abrem a janela, e o que veem? No fundo da planície, um tornado avança em sua direção. Então, desesperados, vocês começam a fechar todas as janelas, a trancar a portinhola, mas em poucos instantes a tromba de ar está sobre a casinha e a suga para o céu com vocês dentro. A cabana gira, gira, gira... E o tornado os leva para o alto, cada vez mais alto, cada vez mais alto, além do arco-íris. — Ao fundo, ouviu-se uma versão instrumental de *Over the Rainbow*. — Por fim, deposita-os delicadamente em um novo mundo, nunca explorado. Um mundo onde a natureza selvagem e incontaminada vive em harmonia com os homens. Agora, podem abrir os olhos. Bem-vindos ao paraíso terrestre. Bem-vindos à Villa Ada. Segurem-se bem. Um, dois, três, vamos partir!

— Ai meu Deus. — Simona Somaini apertou a mão de Fabrizio Ciba, enquanto o trem arrancava grudando-os ao encosto da poltrona. Atravessaram poucas dezenas de metros de bosque a toda a velocidade e depois o trilho, como as montanhas-russas, elevou-se até acima das frondes dos pinheiros. À sua passagem subiam revoadas de papagaios coloridos, grous cinzentos e enormes abutres de pescoço pelado. Em seguida, desceram lentamente e se viram numa pradaria verdejante, passando entre manadas de gnus, zebras, búfalos e girafas que não pareciam perturbados pelo trem. Prosseguiram por uma pequena elevação onde uma colônia de leões cochilava ao sol, junto de uma matilha de mabecos, e desceram por uma encosta onde cresciam árvores baixas.

Os passageiros gritavam de excitação, apontando os animais. Em meio à vegetação, Fabrizio teve a impressão de avistar macacos. O trem fez uma ampla curva que lentamente os levou a uns 30 metros de altura. Daquela posição, tiveram uma visão completa do parque. Era um imenso tapete verde, e mal se vislumbravam os prédios do bairro Salario e o viaduto da Olímpica.

Numa descida de tirar o fôlego, o trem deslizou sobre um grande lago onde estavam ancoradas três casas flutuantes. O siluro penetrou embaixo d'água numa profusão de esguichos e gritos dos passageiros.

Simona estava empolgada.

— Nem mesmo em Gardaland,* nas cascatas dos piratas, eu me diverti tanto.

---

* O maior parque de diversões da Itália, próximo ao lago de Garda. (N. da T.)

O trem voltou atrás, dirigindo-se a um pequeno palacete com uma torrinha e um jardim à italiana, com sebes que formavam grandes desenhos geométricos. Ali, reduziu bruscamente e parou. As portas se abriram com um bufido. Esperando por eles na plataforma havia hostesses que ofereciam binóculos e folhetos com fotos dos animais da reserva.

— Onde tem bebida? Preciso de um bourbon — fez Ciba, impedindo-se de expressar o profundo desprezo que sentia por Chiatti e por toda aquela encenação do zoo safári. E o que dizer da historinha que o construtor havia contado, copiada mal e porcamente de *O mágico de Oz*? Aquele desdém, ele o faria crescer e o refinaria até torná-lo sublime, e depois o derramaria com a potência de uma bomba nuclear no artigo para o *Repubblica*.

Ao pensar isso, sentiu-se melhor. Ele ainda era o *enfant terrible* de outrora, o escritor agudo e ferino como um estilhaço enlouquecido, que despedaçaria aquele circo patético.

29.

No mesmo momento, atrás de um barracão de ferramentas, realizava-se o briefing das Bestas de Abaddon.

Mantos estava sentado num tratorzinho de cortar grama.

— Então, discípulos, ouçam bem. — Tirou da mochila um velho Tutto Città. Umedeceu o indicador e começou a folheá-lo. — Esta é Villa Ada. — Apoiou o guia sobre o capô e todos se debruçaram. — Nós estamos aqui, na Villa Reale. E, pelo que li no programa, dentro de mais ou menos uma hora começarão as três caçadas. Vão seguir três percursos diferentes, e depois cada grupo acabará num acampamento para o jantar. Depois da refeição, todos os convidados se reunirão, e então haverá o show de Larita. — Estalou os dedos e apertou os dentes. — Pena que, nesse momento, Larita terá sido sacrificada. Porque nós vamos raptá-la durante a caçada.

Silvietta levantou a mão.

— Posso dizer uma coisa?

Mantos odiava ser interrompido quando explicava uma ação, mas permitiu.

— À vontade.

— Eu acho que Larita não participará do safári. Eu a conheço. Ela é contra a caça. Fez até uma campanha.

Caralho, nessa possibilidade ele não tinha pensado. Mas fingiu que não era nada.

— Ótimo, Silvietta, é uma hipótese a levar em conta. Mas não podemos ter certeza. Vamos descobrir. E, para isso, devemos ficar o mais perto possível dos convidados e de Larita. Devemos nos disfarçar de garçons.

— Escute, Mantos, tem uma coisa que não está muito clara pra mim — interveio Zumbi. — Quem nos garante que durante a caçada nós vamos pegá-la sozinha? Vai ter um monte de gente por perto.

Desta vez, o líder não se deixou apanhar despreparado.

— Parabéns. Você é perfeito! E sabe por quê, Zumbi? Porque você — apontou-o —, justamente você, permitirá que não nos flagrem.

— Eu? Como?

— Você é eletricista, certo?

Zumbi coçou a nuca.

— Bom, sim.

— Muito bem. Na hora do crepúsculo, você vai até a central elétrica, aquela que nós vimos quando chegamos. Entra sorrateiramente e corta a energia do parque. A essa altura, sem iluminação, será moleza, podemos agir. Favorecidos pelas trevas, raptaremos a babaca. Usando isto aqui. — Sempre da mochila, tirou um frasquinho com um líquido transparente. — Um anestésico veterinário poderosíssimo, Sedaron. É usado para cavalos. Bastam duas gotas, e a pessoa desaba. Já isto aqui, eu achei numa farmácia de manipulação. — Mostrou um tubo de plástico rígido. Em seguida arrancou uma folha do guia e enrolou-a em cone. Puxou do paletó um alfinete e o enfiou na ponta do canudo. — Senhores, esta é uma zarabatana. Com esta arma assassina, os indígenas da Amazônia vão à caça. Na escola eu era um ás da zarabatana, me chamavam de o Índio. Derrubo Larita e depois... — Mostrou no mapa a colina do Forte Antenne. — ... vamos trazê-la para este ponto. Onde ficam as ruínas de um antigo templo romano. E lá será realizado o sacrifício a Satanás. — Olhou-os um a um. — Muito bem. Acho que fui claro. Alguma pergunta?

Zumbi levantou a mão.

— E como é que eu vou cortar os fios? Com os dentes?

— Calma, também há resposta para isso. Eu vi que num dos faqueiros tem um enorme trinchante de prata para frango. É o que você vai usar. Mais perguntas?

Murder ergueu timidamente o indicador.

— Diga.

O adepto respirou fundo, antes de falar.

— Pois é... Eu estava pensando se por acaso você pensou melhor no suicídio em massa.

— Como assim?

— Bem... É necessário mesmo?

Mantos apertou os punhos para não se enfurecer.

— Mas, afinal, já não combinamos? Quer passar o resto da sua vida na cadeia? Eu, não. E, desse jeito, fodemos com eles. Nunca poderão nos prender. Temos que nos sacrificar para nos salvar e nos tornarmos imortais. Querem ou não querem virar um mito?

— De fato... — admitiu Murder.

Os outros, em silêncio, assentiram com a cabeça.

— Ótimo. Então, podemos passar à fase um do nosso plano: Silvietta e Murder, vão arranjar uniformes de garçons. Você, Zumbi, vá buscar o trinchante, e eu...

— Ah! Vocês quatro aí. O que estão fazendo? — Um dos homens de Antonio havia aparecido atrás deles. — Preciso de uma mãozinha. Você — e apontou Mantos. — Vá levar uma caixa de Merlot de Aprilia para a Villa Reale, rápido.

Mantos se levantou e cochichou aos seus adeptos:

— A gente se revê aqui, dentro de quinze minutos.

30.

Depois de mil dúvidas sobre como sua entrada seria mais eficaz, Fabrizio Ciba decidiu se apresentar junto com Simona Somaini.

No meio do jardim à italiana se abria uma pracinha circular com uma grande fonte hexagonal de pedra. Na superfície da água boiavam pétalas de rosa. Nos lados se dispunham carrocinhas sicilianas sobre as quais havia todos os bens divinos. Esculturas de gelo que representavam anjos e faunos se derretiam sob o tépido sol de um dia primaveril romano. Em um canto estavam arrumadas as mesas postas. Entre os convidados circulavam pavões, faisões e perus domesticados. Um grupo de músicos sobre pernas de pau executava árias barrocas.

Muitos convidados já haviam chegado. Gente do espetáculo, políticos e todo o time do Roma, do qual Chiatti era um grande torcedor.

Fabrizio, de braço dado com Simona, abriu caminho entre a multidão. Sentia-se observado e invejado. Exibiu de novo a atitude usada na apresentação na Villa Malaparte. Confuso e entediado, obrigado por motivos inexplicáveis a se misturar àquela gente tão diferente dele. Viu a carrocinha com as bebidas fortes.

— Quer alguma coisa, Simona?

A atriz olhou horrorizada as garrafas de álcool.

— Um bom copo de água mineral.

Fabrizio entornou dois uísques, um atrás do outro. A bebida o relaxou. Acendeu um cigarro e passou a observar os convidados como se eles estivessem dentro de um aquário. Todos se olhavam, se reconheciam, se criticavam, se cumprimentavam com um leve aceno de cabeça e se sorriam satisfeitos, sabendo-se parte de uma comunidade de Pais Eternos. Fabrizio não conseguiu distinguir se o fato de não haver ali um público para aplaudir deixava-os nervosos ou felizes.

Depois percebeu que à parte, sentado a uma mesinha, totalmente só, estava um velho.

Não! Não é possível! Até ele...

Umberto Cruciani, o grande escritor da *Muralha ocidental* e de *Pão e pregos*, as obras-primas da literatura italiana dos anos 1970.

— Mas até esse...? — Ciba esteve para pedir confirmação a Simona, mas deixou para lá.

O que Cruciani fazia ali? Vivia recluso numa fazenda no Oltrepò Pavese havia vinte anos.

O mestre fitava as colinas ao longe, com um olhar aborrecido embaixo das sobrancelhas espessas. Parecia nem estar presente, como se uma bolha de solidão o separasse de todo o resto.

— O que lhe parece esta festa? Estou achando o máximo. Chiatti já ganhou.

Fabrizio se voltou.

Bocchi segurava um copázio de mojito. Já estava todo suado, a cara violácea, os olhos excitados.

— Sim, bonita — cortou Ciba.

— Afinal, estão todos aí. Você não sabe quantos diziam que não viriam nem se fossem pagos, que era uma caipirice. Não faltou nenhum.

Fabrizio lhe apontou o velho escritor.

— Até mesmo Umberto Cruciani.

— E quem diabos é?

— Como, quem diabos é? Um mestre. Ao nível de Moravia, Calvino, Taburni. Sabia que os livros dele, depois de quarenta anos, ainda estão na lista dos mais vendidos? Quem dera que *A cova dos leões* vendesse a metade de *Pão e pregos*. Eu ficaria tranquilo, poderia até parar de escrever...

— Mas ele parou de escrever?

— Desde 1976 não publica mais. Mas minha agente me disse que há vinte anos ele está trabalhando num romance que pretende publicar postumamente.

— Não me parece que falta muito.

— Cruciani faz parte de uma geração de artistas que não existe mais. Gente séria, ligada ao seu torrão natal, à vida rural, ao ritmo dos campos. Veja como está concentrado, até parece que fazendo um esforço para encontrar o final do seu livro.

O cirurgião deu uma sugada no canudo.

— Ele está cagando.

— Como assim?

— Não está pensando. Está cagando. Vê aquela mochila Vuitton ao lado dos pés? É a bolsa de contenção das fezes.

Fabrizio se sentiu mal.

— Coitadinho. E também é um sujeito estranho. Imagine que ninguém jamais leu uma vírgula do novo romance. Nem mesmo seus editores.

Bocchi botou a mão diante da boca para tapar um arroto.

— Depois da morte se descobrirá que não escreveu porra nenhuma, aposto o que você quiser.

— Escreveu... Escreveu, sim... Deixe estar. Ele salva num pen drive tudo o que escreve e depois deleta do computador. É paranoico, tem medo de perder o texto. Está vendo aquele medalhão de ouro pendurado no pescoço? É um pen drive de 40 Gb by Bulgari, ele não o larga nunca.

Enquanto isso, Simona havia descolado um prato com uma única e solitária bolinha de queijo de búfala.

— Vocês não imaginam quanta coisa gostosa tem pra comer. Tem uma carrocinha onde estão fritando alcachofras, bolinhos de muçarela e flores de abóbora. Nossa Senhora, como eu gosto dessas friturinhas. Seria capaz de comer tudo. Pena que não posso...

Bocchi pegou um cubinho de gelo do drinque e o passou no pescoço como se sentisse um calor de agosto.

— Por quê?

— Ora, por quê? Engordei 300 gramas. Não vê que estou obesa? — A atriz mostrou ao cirurgião o estômago chato e sem um pingo de gordura. — Você pode me marcar uma lipo?

— Sem problema, Simo. Mas acho que as únicas células gordurosas que você ainda tem no corpo estão aí. — Apontou o crânio. E depois, sério: — Posso lhe fazer uma lipoaspiração no cérebro.

A atriz soltou uma risadinha sem vontade.

— Você continua o grosseirão de sempre.

O cirurgião se levantou e se espreguiçou.

— Bom, vou dar uma volta, a gente se vê mais tarde.

Fabrizio cingiu com o braço a cinturinha de Simona.

— Vamos dar uma voltinha também? O que acha?

Ela apoiou a cabeça no ombro dele.

— Tudo bem.

Avançaram deixando-se levar pela corrente dos convidados. Fabrizio sentia um cheiro bom de xampu nos cabelos da atriz, o álcool tornava seus pensamentos leves e o humor positivo. Eram continuamente parados por gente que os cumprimentava e lhes fazia um monte de elogios. Ninguém podia se eximir de dizer que formavam um casal esplêndido.

Talvez tenham razão, eu podia ficar noivo de Simona.

De fato, a atriz de Subiaco tinha muitos atrativos. Ao mesmo tempo, era completamente idiota, e Fabrizio adorava as mulheres idiotas, que se abeberavam em sua personalidade como vacas frísias numa bica. O segredo era não as escutar quando começavam a falar dos máximos sistemas. Um dos principais defeitos das mulheres idiotas é uma tendência inata à abstração, a discutir sobre sentimentos, caráter, sentido da vida, horóscopo. E em geral são totalmente desprovidas de senso prático e ironia. Portanto, não ficam ali criticando cada besteira que você faz. Na vida diária, são administráveis. E também Mariano Santilli, um produtor cinematográfico que ficara com a Somaini por um ano, havia lhe contado que no ambiente doméstico Simona se integrava perfeitamente à decoração. Não dava incômodo algum. Entrava em stand-by assim que transpunha a soleira de casa. Bastava lhe fornecer um controle remoto e uma esteira, e ela corria durante horas. Não comia, trabalhava como uma mula e, quando não trabalhava, estava na academia. E, não por último, era a mulher mais sexy da Itália. Seu calendário estava pendurado por toda parte. Milhões de homens se inspiravam nela para se massacrar de tanta punheta, e se roeriam de inveja e uivariam como hienas se viessem a saber que ele era o sortudo que a comia.

E isso é bom.

Afinal, Arthur Miller até havia se casado com Marilyn Monroe.

— Escute, Simona. E se nós noivássemos? Creio que seríamos O CASAL.

— Você acha? — A atriz parecia lisonjeada e ao mesmo tempo desorientada. — É mesmo? Que gracinha. Mas não sei se combinaríamos... Somos de signos opostos... E também você é um gênio, escreve livros, e eu sou uma bobalhona, não tenho nada a dizer. O que você vai fazer com uma pessoa como eu?

— Pois vou lhe revelar um segredo, Simona. No fundo, até os escritores que parecem muito distantes não passam da versão moderna dos jograis. Gente que conta fábulas para não trabalhar. — Fabrizio apertou-a contra si. — Conhece Maiorca? — Em seguida, com o rabo do olho, viu Matteo Saporelli entrar na pracinha.

— Eu sou...

Ciba perdeu as outras palavras da Somaini, como se uma turbina soprasse ar em seus ouvidos. Recuou e tocou a testa.

— Acho que estou com febre — balbuciou, preocupado, para Simona. — Com licença... Com licença um instante — pediu, cambaleando em direção à carrocinha dos drinques.

Que babaquice eu fiz vindo a esta festa de merda.

Para compreender a reação de Ciba, é necessário saber quem era e sobretudo quantos anos tinha Matteo Saporelli. Mat, como era chamado pelos amigos, tinha 22 anos. A metade de Fabrizio. Era ele o verdadeiro jovem talento da literatura italiana. Havia saído do nada com seu romance *As misérias de um homem de gosto*, história de um cozinheiro que um belo dia acorda e descobre ter perdido o paladar, mas continua a cozinhar, enganando todo mundo. O livro disparara nas listas com a mesma violência com a qual o Space Shuttle entra na ionosfera, e ali permanecera. Em um só ano, o rapaz tinha conseguido vencer o *grand slam*: prêmios Strega, Campiello e Viareggio.

Fabrizio não podia abrir um jornal, mudar de canal, que lhe aparecia na frente a odiosa cara de fedelho de Saporelli. Onde quer que fosse preciso responder a perguntas, dar uma opinião, lá estava ele. O problema da castração dos gatos do Trastevere? A terceira pista na Salerno–Reggio Calabria? O uso de corticoides no tratamento das fissuras anais? Ele tinha a resposta pronta. O que deixava Ciba verdadeiramente mal, porém, era que as mulheres babavam por ele, diziam que se parecia com Rupert Everett quando jovem. Para completar, Saporelli era publicado pela mesma editora de Fabrizio, a Martinelli. E, nos últimos anos, tinha lhe dado um banho em matéria de vendas.

Haviam contado a Ciba que a redatora dele (aliás, a mesma de Fabrizio), para comemorar a vitória no Strega, lhe fizera um boquete no banheiro do ninfeu da Villa Giulia.

Que piranha. Em mim, nunca fez. Nem quando ganhei o Médicis na França. Que vale mil vezes mais.

Esquadrinhou o cara. Com os jeans passados a ferro, os mocassins, a camisa branca, um suéter amarrado sobre os ombros e as mãos nos bolsos, queria bancar o bom moço, modesto e sem pretensões. Alguém cuja fama não subira à cabeça.

Que hipocrisia! Aquele ser dissimulado lhe dava engulhos.
Mas comigo não cola. Espero você no próximo romance.

Fabrizio estava tão concentrado em sentir nojo de Saporelli que demorou um pouco a perceber que ele estava conversando com Federico Gianni. O executivo-chefe da Martinelli deu um tapinha no ombro do jovem escritor e os dois começaram a se esbaldar em risadas.

São unha e carne.

Lembrou-se das palavras que o falso do Gianni havia dito na apresentação do indiano. Viu que aos dois se acrescentara aquele velho bombástico do Tremagli acompanhado pela mulher, um troll com peitos. Claramente, o crítico se derramara em elogios falando do romance de Saporelli. "A literatura italiana retoma o voo nas asas de Saporelli", tivera a coragem de escrever.

Fabrizio entornou mais um uísque.

Havia chegado o momento de enfrentar Gianni. Começou a se aquecer, pensando no grande Muhammad Ali. Deu dois passos mas parou de chofre. Que diabo estava fazendo?

Regra número um: jamais demonstrar que você está se roendo de inveja.

Muito melhor levantar acampamento levando consigo a maior gata da festa. Aproximou-se de Simona Somaini, que estava no meio de um grupinho de atores da série *Crimes na carruagem*.

— Com licença. Vou roubá-la um instantinho — avisou aos outros, sorrindo com os dentes apertados. Puxou a atriz pelo pulso e, todo ruborizado, disse baixinho: — Preciso falar com você. É importante.

Ela pareceu um pouco chateada.

— O que houve, Fabrizio?

— Me escute. Vamos cair fora. Daqui a pouco tem um avião partindo para as Baleares...

— As Baleares?

— Ah, pois é. Então... São umas ilhas espanholas no mar. Em Maiorca, justamente uma das ilhas Baleares, eu tenho uma casa escondida nas montanhas. Um ninho de amor. Vamos logo. Se corrermos, ainda conseguimos pegar um voo.

A atriz o encarava, perplexa.

— Mas agora estamos na festa. Por que ir embora? Está uma maravilha. Todo mundo veio.

Ele a segurou pelo braço e se inclinou como se fosse revelar um segredo.

— Por isso mesmo, Simona! Nós não devemos estar onde todos estão. Nós dois somos especiais. Somos O CASAL. Não devemos nos confundir com os outros. Vão nos notar mil vezes mais, se formos embora.

Simona não estava muito convencida.

— Você acha?

— Escute. Não é difícil de enten... — Mas as palavras morreram em sua língua.

Simona Somaini estava sofrendo uma transformação somática. Os cabelos começaram a se inflar e a ficar mais brilhantes e vaporosos, como num anúncio de condicionador. Os seios lhe subiam pelo tórax, quase incomodados pelo inútil vestido que os velava. Ela olhava fixamente diante de si, como se ali estivesse o Messias caminhando sobre as águas da fonte. Em seguida, pousou de novo a vista sobre Fabrizio e fungou. Estava comovida.

— Não acredito! Aquele é... Aquele é Matteo Saporelli... Oh, meu Deus... Diga que o conhece, por favor. Claro que o conhece, vocês dois são escritores. Eu o admiro e tenho que ir falar com ele agora mesmo. Morin está fazendo um filme inspirado no romance dele.

Fabrizio deu dois passos para trás, horrorizado, como se estivesse diante de uma endemoniada. Se tivesse água benta ao alcance da mão, iria borrifá-la.

— Você é um monstro! Não quero vê-la nunca mais.

Em passos amplos, atravessou a pracinha, o jardim à italiana, e chegou praticamente correndo à estação.

O trem não estava.

Ele se aproximou de uma hostess.

— Onde está? Chega daqui a quanto tempo?

A hostess olhou o relógio de pulso.

— Dentro de uns quinze minutos.

— Tudo isso? Não tem outra maneira de sair daqui?

— A pé. Mas não aconselho, está cheio de animais selvagens.

Um garçom o alcançou correndo. Antes de falar, retomou o fôlego.

— Senhor Ciba! Senhor Ciba! Com licença, o doutor Chiatti quer lhe falar. Pode vir comigo?

31.

Zumbi olhou ao redor e se aproximou dos caixotes de madeira que continham a prataria para os bivaques. Começou a ler as etiquetas nas tampas. *Garf... Garf... Fac... Fac... Colh...*

— São todos talheres comuns.

Dirigiu-se a outra pilha. Abriu uma caixa e encontrou o trinchante de prata, enrolado num pano de veludo azul. Era tão grande que parecia um trinchante para avestruz. Pegou-o e, todo contente, ia voltando para o barracão quando viu, atrás de um banheiro químico, Murder e Silvietta se disfarçando de garçons.

— Pessoal, achei... — disse, e se calou.

Os dois, enquanto vestiam os uniformes, discutiam, ou melhor, pareciam até estar brigando. Estavam tão envolvidos que nem sequer o tinham percebido. Zumbi se aproximou devagarinho, sem ser visto, e se escondeu atrás de um Land Rover para escutar.

— Você é péssimo! Nem mesmo desta vez falou com ele — dizia Silvietta.

— Eu sei... Quase consegui dizer, é que fiquei bloqueado. Nesta situação, admita que não é fácil — resmungava Murder.

— Na verdade, você devia ter falado hoje de manhã, em Oriolo. Depois prometeu que falaria no carro... E agora, o que fazemos?

Murder fez um gesto irritado.

— Desculpe, mas por que você não diz? Pra mim não está claro por que tenho que ser eu.

— Ficou maluco? Foi você quem me disse que era melhor você mesmo falar. Que conhece Saverio há muito tempo e sabe como convencê-lo.

Murder suavizou a voz.

— Não é nada fácil, fofinha. São coisas delicadas, você sabe disso melhor do que eu.

A Besta ouviu Silvietta bufar.

— Mas afinal, o que é preciso? Vá lá e diga: escute, desculpe, eu e Silvietta resolvemos nos casar e portanto não podemos nos suicidar. Ponto final. É tão difícil assim?

Zumbi deixou cair das mãos o trinchante de frango.

***

Na ex-residência real, Mantos, com uma caixa de vinho nos braços, atravessou a entrada de serviço e se viu na sala. Ficou embasbacado. Muito diferente das breguices da Movelaria dos Mestres Marceneiros Tiroleses. A integração entre antigo e moderno era de um gosto refinadíssimo. Era isso que ele pretendia dizer, quando nos *brainstorming* tentava lapidar o velho e aproximá-lo do mundo da Interior Decoration. Atravessou uma área de circulação e chegou a um escritório coberto de estantes altíssimas. Todos os volumes eram forrados com papel pardo e o título, escrito numa bela grafia. O efeito era de um aposento amarronzado. No centro, havia um único bloco de madeira maciça, tão grande que devia ser de um baobá ou de uma sequoia. Em cima, um telefone preto.

Mantos olhou o aparelho.

Não faça isso.

Pousou a caixa e pegou o fone.

Estou fazendo uma besteira.

Não importava. Antes de se lançar naquela missão suicida, precisava ouvir mais uma vez a voz de sua mulher.

Prendendo a respiração, teclou o número do celular de Serena.

— Oi, querida... Sou eu...

A resposta foi:

— Cadê você, caralho?

— Amor, espere... Me deixe explicar...

— Explicar o quê? Que você é um pobre de um panaca — agrediu-o Serena.

Saverio se sentou numa poltrona. Apoiou os cotovelos na mesa.

Ela havia esquecido tudo. Como se a noite anterior não tivesse existido. Voltara a ser a cruel Serena.

Mas o que eu esperava? Que ela tivesse mudado?

Ninguém muda. E Serena continuava igualzinha, desde quando viera ao mundo. A miragem de que, com o tempo, ela se suavizaria o prendera ao casamento com aquela bruxa. Esse mecanismo perverso os mantivera ligados. E ela se aproveitara disso, fazendo-o se sentir um retardado sem colhões.

Com um nó na garganta, afastou o fone do ouvido, mas ainda assim a ouvia esbravejar:

— Seu cérebro derreteu? Faz horas que ligo para o seu celular, mas dá sempre desligado. Papai está fora de si. Quer te demitir. Hoje começa a semana dos quartos juvenis. Aqui, tenho dois mil bebês chorando. E você, por onde anda? Com aqueles quatro mentecaptos. Mas juro por Deus, esta você vai pagar caro...

Saverio olhava pela janela. Um pisco-de-peito-ruivo limpava as penas numa cerejeira. A visão se desfocou, velada pelas lágrimas.

Para se fazer respeitar por aquela mulher, deveria estuprá-la todas as noites. Pegá-la a pontapés como a uma cadela, mas essa não era sua ideia de amor.

Pelo menos, agora estou seguro de ter feito a escolha certa.

Uma estranha calma se apoderou de Saverio. Ele se sentiu tranquilo. Já não tinha dúvidas.

Aproximou o fone da boca.

— Serena, escute bem. Eu sempre te amei. Tentei de todas as maneiras te fazer feliz, mas você é uma pessoa má, e torna mau tudo o que existe ao seu redor.

Serena estava com uma voz rouca, de possuída.

— Como se atreve?! Onde você está, me diga? Vou aí e lhe quebro a cara, Saverio. Juro pelo meu pai.

O líder das Bestas de Abaddon inflou a caixa torácica e, com voz firme, disse:

— Eu não sou Saverio. Sou Mantos.

E desligou.

— Que diabo você está fazendo aqui? Quem mandou pegar o trinchante?

Zumbi não teve nem tempo de se voltar e entender, e já foi agarrado por uma orelha e puxado para o meio do pátio. Começou a gritar, tentando se livrar. Com o rabo do olho, conseguiu ver que era Antonio quem lhe triturava o pavilhão.

O chefe dos garçons tinha as veias do pescoço infladas, os olhos injetados de sangue, e soltava perdigotos enquanto gritava para Murder e Silvietta:

— Ei! Ei! Vocês dois! Por que estão vestidos de garçons?

Zumbi conseguiu se soltar e massageou a orelha ardente.

— Vocês devem ter enlouquecido. Por acaso acharam que estavam na farra da savelha em Capodimonte? Mas vou enquadrá-los agora mesmo. — Antonio deu um empurrão em Murder. — Me diga por que estão vestidos de garçons.

— Achamos que íamos ser úteis. Aqui não tem muito o que fazer... — chutou Murder, sem muita convicção.

Antonio se aproximou a um palmo do nariz dele. Seu hálito cheirava a mentol.

— Úteis? Pensam que estamos brincando? Brincadeira de quê? Estátua? Pega-pega? Por conta própria, resolveram bancar os garçons? Vocês coçam o saco e eu perco o emprego. Não entenderam onde estamos? Temos aí garçons do Harry's Bar, do Hotel de Russie, gente que trabalhou no setor, eu até recusei pessoal do Caffè Greco. — Antonio estava cianótico e precisou se interromper um instante para recuperar o fôlego. — Pois bem, agora façam o seguinte: tirem esses uniformes e sumam daqui. Não lhes pago nem uma lira, e aquele cara de pau do Saverio vai com vocês! Nunca se deve confiar nos parentes. A propósito, por onde anda aquele... — Antonio levou a mão ao pescoço, como se tivesse sido picado por uma mutuca. Arrancou alguma coisa da gola da camisa e abriu a mão.

Na palma, encontrou um cone de papel com um alfinete na ponta.

— Mas o que... — mal conseguiu dizer. Os globos oculares viraram para cima, mostrando a esclera branca, e a boca se paralisou num esgar. Ele deu um passo para trás e, rígido como uma estátua, desabou no chão.

As Bestas o olhavam espantadas, e em seguida Mantos brotou de uma moita, com sua zarabatana.

— Estava enchendo o saco, hein? Vocês não sabem o quanto ele enchia na escola...

Murder deu um tapa na mão aberta do chefe:

— Toque aqui. Você o derrubou. Esse Sedaron é uma bomba.

— Eu não disse? Muito bem, Zumbi, você achou o trinchante.

— E com ele? — Silvietta se abaixou sobre o corpo de Antonio. — O que fazemos?

— Vamos amarrá-lo e amordaçá-lo. E depois o escondemos em algum lugar.

32.

Enquanto seguia o garçom rumo à Villa Reale, Fabrizio Ciba xingava de si para si. Não tinha tempo a perder, ia tomar um avião, e ter que falar com Sasà Chiatti o deixava nervoso. Que absurdo, estivera diante de Sarwar Sawhney, um prêmio Nobel, sem experimentar emoções especiais, e agora que devia encontrar um sujeito insignificante como Chiatti, seu coração disparava? A verdade era que os homens ricos e poderosos o deixavam inseguro.

Entrou na residência e ficou embasbacado. Esperava tudo, menos que ela fosse decorada em estilo minimalista. O grande salão era uma simples esplanada de cimento. Numa lareira de pedra bruta, ardia um cepo enorme. Ao lado, quatro poltronas dos anos 1970 e uma mesa de aço com uns 10 metros de comprimento, sobre a qual pendia um lustre antigo. Duas delgadas esculturas de Giacometti. Em outro canto, como se tivessem sido esquecidos ali, quatro luminárias "ovo" de Fontana e, nas paredes caiadas, "gretas" de Alberto Burri.

— Por aqui... — O garçom lhe apontou um corredor comprido. Depois o introduziu numa cozinha coberta de maiólicas marroquinas. De um estéreo Bang & Olufsen saíam as notas românticas da trilha de Michael Nyman para *O piano*.

Uma mulherona corpulenta, com um capacete de cabelos cor de mogno, atracava-se com as panelas. No meio do aposento, ao redor de uma mesa de madeira rústica, estavam sentados Salvatore Chiatti, uma sílfide albina, um velho decrépito, vestido num traje colonial carcomido, um monge e a cantora Larita.

Comiam algo que parecia ser *rigatoni all'amatriciana*, com muito *pecorino* ralado em cima.

Fabrizio teve a presença de espírito de dizer:

— Alô para todos.

Chiatti usava um paletó de veludo bege com reforços nos cotovelos, uma camisa de flanela escocesa e um lenço vermelho atado ao redor daquele pouco de pescoço que a natureza lhe concedera. Limpou a boca e abriu os braços como se o conhecesse havia cem anos.

— Chegou o grande escritor! Que prazer tê-lo aqui. Sente-se conosco. Estamos nos deliciando com uma comida caseira. Espero que o senhor não tenha se servido do bufê. Aquilo, nós deixamos para os convidados VIPs, não é, mamãe? — Virou-se para a gordalhona no fogão. A mulher, encabulada, limpou as mãos no avental e esboçou um cumprimento com a cabeça. — Nós somos gente simples. E comemos massa. Pegue uma cadeira. O que está esperando?

À primeira vista Fabrizio teve a impressão de que Chiatti era uma pessoa afável, com um grande sorriso jovial, mas logo se percebia que suas frases eram ordens e que ele não gostava de desobediência.

O escritor puxou uma cadeira encostada à parede e se sentou num cantinho entre o velho e o monge, que lhe abriram espaço.

— Mamãe, faça um prato como Deus manda para o senhor Ciba, que me parece um pouco abatido.

Em um instante, Fabrizio viu diante de si uma porção gigantesca de *rigatoni* fumegantes.

Chiatti pegou uma garrafa empalhada e lhe encheu o copo de vinho.

— Vamos às apresentações. Ele... — apontou o velho ressequido — ... é o grande caçador branco Corman Sullivan. Sabia que este homem conheceu o escritor... Como é mesmo o nome?

— Hemingway... — disse Sullivan, e começou a tossir e a se sacudir todo. Da roupa saíam nuvens de poeira. Quando se recuperou, apertou sem força a mão de Fabrizio. Tinha dedos longos, cobertos de manchas despigmentadas.

O caçador branco lembrava alguém a Ciba. Mas claro! Era igualzinho a Ötzi, o homem do Similaun, o caçador que fora encontrado congelado numa geleira dos Alpes.

Chiatti indicou a sílfide.

— Ela é minha noiva Ecaterina.

A jovem baixou a cabeça em sinal de saudação. Lembrava a Rainha das Neves de uma saga nórdica. Era tão branca que parecia morta há três dias. Através da pele se entrevia o sangue escuro lhe correr nas veias. Os cabelos, vermelhos como fogo, formavam uma juba em torno do rosto sem relevo. Não tinha sobrancelhas, e o pescoço era delgado como o de um galgo. Devia pesar uns 20 quilos.

Ao ouvir o nome, Fabrizio recordou. Era a famosa modelo albina Ecaterina Danielsson. Uma que, mês sim mês não, aparecia nas capas das revistas de moda do mundo inteiro. Era, em absoluto, o ser morfologicamente mais distante de Chiatti que a natureza havia criado.

— E este aqui... — o construtor apontou o monge. — O senhor deve conhecer. É Zóltan Patrovič!

Claro que Fabrizio o conhecia. Quem não conhecia o imprevisível chef búlgaro, proprietário do restaurante Le Regioni? Mas, de perto, nunca o tinha visto.

E este, quem lhe recordava? Ah, pronto: Mefisto, o inimigo jurado de Tex Willer.

Fabrizio teve que baixar a vista. Os olhos do cozinheiro pareciam penetrá-lo e se insinuar entre os pensamentos.

— E, para concluir, a nossa Larita, que esta noite dará a grande honra de cantar para nós.

Finalmente Ciba se encontrava diante de um ser humano.

Bonitinha, pensou, apertando a mão dela.

Chiatti indicou Ciba:

— E ele, vocês sabem quem é?

Fabrizio já ia afirmar que não era ninguém quando Larita sorriu, mostrando os incisivos ligeiramente distantes, e disse:

— É o maior de todos. Escreveu *A cova dos leões*. Belíssimo. Mas meu preferido é *O sonho de Nestor*. Reli três vezes. E, nas três vezes, chorei como uma menininha.

Foi como se um dardo tivesse acertado Fabrizio Ciba em pleno peito. Por um instante, suas pernas cederam e por pouco ele não se abateu sobre o ombro do homem do Similaun.

Finalmente, alguém que o entendera. Aquele era seu melhor livro, para concluí-lo ele tinha se espremido como um limão. Cada palavra, cada vírgula fora extraída com muito trabalho. Quando pensava em *O sonho de Nestor*, vinha-lhe uma imagem. Era como se um avião tivesse explodido no céu e os restos do aparelho se espalhassem por um raio de milhares de quilômetros, num deserto plano e estéril. Cabia a ele procurar os pedaços e remontar a carlinga da aeronave. Totalmente o contrário de *A cova dos leões*, que nascera sem sofrimento, como se tivesse gerado a si mesmo.

No entanto, ele tinha certeza de que *O sonho de Nestor* era sua obra mais madura e completa. Mas a acolhida entre seus leitores havia sido, para dizer o mínimo, um tanto morna, e os críticos o tinham arrasado. Então, ao ouvir a cantora dizer aquelas coisas, ele só pôde sentir uma profunda gratidão.

— Gentileza sua. Gostei. Muito obrigado — disse a ela, quase encabulado.

Dificilmente você notaria Larita se a encontrasse na rua, mas, se a observasse com atenção, não podia deixar de admitir que a cantora era muito bonitinha. Cada parte do seu corpo era bem-proporcionada. O pescoço, os ombros nem muito grandes nem muito pequenos, os pulsos finos, as mãos magras e graciosas. Os cabelos pretos e curtinhos lhe escondiam a testa. O rosto era doce. O narizinho pequeno e aquela boca um pouco larga para sua face oval expressavam uma simpatia tímida e sincera. Sobretudo os olhos grandes, cor de avelã e matizados de ouro, que naquele momento pareciam meio perdidos.

Que estranho: entre festas, apresentações, concertos, salões, Ciba conhecera quase todo mundo, mas nunca havia cruzado com a cantora. Tinha lido em algum lugar que Larita era uma jovem reservada e ficava sempre na dela. Não gostava de aparecer.

Meio como eu.

E também a história da conversão religiosa havia agradado a Fabrizio. Ele também, nos últimos tempos, sentia o forte apelo da fé. Larita era mil vezes superior àquele bando de desesperados que eram os intérpretes italianos. Ficava quieta, em uma casa no Appennino toscano-emiliano, criando...

Justamente como eu deveria fazer.

A costumeira visão se materializou em sua mente. Os dois juntos, num chalé rústico. Ela tocava e ele escrevia. Cada um cuidando dos próprios assuntos. Talvez um filho. E seguramente um cachorro.

Larita deu um tapa na franjinha.

— Não há nada para agradecer. Se uma coisa é bonita, é bonita e pronto.

Eu sou um louco. Já ia embora, e aqui está a mulher da minha vida. Chiatti aplaudiu, divertido.

— Ótimo. Viu, Ciba, que bela fã eu lhe arrumei? Agora, para me agradecer, o senhor deve me fazer um favor. Tem algum poema?

Fabrizio franziu as sobrancelhas.

— Como assim?

— Um poema, para recitar antes do meu discurso. Eu gostaria de ser introduzido por um poema seu.

Larita acorreu para ajudar Fabrizio.

— Ele não escreve poesia, pelo menos eu acho.

Ciba lhe sorriu e depois, sério, dirigiu-se a Chiatti:

— Exato. Nunca escrevi um poema em minha vida.

— E não poderia escrever um, mesmo curtíssimo? — O empresário consultou o Rolex. — Em vinte minutos, não consegue produzir um? Bastam duas linhas.

— Seria magnífico um pequeno poema sobre os caçadores. Eu lembro que Karen Blixen... — interveio Corman Sullivan, mas não conseguiu continuar porque foi dominado por um acesso de tosse.

— Não. Lamento. Eu não escrevo poesia.

Chiatti alargou as narinas e apertou os punhos, mas a voz continuou cordial.

— Então, tenho uma ideia. O senhor poderia ler algo de um outro. Eu devo ter em casa um livro de poemas de Pablo Neruda. Isso o ajudaria?

— Por que eu deveria ler um poema de outro autor? Aí fora estão centenas de atores que disputariam isso a tapas. Peça que um deles leia. — Fabrizio começava a ficar de saco cheio.

Subitamente, Zóltan Patrovič bateu a faca no copo.

Fabrizio se voltou e foi capturado por aquelas pupilas magnéticas. Que fenômeno singular, parecia que os olhos do chef tinham crescido, ocupando-lhe todo o rosto. Sob o capuz preto, era como se só houvesse dois globos oculares que o fitavam. Fabrizio tentou desviar os dele, mas não conseguiu. Então quis fechá-los para desfazer o encantamento, mas falhou de novo.

Zóltan pousou a mão sobre a testa do escritor.

De repente, como se alguém tivesse metido à força aquela lembrança em sua memória, Fabrizio recordou um episódio de sua infância que havia esquecido. Seus pais, no verão, iam velejar e o deixavam com a prima Anna em um chalé de Bad Sankt Leonhard, na Carinzia, hospedados com uma família de camponeses austríacos. Era uma região belíssima, com montanhas cobertas de pinheiros e prados verdes nos quais vacas malhadas pastavam beatificamente. Ele usava calças curtas de couro, com os suspensórios característicos daquela zona, e botinas com cadarços vermelhos. Um dia, quando procurava cogumelos junto com Anna, os dois se perderam no bosque. Não conseguiam se orientar. Continuaram a girar em círculos, de mãos dadas, cada vez mais amedrontados, enquanto a noite estendia seus tentáculos entre as árvores todas iguais. Por sorte, a certa altura se viram diante de um pequeno chalé escondido entre os pinheiros. Da chaminé saía fumaça, e as janelas estavam iluminadas. Bateram, e uma mulher com um coque louro os fez sentar a uma mesa, junto com seus três filhos, e lhes serviu uns Knödel, grandes bolas de pão e carne imersas num caldo. Nossa Senhora, como eram gostosas e macias!

Fabrizio constatou que a coisa que mais desejava na vida eram uns Knödel com caldo. No fundo, não lhe custava nada dizer sim a Chiatti, depois podia sempre encontrar um restaurante austríaco.

—Tudo bem, eu leio. Sem problema. Desculpem, vocês sabem se existe por aí um restaurante austríaco?

33.

A cada degrau, a cabeça de Antonio ricocheteava, e o ruído surdo ecoava contra a abóbada de uma escada que se perdia nas vísceras da terra. Murder e Zumbi arrastavam o chefe dos garçons pelos tornozelos.

O líder das Bestas, à frente do grupo, levava uma lanterna para iluminar o teto da galeria escavada no tufo. Viam-se placas esverdeadas de mofo e teias de aranha. O ar era úmido e cheirava a terra molhada.

Mantos não fazia a mínima ideia de aonde aquela escada levava. Tinha aberto uma velha porta e entrara ali antes que alguém pudesse vê-los.

Silvietta parou e olhou Antonio.

— Pessoal, será que todas essas pancadas na cabeça não vão machucá-lo?

Saverio se voltou.

— Ele tem cabeça dura. Estamos quase chegando. Acho que acaba logo aí embaixo.

Murder estava cansado.

— Ainda bem. Estamos descendo há uma hora. Parece uma mina.

Finalmente chegaram a uma gruta. Zumbi acendeu duas tochas que estavam fixadas às paredes. E parte do ambiente se clareou.

Não era uma gruta, mas um longo aposento de teto baixo, com fileiras de barricas apodrecidas e montes de garrafas empoeiradas. Em cada lateral, uma grade enferrujada fechava um corredor estreito que levava sabe-se lá onde.

— Este lugar é perfeito para um ritual satânico — comentou Murder. Pegou uma garrafa e desempoeirou a etiqueta: "Amarone 1943."

— Deve ser a adega real — chutou Silvietta.

— Não se fazem rituais satânicos em adegas. No máximo, em igrejas desconsagradas ou ao ar livre. Seja como for, à luz da lua — disse Mantos, apontando um cantinho abaixo das tochas: — Vamos deixar meu primo e sair daqui, não temos tempo a perder.

Zumbi, afastado, observava uma grade. Silvietta se aproximou.

— Que estranho! Quatro corredores idênticos. — Estendeu a mão para além das barras. — Está entrando um ar quente. De onde virá?

Zumbi deu de ombros.

— E quem liga?

— Acha que é seguro deixá-lo aqui? E se ele acordar?

— Não sei... E também não me interessa — cortou Zumbi, afastando-se de cara amarrada.

Silvietta o encarou, perplexa.

— Mas o que você tem? Está nervoso?

Zumbi se encaminhou para a escada, sem responder.

Mantos o seguiu.

— Vamos embora daqui.

As Bestas haviam subido uns cem degraus quando ouviram um ruído atenuado vindo lá de baixo.

Murder parou.

— O que foi isso?

— Antonio deve ter acordado — disse Silvietta.

Mantos balançou a cabeça.

— Não creio. Aquele lá ainda vai ficar apagado umas duas horas. O Sedaron é fortíssimo.

Os quatro prosseguiram.

Se, ao contrário, tivessem voltado, descobririam que o corpo de Antonio Zauli tinha desaparecido.

Discurso de Salvatore Chiatti aos convidados

34.

Fabrizio Ciba, com o livro de poemas de Neruda no bolso, girava em círculos atrás de um carroção que, para a festa, havia sido transformado em palco. Tinham lhe dado um microfone e explicado que dali a uns minutos ele subiria para recitar o poema. Não conseguia se conformar por ter dito sim. Ele dizia não a todo mundo. Às assessorias de imprensa mais agressivas. Aos chefes de partido. Aos publicitários que lhe prometiam navios de dinheiro.

Que diabo lhe dera na cabeça? Era como se alguém o tivesse obrigado a dizer sim. E ainda por cima ele cagava para Pablo Neruda.

— Está pronto?

Fabrizio se voltou.

Larita se aproximou trazendo na mão uma xicrinha de café. Seu sorriso dava vontade de abraçá-la.

— Não. Nem um pouco — admitiu ele, desesperado.

Ela começou a raspar o açúcar grudado no fundo da xicrinha e, sem olhá-lo, confessou:

— Sabia que uma vez eu vim a Roma para ouvir você ler trechos de *A cova dos leões* na basílica de Maxêncio?

Fabrizio não esperava por essa.

— Não diga! Por que não foi falar comigo?

— Não nos conhecíamos. Eu sou uma moça tímida, e também havia uma fila compridíssima de gente lhe pedindo autógrafo.

— Pois fez muito mal. Isso é grave.

Larita riu e chegou mais perto.

— Quer saber de uma coisa? Eu não gosto deste tipo de festa. Não viria nunca, se Chiatti não tivesse me oferecido um cachê tão alto. Com esse dinheiro — prosseguiu —, quero fundar um santuário de cetáceos em Maccarese.

Fabrizio ficou desnorteado e tentou uma cantada meio fraca.

— Faria mal em não vir, nós não teríamos nos conhecido.

Ela começou a brincar com a xicrinha de café.

— Lá isso é verdade.

— Mas me diga, você já esteve em Maiorca?

Larita ficou embasbacada.

— Que loucura, você me fazer essa pergunta. Conhece Escorca, no norte da ilha?

— É perto da minha casa.

— Vou passar seis meses lá, para gravar meu novo disco.

Fabrizio cobriu a boca com a mão, emocionado.

— Eu tenho uma casinha de campo em Capdepera...!

A má sorte quis que justamente naquele momento chegasse o sujeito que lhe dera o microfone.

— Doutor Ciba, está na hora de subir ao palco. É a sua vez.

— Um instante — disse Fabrizio, acenando para que ele não se adiantasse. Depois pousou a mão sobre o braço de Larita. — Você vai me fazer uma promessa.

— Que promessa?

Ele a fitou diretamente nos olhos.

— Nestas festas, todo mundo representa um papel, as pessoas mal se tocam. Conosco, isso não aconteceu. Primeiro você me disse que gostou de *O sonho de Nestor*. Agora, diz que vai a Maiorca, justamente aonde irei para escrever e buscar um pouco de paz. Você tem que me prometer que vamos nos rever.

— Desculpe, doutor Ciba, mas o senhor deve mesmo subir.

Fabrizio fulminou o sujeito com o olhar e depois repetiu a Larita:

— Promete?

Larita fez sim com a cabeça.

—Tudo bem. Prometo.

—Me espere aqui... Eu vou, dou vexame e volto.

Todo contente, Fabrizio subiu, já sem olhar para ela, a escadinha que levava ao carroção. Viu-se num pequeno palco, diante da pracinha do jardim à italiana lotado de convidados.

Ciba cumprimentou com a mão, meteu os dedos nos cabelos, fez um meio sorrisinho, puxou o livro de poemas e ia começar a ler, quando viu Larita abrindo caminho entre a multidão e se aproximando do palco. Ele sentiu sua boca ficar seca. Tinha a impressão de haver voltado aos tempos dos recitais escolares. Guardou de volta o livro e disse, embaraçado:

—Eu tinha pensado em ler para vocês um poema do grande Pablo Neruda, mas decidi recitar um meu.—Pausa.—Quero dedicá-lo a uma princesa que não trai suas promessas.—E começou a declamar:

> Meu ventre será o cofre
> onde te esconderei do mundo.
> Encherei minhas veias
> com tua beleza.
> Do meu peito farei a jaula
> para teus desprazeres.
> Te amarei como o peixe-palhaço ama a anêmona.
> Cantarei teu nome aqui, agora, neste momento.
> E gritarei tua doçura entre os surdos
> e pintarei tua beleza entre os cegos.

Houve um instante de silêncio, e em seguida se desencadeou um aplauso fragoroso. Ele ouviu alguns gritarem:

—Bravo, Ciba!

—Você é mesmo um grande poeta!

—É melhor do que Ungaretti!

Larita batia palmas e lhe sorria.

Fabrizio baixou a cabeça e acenou para que parassem, como faria uma pessoa tímida e modesta, enquanto o construtor subia à carroça e levantava os braços, incitando a plateia. Esta não parava de aplaudir. Pouco faltou para que fizesse uma ola.

— Obrigado, Fabri. Eu não podia ter uma introdução melhor. — Chiatti o abraçou como se fossem velhos amigos e o empurrou para fora do palco.

O escritor desceu do carroção com o coração batendo forte e a certeza de ter feito tudo errado.

Exagerei com o poema. Larita certamente odiou. Te amarei como o peixe-palhaço ama a anêmona. Os cegos... Os surdos... Que horror!

E também, para falar a verdade, aquele poema não era original. Ele havia reelaborado a seu modo, *nas coxas,* uns versos do poeta libanês Khalil Gibran que decorara aos 16 anos, durante uma semana de feriado, para conquistar uma garçonete de Bormio.

Arruinei tudo.

Ele a vira aplaudindo, mas, como todo mundo sabe, um aplauso não se nega a ninguém.

E amanhã aquele filho da puta do Tremagli vai escrever no Messaggero *que eu plagiei Gibran. Vão comparar o meu poema com o verdadeiro.*

Precisava beber alguma coisa e tentar se acalmar, antes de voltar para Larita. Foi até a carrocinha dos drinques fortes e pediu um Jim Beam duplo.

No palco, Sasà Chiatti se inflava todo, enumerando os capitais que havia despendido para reformar a Villa. A multidão o aplaudia regularmente a cada dois minutos.

— Fabrizio... Fabrizio...

Ele se voltou, certo de que era Larita, mas viu diante de si Cristina Lotto.

Cristina Lotto tinha 36 anos e era a mulher de Ettore Gelati, proprietário de um consórcio de águas minerais e de várias empresas farmacêuticas espalhadas pelo globo. O casal tinha dois filhos adolescentes, Samuel e Ifigenia, que estudavam num colégio da Suíça.

Cristina comandava um programa de bricolagem numa rede por satélite. Ensinava a confeccionar originais centros de mesa, com os palitinhos recolhidos na praia, e coloridos tampos de crochê para assento sanitário.

Era uma lourinha ossuda, de pernas longas e esbeltas, bundinha sólida e uns peitinhos redondos, salpicados de sardas. Tinha aquela carinha de moça de boa família, educada pelas freiras. Zigomas altos e sardentos, olhos azuis emoldurados por cabelos dourados e muito lisos. Uma boca de poucos lábios e um queixo pontudo.

Sem dúvida, Cristina era uma bela mulher, com um físico atlético. Sempre vestida em saias, blusinhas de lã angorá e fios de pérolas, tinha uma vozinha lamentosa que não transmitia nenhuma sensualidade. Era estimulante como uma folha de alface sem tempero. Isso não impedira Ciba de comê-la algumas vezes por mês, nos últimos dois anos. As razões? Eram bastante obscuras, até para ele. Sem dúvida tinham a ver com o fato de ela ser a esposa de um homem que se sentia o dono do universo. Para Fabrizio, a ideia infantil de que, enquanto o empresário ralava a bunda para se tornar o homem mais rico da Itália, ele lhe comia a mulher era excitante e engraçada ao mesmo tempo. O escritor gostava quando Cristina, depois do amplexo, apoiava a cabeça em seu tórax e lhe contava que raça de escroto era o senhor Gelati, com sua paixão pelo voo em planador e suas pretensões de nobreza. Ou quando ela se delongava, com certa ironia, sobre as frustrações de uma existência à sombra de um homem egotista e insensível. Fabrizio queria ouvir tintim por tintim todos os fatos mais mesquinhos, que acabavam transformando aquele dono do universo em um pobre miserável.

Havia outra coisa a não subestimar. Fabrizio vivia em seu apartamento na Via Mecenate em total degradação e se alimentava exclusivamente em restaurantes. Os Gelati, ao contrário, possuíam uma cobertura de 500 metros quadrados bem na Piazza Navona, com um banheiro de mármore branco que parecia a Ara Pacis e uma geladeira do tamanho de uma arca, cheia de ostras fresquíssimas, presunto Serrano e especialidades provenientes de todas as partes do mundo. Cristina estava sempre sozinha e Fabrizio, quando queria relaxar, ia para a casa dela. Mergulhava na piscina aquecida, assistia aos jogos na salinha de cinema e consumia jantares deliciosos.

— Cristina? — fez Ciba, surpreso. Nunca acontecera de ela lhe falar em público. Evitava-o cuidadosamente, apavorada pela ideia de que alguém os visse juntos. A ira do dono do universo, se descobrisse aquela relação, podia ser furiosa e destrutiva como a de um deus babilônico.

Cristina, para a ocasião, usava um tubinho preto com um decote nas costas que lhe chegava às nádegas e um chapeuzinho com véu. Estava transtornada.

— Fabrizio! Preciso falar com você...

O escritor sentiu uma náusea terrível.

— O que aconteceu?

— Uma coisa gravíssima...

35.

Um pianista esboçou o tema do filme *Entre dois amores*. Sasà Chiatti, no meio do palco, pediu ao público um instante de silêncio.

— Por favor, eu queria um grande aplauso para Corman Sullivan...

Duas modelos subiram ao palco sustentando pelos braços o velho caçador.

Silvietta pousou a bandeja com canapés de salmão e começou a bater palmas junto com os convidados.

Deve ser o Dalai Lama.

A vestal das Bestas estava emocionada. Jamais imaginaria na vida poder participar de uma recepção tão exclusiva. Tinha certeza de que nem mesmo em Hollywood chegavam a tanto. Bastava olhar para um lado e de repente lhe aparecia um VIP. Não que ela gostasse particularmente dos VIPs, mas vê-los tão de perto impressionava muito, isso sim. E também havia escutado Fabrizio Ciba recitar um poema de amor tão doce que ficara comovida... Ele devia ser uma pessoa excepcional. Tão tímido e introvertido... Talvez pudesse lhe pedir um autógrafo. Um poema dele cairia superbem no convite para o casamento. Podia tentar pedir. O escritor parecia alguém cujo sucesso não tinha subido à cabeça.

Silvietta achava que daquela festa podia tirar dicas originais para seu almoço de casamento. Aquelas esculturas de gelo, por exemplo, não deviam ser difíceis de fazer. Também os pavões e perus que circulavam entre os convidados eram uma boa ideia. E as carrocinhas de comida. Mas a coisa que mais a empolgava era aquela velha caminhonetezinha de três rodas, a Apecar, que oferecia os sorvetes e as raspadinhas.

O dinheiro que temos não vai dar nunca para essas coisas todas.

Murder havia pedido um empréstimo no banco para o casamento. Vinte mil euros que só dariam para alugar o *Vecchio Cantinone* de Vetralla, pagar o *catering* e os arranjos de flores para a igreja.

Vai ser uma coisa mais simples, mas tão bonita quanto.

Viu Zumbi circulando como um espectro entre os convidados, com um prato de *tramezzini* na mão. Nem sequer tentava bancar o garçom.

Pena que vai estar morto quando Murder e eu nos casarmos.

O fato de que ele não fosse estar presente ao casamento a deixava muito mal. Zumbi era seu melhor amigo, seu biscoitinho, e ela havia pensado em convidá-lo para padrinho. Observou-o. Ele estava um bagaço. Como se um bonde tivesse lhe passado por cima. Talvez também não quisesse se suicidar. Se assim fosse, precisavam conversar.

Largou a bandeja de canapés e correu para Zumbi, que se sentara a uma mesinha e bebia uma taça de prosecco.

— O que houve, biscoitinho?

Ele a encarou, ausente.

Silvietta se ajoelhou à sua frente e segurou sua mão.

— Ei, o que você tem? Está estranho.

Ele se soltou:

— Eu ouvi vocês.

Silvietta sentiu um aperto no estômago e balbuciou:

— Como assim? De que você está falando?

— Eu os ouvi. Vão se casar. E você não me disse nada.

— Eu queria dizer, mas me... — Silvietta não conseguiu continuar e baixou a cabeça.

— Muito bem. E há quanto tempo estão fazendo os preparativos? O que esperavam para contar? Por acaso nos botaram na lista de convidados? Pode riscar, porque não estaremos presentes.

— Escute, mas por que não desistimos, todos nós?

Zumbi se serviu de mais um cálice de vinho.

— Desistir? Ficou maluca? Talvez vocês dois pensem que isto é um jogo, que viemos a uma festa para brincar de satanistas. Enganam-se. Aqui, vai-se até o fim. Eu nunca abandonarei Mantos. Ele deu um sentido às nossas vidas, nos mostrou quanto é hipócrita esta sociedade de merda. Nos apontou o Caminho do Mal. Nos ensinou a canalizar nosso ódio. Mantos deixou mulher, filhos, movelaria, e decidiu se imolar para nos transformar na seita número um da Itália. E vocês o traem assim?

Levantou-se e terminou o prosecco de um só gole.

— Faça a merda que quiser, mas saiba que meu último pensamento antes de morrer será dirigido a vocês dois. Os mais infames que já conheci na vida. — E se afastou.

Silvietta desabou no chão e explodiu em lágrimas.

36.

— Mas o que aconteceu, vai me dizer ou não?

Fabrizio Ciba seguia Cristina Lotto em meio à multidão e ao mesmo tempo olhava ao redor em busca de Larita, mas naquele tumulto era difícil distingui-la.

— Não fale nada. Me siga e pronto. Meu marido pode nos ver — respondeu a mulher, falando de cabeça baixa como se estivesse sendo seguida. — Vamos lá para dentro, na casa.

Meteram-se entre as carrocinhas do bufê e entraram na Villa Reale.

Cristina olhava ao redor. Os convidados tinham invadido também os salões.

— Onde será que tem um banheiro?

Por um instante, o escritor achou que aquele era um pretexto para dar uma rapidinha no toalete. Mas Cristina estava agitada demais. E também, embora fosse uma tremenda ninfomaníaca, sempre estivera muito atenta a planejar com cuidado os encontros amorosos deles. Justamente por isso Fabrizio continuara a encontrá-la. Ela jamais aprontaria confusões, levava muito a sério sua família e, se fossem descobertos, perderia mais do que ele.

— Venha cá, não podemos conversar amanhã? Agora eu estou um pouco ocupado.

— Não. — Cristina abriu uma porta. — Pronto, achamos.

O banheiro era um enorme aposento de uns 70 metros quadrados. Todo recoberto por ripas de carvalho e traves, como se fosse um chalé de Cortina. Estava igualmente lotado de convidados, que riam e tagarelavam, com suas gravatonas e suas caras violáceas. Mulheres diante do espelho retocavam a maquilagem. Uma fila se desenrolava entre as colunas para entrar nos reservados, onde seguramente estavam cheirando ou puxando alguma coisa. Respirava-se uma atmosfera de excitação absolutamente incomum para uma festa romana.

Dois sujeitos de smoking conversavam aos berros.

— Comprei um *trullo** no Piemonte.

— Eu não sabia que existiam *trulli* no Piemonte.

— Existem, sim. São originais. Eles desmontam tudo, tijolo por tijolo, na Apúlia, e remontam perto de Alessandria. Há um verdadeira área residencial só de *trulli*.

— E são muito caros?

— Quer saber? Não. Nem um pouco.

Cristina aproximou a boca do ouvido de Fabrizio.

— Aqui não vai dar. Venha comigo.

Encontraram um cômodo pequeno, mobiliado com simplicidade. Podia ser o quarto de um doméstico. Cristina fechou a porta com chave e se sentou na cama.

Fabrizio acendeu um cigarro.

— Agora me diga, por favor, o que aconteceu.

Ela tirou o chapeuzinho.

— Samuel nos flagrou.

— Quem é Samuel, porra?

— Meu filho. Ele nos flagrou.

Fabrizio não entendia.

— Como assim?

— Nos flagrou... — Cristina respirou fundo, como se tivesse dificuldade de falar — ... quando fazíamos amor na cozinha.

— Caralho! — Fabrizio também se sentou na cama.

E se o garotão contasse a Gelati? Ciba era capaz de apostar que aquele miserável faria de tudo para abafar a história e não

---

* Habitação de pedra em forma circular, com teto cônico, típica da Apúlia. (N. da T.)

passar por corno. Em certo sentido, era melhor assim. Aquele caso devia acabar. Nem seria preciso inventar uma lorota qualquer para encerrá-lo. E, também, agora sua mente funcionava como um míssil teleguiado que só tivesse um objetivo a atingir: Larita e a mudança dos dois para Maiorca.

Fabrizio meteu as mãos nos cabelos, tentando parecer consternado.

— Que merda... Lamento muito... Coitadinho, deve ter ficado traumatizado.

Cristina fez um sorrisinho de lábios apertados.

— Traumatizado? Aquele lá? Quer um monte de grana, senão nossa trepada vai parar na internet.

Fabrizio achou que não tinha entendido bem.

— O que você disse?

— Ele nos filmou com o celular.

— Mas... Como diabo se chama... Esse seu filho não estuda num colégio na Suíça?

— Normalmente, sim. Só que naquele fim de semana estava em Roma. Tinha me dito que ia ficar na casa de um amigo, na praia. Deve ter voltado e...

— E você viu esse vídeo?

— Ele me enviou por e-mail.

— E o que aparece?

— Eu e você. Dá pra ver muitíssimo bem. Parece um filme pornô. E o final é terrível, você me come por trás enquanto eu estou derretendo os ingredientes para um penne aos quatro queijos.

— Ele filmou até isso?

— Sim.

Fabrizio se deu conta de que suas axilas estavam molhadas e frias, e teve a impressão de que não havia ar no quarto. Abriu a janela e começou a respirar fundo, tentando se acalmar.

— Que vexame. — Não convinha se deixar invadir pelo pânico. — Ora, vamos, ele é um bom garoto, nunca faria isso.

— Faz, sim, com certeza. — Cristina não tinha dúvidas.

— Eu acho que ele está apenas com raiva porque você o negligencia. É a clássica demonstração de um adolescente que busca a atenção materna.

Cristina fez que não com a cabeça.

— Quanto ele quer?

— Cem mil euros.

Ciba arregalou os olhos.

— Não entendi bem. Você disse 100 mil euros? Mas ele pirou de vez?

— Quer 50 mil de mim e 50 mil de você. Devemos fazer um depósito no banco suíço. Me deu o número da conta internacional.

— De mim? E por que de mim?

— Assim você aprende a comer sua própria mãe, foi o que ele disse. E acrescentou que está fazendo um preço camarada. Se vender aquilo a um jornal, consegue muito mais. Você é o primeiro astro da literatura a ser flagrado num filminho pornô. Samuel afirma que você poderia tranquilamente rivalizar com Paris Hilton e Pamela Anderson.

— Mas é mesmo um filho da puta, não?

Cristina deu de ombros:

— Exatamente.

— Não podemos negociar? Fazê-lo baixar um pouco? Cinquenta divididos por nós dois. O que você acha?

— Não acredito. Samuel é muito determinado, igualzinho ao pai. Quando for adulto, quer ser diretor de cinema... O vídeo tem até créditos com nossos nomes e a trilha sonora de *Gladiador*.

Fabrizio começou a circular pelo aposento.

— Isto é terrível. Seu filho é uma verdadeira merda. E depois, quem nos garante que não vai guardar uma cópia e continuar nos chantageando?

— Não! Isso ele não faria nunca. Samuel é um bom menino. É honesto, eu confio na palavra dele.

— Honesto? É um tubarão fantasiado de garoto... Se isso for parar na internet, vou pagar um mico sem tamanho. Estou arruinado para sempre. E se mandarmos alguém bater nele?

— Eu tinha pensado nisso. Por uns trocados, o cunhado do meu mecânico poderia lhe dar uma bela surra. Só que a maldade dele vai ficar ainda pior, tenho certeza. Mas não me diga que você faz questão de dinheiro. Não é o seu perfil. É de um mau gosto só.

Ciba odiava passar por pão-duro.

— Não, não. É que desperdiçar uma grana dessas... Mas afinal me diga uma coisa, e eu, como me comporto?

Cristina o encarou, sem entender.

— Em que sentido?

— Quero dizer... Pois é... — Fabrizio não encontrava as palavras para se expressar. — Pelo menos pareço bem? A barriga ficou visível? Prestei um bom serviço?

— Razoável...

— Pelo menos isso. — Fabrizio agarrou a maçaneta da porta. — Me mande o número para o depósito e vamos torcer. Não posso dizer mais nada.

— E nós dois?

— E nós dois, acho melhor parar por aqui mesmo. — Saiu e fechou a porta atrás de si.

37.

Mantos, com uma bandeja de taças de champanhe, circulava como um perfeito garçom entre os convidados, procurando Larita.

Aquilo parecia a premiação dos Telegatti.* Havia meia televisão, meia série A. Mas, sobretudo, uma densidade de mulheres gostosas por metro quadrado que quase dava enjoo.

Quando pequeno, Mantos não gostava de açúcar. Os sorvetes, os semifrios, os gelados com café não eram para ele. Preferia os salgados, mesmo no desjejum. E entre minipizzas, sanduíches, torradas, ganhava destaque o *tramezzino*. Gostava de todos, embora o de frango e o de camarão com rúcula disputassem o primeiro lugar. No Bar Internazionale de Fiano Romano eles tinham poucas variedades, e ainda por cima secas. E cometiam o grande erro de aquecê-los no forninho elétrico, e não na chapa. Embora, diga-se de passagem, somente quando há presunto ou produtos tipo muçarela e queijo doce é que se exige a utilização da chapa quente.

Todos lhe contavam que em Roma os *tramezzini* eram outra coisa. Derretiam-se na boca e estavam sempre frescos. Eram mantidos envoltos em guardanapos molhados que lhes mantinham o adequado grau de umidade. Saverio imaginava a capital como uma cidade onde as casas eram de forma triangular e por toda parte, nas ruas, havia longas vitrines de *tramezzini*.

Para seu aniversário, um dia ele pediu ao pai que o levasse a Roma para comer aquelas delícias. E o pai, só por essa vez, fez sua vontade. Ou melhor, até exagerou. A conselho do tio Aldo, que trabalhava no Ministério da Instrução Pública, levou-o à Casa del Tramezzino, no Viale Trastevere, esquina com a Piazza Mastai.

Quando entrou naquele templo culinário, o pequeno Saverio Moneta se comoveu. Diante dele erguiam-se muralhas de *tramezzini* guardados em bancadas de vidro. Ia-se do de simples

---

* Nome popular do Gran Premio Internazionale dello Spettacolo, instituído pela revista *Sorrisi e Canzoni* e atribuído de 1984 a 2008. O troféu era a escultura de um gato em bronze ou, excepcionalmente, em platina. (N. da T.)

presunto e muçarela ao de salsicha, maionese e endívia belga. Perca, rúcula e queijo fresco. Carpaccio de cordeiro, molho rosa e vieiras. Com uma, duas, três camadas. Até chegar ao Club Sandwich Ambassador Gran Royal. Um monumento de doze andares no qual se apinhavam 65 ingredientes.

"Você tem 3 mil liras à disposição. Não as desperdice. Escolha bem", dissera o pai.

O garoto corria enlouquecido de um lado a outro do local, sem conseguir tomar uma decisão. As mãos suavam e o estômago se travava. No final, saiu com as cédulas intactas.

Também agora, em meio àqueles pedaços de coxa vertiginosos, àqueles lábios túmidos como lulas ensopadas, àqueles seios redondos como cúpulas de Brunelleschi, Mantos recuou nauseado e percebeu uma moreninha que circulava meio perdida entre aqueles super-heróis.

Larita...

Parecia uma estudante universitária, com aquela saia escocesa, a jaqueta preta e a blusinha branca.

Mantos iniciou uma manobra de aproximação, enquanto, do palco, Sasà Chiatti continuava a falar.

— ... Quisemos fazer o máximo para vocês se divertirem... Teremos três caçadas diferentes. À raposa, ao tigre e ao leão. Mas a caça à raposa é reservada a quem sabe cavalgar bem. E será executada segundo as antigas regras do duque de Beaufort. Uma matilha de trinta beagles está pronta nos canis. Para esta caçada, o uniforme é de praxe: paletó vermelho ou preto, em tweed ou em pied-de-poule, gravata branca, luvas brancas, calça clara e, obviamente, botas e boné.

Do público subiu um burburinho. Os convidados se observavam reciprocamente, balançando a cabeça.

— Como vamos fazer?

— É loucura.

— Não temos as roupas.

O construtor os tranquilizou.

— Calma, moçada! Está tudo organizado, não se preocupem. O estilista Ralph Lauren ofereceu generosamente os trajes para as caçadas. Atrás da Villa Reale há um acampamento onde os gentis senhores e as gentis senhoras poderão encontrar todo o necessário para se prepararem. As barracas vermelhas são para a caça à raposa, as de cor laranja para a caça ao tigre e as bege para a caça ao leão. Depois, se quiserem, vocês podem levar os uniformes para casa.

— Chiatti, você é um cavalheiro! — gritou alguém.

— Ralph, você é o máximo! — disse outro.

Mantos havia chegado a poucos metros da cantora. Larita, de braços cruzados, olhava o palco, meio entediada. Era pequenininha, mas bem-proporcionada. E parecia não ter nada a ver com tudo aquilo.

Um varapau de barba preta e óculos escuros, vestido numa jaqueta de couro gasta, botas de caubói em pele de píton, jeans desfiados e uma camisa quadriculada de flanela, tinha se grudado a ela e não parava de rir e de lhe dar cotoveladas, como se os dois se conhecessem a vida inteira. Ela, porém, não parecia estar se divertindo tanto.

Mantos teve certeza de que o caubói era alguém famoso. Ali dentro, não havia muitas possibilidades: ou você era VIP, ou garçom. O cara tinha todo o jeitão de músico de rock.

Os gostos do líder das Bestas de Abaddon percorriam gêneros musicais diversos: dos *Carmina Burana* de Orff a Wagner, dos Popol Vuh aos Dead Can Dance e, não por último, Billy Joel. Já a música italiana, ele não tolerava.

Quando o caubói tirou o chapeuzinho para lançá-lo em direção a Chiatti, Mantos viu a bandana com a bandeira da paz.

Era o distintivo de Cachemire, o cantor do grupo de rock metal Animal Death, de Ancona. Os ídolos de Murder e Zumbi.

Cachemire acenou para Mantos.

— Ei! Garçom, venha cá.

Mantos foi obrigado a se voltar.

— Falou comigo?

— Sim, com você. Venha cá.

O líder das Bestas se aproximou de cabeça baixa e estendeu a bandeja com a última taça de champanhe.

— Tem uma cervejinha?

— Não, lamento.

— Então, pode ir me buscar uma? Aliás, faça coisa melhor, traga logo uma caixa.

Mantos acenou que sim.

Larita deu um tapinha no ombro do cantor.

— Vou dar uma volta. A gente se vê depois.

O líder das Bestas se surpreendeu com a voz de Larita. Era rouca e profunda. Na nuca, embaixo dos cabelos curtos, a jovem tinha duas asinhas de anjo tatuadas.

É ali que cairá a Durindana.

— Tudo bem — disse o caubói. — Você vai a qual caçada? Eu estou indeciso.

— Nenhuma. Odeio essas coisas — respondeu Larita. E se afastou, seguida a poucos metros de distância por Saverio, que praguejava em silêncio.

A babaca não participaria das caçadas. Por essa ele não esperava. O azar continuava a persegui-lo.

De repente, a cantora se aproximou dele:

— Por favor, o senhor não viu Ciba... Fabrizio Ciba?

Quem é Ciba, caralho?

Mantos tinha a língua paralisada, e a única coisa que conseguiu fazer foi encolher os ombros.

Larita parecia espantada com a ignorância dele.

— O escritor! Não conhece? Aquele que no início leu o poema no palco.

— Não, lamento.

— Tudo bem. Obrigada, mesmo assim.

Larita se afastou entre os convidados.

Silvietta estava com a razão, aquela puta era uma defensora dos animais. E agora, como iriam raptá-la?

Mantos bebeu direto a última taça de champanhe.

38.

Fabrizio Ciba, sentado a uma mesinha afastada, também estava entornando um uísque duplo. Não aguentava pensar no risco de que o filminho pornô fosse circular pela internet.

— Aí, irmão!

Paolo Bocchi avançava para a mesinha com outro mojito na mão. Pelo jeito como cambaleava, já devia estar bêbado. Com os olhos injetados de sangue, e suado como se estivesse saindo de uma partida de basquete. Embaixo das mangas do paletó haviam se formado dois halos escuros. Ele tinha afrouxado a gravata e desabotoado a camisa, via-se a borda da regata de lã. A braguilha estava aberta.

O cirurgião agarrou o pescoço de Fabrizio.

— O que está fazendo, tão sozinho?

O escritor nem sequer teve forças para reagir.

— Nada.

— Me disseram que você leu um poema grandioso. Que pena, eu estava no banheiro, perdi.

Ciba desabou sobre a mesa.

— Você me parece abatido. O que aconteceu?

— Corro o risco de dar um vexame planetário.

Bocchi se sentou na cadeira junto à dele, acendeu um cigarro e puxou longas baforadas.

Os dois ficaram em silêncio um pouquinho. Em seguida o cirurgião ergueu a cabeça para o céu e soltou uma nuvem de fumaça.

— Que saco, Fabrizio. Ainda com essa história?

— Que história?

— Essa dos vexames. Desde quando nos conhecemos?

— Há tempo demais.

Bocchi não se ofendeu.

— Desde o liceu, você não mudou uma vírgula. Sempre obcecado com esses vexames. Como se houvesse sempre alguém para julgá-lo. Vou ter que explicar? Você é um escritor, e devia perceber sozinho certas coisas.

Fabrizio se voltou impaciente para seu antigo colega de escola.

— Como assim? Do que você está falando?

Bocchi bocejou. Depois segurou a mão dele.

— Então, não entendeu. O tempo dos vexames acabou, morreu, foi enterrado. Foi embora para sempre com o velho milênio. Os vexames já não existem, como os vaga-lumes. Ninguém mais os comete, a não ser você, em sua cabeça. Não está vendo essa gente? — Apontou a massa que aplaudia Chiatti. — Nós nos cobrimos de estrume, felizes como porcos num chiqueiro. Olhe para mim, por exemplo. — Levantou-se cambaleando. Abriu os braços como se quisesse se mostrar a todos, mas ficou tonto e precisou se sentar de novo. — Eu me especializei em Lyon com o professor Roland Château-Beaubois, tenho a cátedra em Urbino, sou um titular. E veja a que me reduzi. Segundo os velhos parâmetros, eu seria um vexame ambulante, um ser infrequentável, um cafona atochado de grana, um toxicômano, um personagem desprezível que enriquece com as frescuras de quatro bruacas, mas não é assim. Sou amado e respeitado. Sou convidado até para a festa da República no Quirinal e para cada porra de programa sobre medicina. Desculpe, mas falando pelo lado pessoal... Aquele programa que você fez na televisão não era uma porcaria?

Ciba tentou se defender:

— Na verdade...

— Admita, era uma porcaria.

Fabrizio fez um sinal de assentimento.

— E o caso com aquela..., a filha de... Não me lembro, mas tanto faz, era um vexame.

Ciba fez uma careta de dor.

— Tudo bem, agora chega.

— E o que lhe aconteceu? Nadica de nada. Quantos exemplares a mais você vendeu com todos esses vexames teóricos? Um monte. E todos dizem que você é um gênio. Então, sabe o que me vem à cabeça? Isso que você chama de vexames são jorros de esplendor midiático que dão brilho ao personagem e o deixam mais humano e simpático. Se já não existem regras éticas e estéticas, consequentemente os vexames decaem. — Bocchi se debruçou para Ciba e o abraçou afetuosamente. — E também, sabe quem é o único que nunca deu vexame na vida? Nem sequer um?

O escritor fez que não com a cabeça.

— Jesus Cristo. Em 33 anos, não deu uma só mancada. E, com isso, eu disse tudo. Mas agora você me faz um favor. Pegue este bombonzinho. — Bocchi puxou do bolso do paletó uma pílula oval roxa.

Fabrizio a observou, desconfiado.

— O que é?

Bocchi arregalou os olhos, os globos se projetavam das órbitas como os de um sapo-cururu, e, com o tom de um velho mercador de especiarias, explicou:

— Fenolidrocloreto Benjorex. Não é um alucinógeno qualquer, não se acha por aí. — Deu um tapa no próprio peito. — É especial. Só o titio aqui tem esta mercadoria. Sabe os fungos mágicos, peyote, ecstasy, MDMA?* São mais ou menos o equivalente de um laxante infantil, comparados com esta pilulazinha. É um fármaco fichado pela associação Human Rights Watch como arma química. Foi usado por neuropsiquiatras experimentais nas prisões russas para fazer os terroristas chechenos regredirem à infância, e pela agência espacial russa para pesquisar os efeitos psicotrópicos na ausência de gravidade. Agora, vamos tomar uma cada um, e você verá que este circo de merda vai se transformar de repente no mundo de Oz, e nós nos divertiremos bastante. — Meteu o comprimido no bolsinho do paletó de Ciba, que se levantou de chofre, horrorizado, e deu três passos para trás.

— Bocchi, você realmente está muito mal. Além de toxicômano, também é psicopata. Quer me matar, diga a verdade. Você me odeia. Os chechenos... a ausência de gravidade... O fim dos vexames... Vou lhe pedir um favor. Estou implorando. Me esqueça. Eu e você nunca tivemos nada em comum. Nem mesmo no liceu. Nunca fomos amigos, irmãos, porra nenhuma. Não temos nada a compartilhar. Portanto, peço uma cortesia: me deixe em paz e, se me encontrar por aí, mude de rumo.

Bocchi sorriu para ele.

— Ok. — Pegou outra pílula, meteu-a na boca e terminou o mojito.

---

* Metilenodioximetanfetamina. (N. da T.)

39.

Sasà Chiatti havia passado a explicar a caça ao tigre.

— Como nos ensina a tradição vitoriana, a caça ao tigre é feita com elefantes. Encontrei quatro magníficos exemplares provenientes de um circo de Cracóvia e mandei instalar em cima deles umas cestas de vime, feitas a mão em Torre Annunziata, que podem conter até quatro caçadores. Cada elefante é conduzido por um *mahut* indiano, que conhece seu animal como a si mesmo. O tigre se chama Kira e tem 5 anos. Comprei-o, depois de longas negociações, do zoo de Bratislava. É uma esplêndida fêmea albina, como minha doce noiva, com quem também precisei desenvolver longos entendimentos para convencê-la a ficar comigo. Esta caçada durará cerca de três horas e no final haverá um jantar nas casas flutuantes. Ali, foi preparado um self-service com pratos da cozinha indiana.

A poucas dezenas de metros dali, atrás dos barracões das cozinhas, as Bestas de Abaddon tinham se encontrado para uma reunião extraordinária.

— Estamos na merda! — principiou Mantos.

Murder, com a boca cheia de bruschetta de esturjão, mastigou:

— O que houve?

— Larita não vai participar da caçada.

— Eu tinha avisado! Ela é defensora dos animais — fez Silvietta, toda contente.

Mantos começava a ficar de saco cheio, mas tentou manter a calma.

— Ótimo! Você sabia! E agora? Agora me cabe acionar o plano B.

Zumbi, que se mantinha à parte, de tromba, saltou de pé. Tinha os olhos arregalados e quase tremia.

— Já chega! Não aguento mais — explodiu. — Agora você me sai com um plano B? Como se existisse um plano A! Esta, caro Mantos, é a demonstração óbvia de que você nunca será um Kurtz Minetti ou um Charles Manson. Você... você improvisa. Isto aqui não é uma seita satânica, é uma seita de coitados. Estes dois, que... — apontou Murder e Silvietta. — Deixe pra lá, é melhor. A verdade é que vocês não são profissionais. Esta história de merda devia acabar na pizzaria. Que mancada, me meter com essa turma. Até você, Mantos, me decepcionou. Chegou aqui e nos mostrou a Villa Ada no mapinha do Tutto Città. Não se toca, não? A Durindana... Vamos raptá-la no bosque... Nos suicidarmos... E viramos a seita satânica número um da Itália. E atira com a zarabatana! Quer saber? Vão tomar no cu, vocês todos! — E se encaminhou para a trilha.

Transtornado, Saverio olhou os outros dois adeptos:

— Pirou? O que aconteceu com ele?

— Eu sei o que ele tem — disse Silvietta, e correu atrás de Zumbi.

Murder, com a bruschetta na mão, olhou seu líder.

— O que está havendo?

— E eu sei? É sua namorada. Mexa-se.

Murder bufou e se afastou às pressas para segui-la.

O líder das Bestas desabou na cadeira, cobrindo o rosto com as mãos.

Como tirar a razão de Zumbi? Não existia nenhum plano B. E até o plano A estava fazendo água por todos os lados.

Por que não aceitei a proposta de Kurtz Minetti? Nunca terei estofo de líder. E agora, o que é que eu faço?

Havia cortado os vínculos com tudo e já não podia voltar atrás. E Antonio, quando recuperasse a consciência, iria acabar com ele.

A única saída era uma missão camicase. Correr para Larita e, recitando velozmente as Tábuas do Mal, meter-lhe a Durindana no coração.

— Silvietta! Silvietta, meu amor, pare. Meu baço está doendo — ofegava Murder, pressionando o ventre com a mão enquanto seguia a namorada pelo bosque. — Aonde você vai? Tem animais ferozes... É perigoso.

A vestal deu ainda alguns passos e depois, como se a carga tivesse acabado, parou e se deixou cair no chão, embaixo de uma grande figueira silvestre que dobrava seus ramos pesados para baixo.

Murder se aproximou, ajoelhou-se e estendeu a mão sem tocá-la, como se tivesse medo.

— O que houve, neném? O que você tem?

Ela falou cobrindo o rosto com os braços.

— Zumbi nos ouviu.

— O quê?

Silvietta se voltou. Tinha as faces riscadas pelas lágrimas.

— O casamento. Ele descobriu tudo. Está furioso.

— O que ele lhe disse?

— Que nós somos dois traidores. Dois infames. Que o estamos abandonando. E tem razão.

Murder apertou os punhos e se levantou.

— Tudo bem, mas agora não vamos exagerar... Certo, não nos comportamos muito bem, mas traidores infames é um pouco demais.

Ela agarrou uma perna do namorado e o encarou, o rosto iluminado pela metade por um raio de sol que se filtrava entre as folhas.

— Escute bem, andei pensando. Não podemos largá-los. Eu não consigo, e não é justo. Fizemos o pacto satânico. No bosque de Sutri, juramos lutar juntos, unidos, contra as forças do Bem. Lembra?

De má vontade, Murder acenou que sim.

— Portanto, devemos nos suicidar.

Ele a fitou bem nos olhos.

— Você acha?

— Venha cá, vamos. — Ele se abaixou. Com o indicador, Silvietta lhe ajeitou uma mecha de cabelos que caía na testa e acrescentou: — Sim, acho que sim.

Murder começou a balançar a cabeça e a bufar.

— Mas que saco! E agora, o que fazemos? — Tentou se levantar, mas Silvietta o segurou. — Já dei o sinal no Vecchio Cantinone, sem falar da reserva da viagem a Praga. Se eu soubesse, não teria pedido o empréstimo. E minha família está organizando tudo.

Silvietta sorriu. Tinha os olhos brilhantes, mas serenos.

— E daí, Murder... Vamos morrer mesmo...

— Claro... Mas você sabe como eu sou. Odeio ter contas em suspenso.

— O que importa o casamento? Nós nos amamos e vamos morrer juntos. Um ao lado do outro. Ficaremos unidos pela eternidade. Como Romeu e Julieta.

Um homão daquele tamanho, mas agarrou-se a ela com força, até quase sufocá-la, e apoiou a cabeça em seu ombro.

— Mas eu tenho medo... Não vou conseguir...

Silvietta lhe roçou o pescoço com os lábios.

— Sossegue, amor. Eu estou aqui com você. Ficaremos de mãos dadas. Você vai ver, será lindo.

Ouviu-se o longo canto estridente de um pássaro desconhecido.

Silvietta levantou a cabeça.

— Escutou? Parecia um papagaio.

— Acha que é um papagaio?

Ela sussurrou no ouvido dele:

— Eu te amo.

Murder a beijou.

Organização dos grupos de caça
Vestidura e atribuição das armas

40.

Depois do discurso de Chiatti, todos os convidados debandaram até a área de preparação para a caçada. Respirava-se uma atmosfera excitada e alcoólica. Os drinques no estômago e a droga na cabeça haviam deixado todos joviais e de bom humor. Como o construtor prometera, encontraram as tendas para se trocar. Num lado havia uma armaria. Dezenas de espingardas estavam apoiadas aos suportes. As hostesses assinalavam em folhas de papel os participantes dos diferentes safáris e os faziam assinar uma declaração de não responsabilidade. Se alguém se acidentasse, se fosse ferido por um tiro, não era problema de Sasà Chiatti.

Fabrizio Ciba circulava pelo acampamento pensando nas palavras de Bocchi. Aquele babaca não estava totalmente errado. O filminho pornô podia acabar trazendo um monte de publicidade, e talvez as vendas dos seus romances voltassem a subir. Sem falar que ele poderia virar um ídolo do sexo, coisa que não envergonha ninguém.

Naquele momento, o executivo-chefe da Martinelli, o escritor Matteo Saporelli e o crítico Tremagli saíram de uma barraca vestidos em trajes coloniais. Calças curtas, camisas cáqui e chapéus de cortiça, próprios de explorador. Nas mãos, traziam pesadas espingardas, olhando-as como se elas fossem artefatos alienígenas.

A caça ao leão já era.

Simona Somaini desembocou da tenda da caça à raposa metida numa calça que lhe enfaixava as pernas e a bunda como uma segunda pele e num paletó vermelho, aberto o suficiente para mostrar os seios espremidos. Vinha seguida por um brutamontes de cavanhaque e rabicho, vestido numa camuflagem militar e carregando um fuzil semiautomático embaixo do braço.

Fabrizio já tinha visto o brutamontes. Devia ser um desportista.

O escritor deu dois passos e topou com Larita à sua frente. Teve vontade de abraçá-la, mas se conteve.

A cantora também parecia contente por encontrá-lo.

— Te procurei por todos os cantos. Onde você foi parar?

Ciba fez o que lhe era mais natural. Mentiu.

— Estava te procurando. Bom, mas o que vamos fazer? Não me diga que quer participar desta palhaçada.

— Eu? Ficou maluco? Eu sou defensora dos animais.

— Muito bem! — Ciba estava aliviado. — Então, vamos cair fora.

Ela o encarou, espantada.

— Não posso ir embora, tenho que cantar... Eu vim aqui para isso.

Fabrizio tentou disfarçar a decepção.

— Tem razão. Eu tinha esquecido, mas... — Não conseguiu terminar a frase porque um lipizzano branco se plantou à sua frente, erguendo-se nas patas traseiras. Sasà Chiatti, montado no corcel, puxava as rédeas para tentar deter o animal, que guinava para a direita e a esquerda.

— O que vocês dois estão fazendo aqui? Por que não se trocaram? Tenho um elefante que está partindo meio vazio.

Larita fez sinal de não com a mão.

— Eu sou contra a caça. Jamais vou atirar num tigre.

O construtor se debruçou sobre o pescoço luzidio do cavalo para não ser ouvido pelos outros convidados.

— Mas quem vai atirar em quem? É um momento lúdico. Aliás, a tigresa está com câncer no cólon. Tem um mês de vida, no máximo. Na verdade, vocês vão fazer um favor a ela. É um passeio. Quando é que vão ter outra oportunidade dessas? Vamos... — Virou-se para trás e soltou um assovio de ovelheiro.

Um barrido ecoou no jardim à italiana. Das frondes das azinheiras voaram papagaios e gralhas. Em seguida a terra começou a tremer. Um elefante surgiu do pequeno bosque, disparando raios de luz ofuscante ao redor. Estava pintado de laranja e azul e coberto por panos sobre os quais eram costurados centenas de espelhinhos redondos. A longa tromba arrancava ramos das árvores e os levava à boca. No lombo trazia preso um cesto de vime trançado. Dentro vinha um ancião de óculos, com um agasalho de *loden** verde e um engraçado chapéu de feltro. Nas mãos agarrava uma espingarda. Ao lado dele, um adolescente com os olhos cobertos por uma franjinha escura. Os dois se seguravam às bordas do cesto e embicavam a cada passo do animal. Sentado no pescoço do bicho, um pequeno filipino de tanga branca e turbante o conduzia, incitando-o com um chicote.

— Aí está o elefante de vocês. — Chiatti ergueu a mão para que o filipino detivesse o paquiderme. Depois se virou para o homem no cesto. — Doutor Cinelli, por favor, jogue a escadinha. Temos mais dois passageiros.

O velho apontava o fuzil para as árvores, procurando a tigresa.

— Vovô! Vovô! Ouviu? O moço pediu para jogar a escada. Tudo bem, pode deixar. — O jovem se inclinou, pegou a escadinha de cânhamo e a fez descer. — Desculpem, ele é meio surdo.

Larita, hesitante, encarou Fabrizio.

— E agora, a gente faz o quê?

Ciba deu de ombros.

---

*Tecido em lã de ovelha, resistente e impermeável, semelhante ao feltro. Típico do Tirol e do Alto Ádige. (N. da T.)

— Resolva você.

Larita cochichou, embaraçada:

— Acho que devemos ir. Talvez seja indelicado ficar aqui. Mas não vamos atirar.

— Claro que não.

41.

Murder se sentou junto do seu líder, que estava com a cabeça inclinada sobre os joelhos, e envolveu os ombros dele com um braço.

— Nem tudo está perdido, mestre.

— Sossegue, Mantos, nós vamos conseguir — disse Silvietta.

Saverio olhou para eles, comovido.

— Eu decepcionei vocês. Lamento muitíssimo. Não tenho carisma.

Silvietta lhe segurou a mão.

— Não, Mantos, você tem um grande carisma e nunca nos decepcionou. Deu um sentido às nossas vidas. E nós não te trairemos nunca, estaremos sempre ao seu lado.

Murder se ajoelhou e perguntou:

— Quem é o pai carismático?

Mantos balançou a cabeça, embaraçado.

— Ora, vamos... Pare com isso.

Murder então se levantou.

— Quem escreveu as Tábuas do Mal?

— Você! — fez Silvietta, apontando o líder.

— Quem nos ensinou a Liturgia das Trevas?

Mantos deu um suspiro fundo e disse:

— Eu.

***

Zumbi corria no meio das barracas.

Era um caos. Gente que, rangendo os dentes, tentava meter à força os pés nas botas de equitação. Uma velha, carente de oxigênio, se enrolara num sári de seda roxa como uma truta salmonada envolta em filme plástico. O vice-presidente da região do Lácio, com umas botinas três números menor, avançava como um autômato, sobraçando uma espingarda enorme. O comediante Sartoretti, astro indiscutível das noites de sexta-feira no canal Italia 1, não conseguia fechar a bombacha e gritava para a hostess:

— Esta é 46, e eu uso 52!

Com um salto, a Besta ultrapassou Paolo Bocchi, que, caído no chão, pálido e suado, olhava o céu como se falasse com o Criador e repetia como um mantra:

— Eu te peço... Eu te peço... Eu te peço...

Zumbi continuou a correr esbaforido até o jardim à italiana.

Silvietta e Murder, sentados a uma mesinha, comiam uma pizza natural, coberta de ricota e espinafre.

O satanista parou dobrando-se ao meio, exausto.

— O que vocês dois ainda estão fazendo aqui?

Silvietta se levantou.

— Desculpe. Já entendemos.

Zumbi não conseguia respirar.

— Não quero... falar... com vocês. Cadê Mantos?

— Foi fazer um prato pra ele no bufê.

Silvietta segurou Zumbi pelo braço.

— Entendeu? Não vamos deixar vocês dois sozinhos. Nós também vamos nos suicidar.

— Sei... Não acredito.

Silvietta pousou a mão sobre o peito.

— Te juro. Você tinha razão, estávamos nos comportando como uns filhos da puta. Mas você me fez pensar.

Nesse momento Mantos apareceu com um pratão de ravióli de lagosta.

— Zumbi! Voltou?

O adepto queria falar, mas ainda lhe faltava o fôlego.

— Larita... Larita...

— O quê? — perguntou o líder das Bestas. — Larita o quê?

— Partiu... para a caça... ao tigre!

Partida dos safáris

42.

Entre uma coisa e outra, as expedições haviam começado com duas horas de atraso em relação ao programa.

O sol descia atrás dos bosques de Forte Antenne levando consigo todas as cores, mas, graças à sábia arte do diretor de fotografia coreano Kim Doo Soo, as árvores e as pradarias do parque tinham se transformado numa floresta encantada. Projetores de 10 mil watts mimetizados na vegetação alagavam com uma luz inatural os troncos recobertos de líquenes prateados, os cogumelos e as rochas verdes de musgo. Uma névoa baixa e densa, criada pelas máquinas fumígenas, cobria o sub-bosque e os prados onde pastavam rebanhos de gnus, íbices e alces. Milhares de LEDs* espalhados pela pradaria se acendiam e se apagavam como enxames de vaga-lumes. Doze ventiladores gigantescos, escondidos nas alturas, produziam uma brisa leve que movia as extensões gramadas nas quais repousavam uma família de ursos-marsicanos e um velho rinoceronte cego, em meio às gangorras e aos escorregas cobertos de hera.

---

* Sigla, em inglês, de "díodo emissor de luz". (N. da T.)

Cães e cavaleiros da caça à raposa já tinham desaparecido atrás das colinas a leste.

Os batedores africanos, seguidos pelos caçadores a pé, peneiravam a pradaria em busca do leão.

Os elefantes estavam deixando a *villa*. Em fila indiana, os paquidermes entrelaçavam reciprocamente as trombas com as caudas e, a passo lento mas irrefreável, se dirigiam para os pântanos a noroeste, onde se dizia que estava escondia Kira, a tigresa albina.

Sasà Chiatti, no terraço da Villa Reale, observava com um binóculo as comitivas que adentravam em sua imensa propriedade.

Tudo aquilo lhe pertencia. Dos pinheiros seculares às heras infestantes, até a última formiga.

Tinha sido insultado, ridicularizado, chamado de louco megalomaníaco, de cafona enriquecido, de ladrão, mas ele não dera ouvidos a ninguém. E afinal havia vencido. Todos tinham vindo à corte para homenageá-lo.

Ecaterina Danielsson foi ao seu encontro no terraço. Havia trocado de roupa e vestia um corselete de couro marrom que lhe apertava a cintura fina. Os ombros estavam envolvidos numa estola de raposa prateada. As pernas, cobertas por botas. Trazia dois cálices de cristal.

A modelo estendeu o vinho a Chiatti:

— Quer?

Sasà fechou os olhos e cheirou a bebida. O perfume refinado, agradável, etéreo, era o adequado. Molhou os lábios. Seco, quente e levemente taninoso. Sorriu satisfeito. Era aquele mesmo, o Merlot di Aprilia. Bebeu.

Ecaterina lhe cingiu a cintura, pelas costas.

— Como está se sentindo?

Ele terminou a taça e a jogou atrás de si.

— Como o oitavo rei de Roma.

43.

Vestidos de garçons, Mantos, Murder, Zumbi e Silvietta marchavam por um terreno arenoso e mole, constelado de poças e charcos. Havia um fervilhar de pernilongos, mosquitos, minhocas, moscas, libélulas, e um monte de bichinhos nojentos se escondia entre os caniços, os papiros e os lótus.

Mantos olhava ao redor, perdido.

— Não me lembro deste pântano... E vocês?

— Não, eu também não — disse Murder, olhando seus sapatos enlameados.

— Eu estive aqui algumas vezes, quando criança. Meu pai me trazia aos domingos, depois que íamos ouvir o papa. Lembro que havia carrosséis, mas o pântano não.

— Será a direção certa? — perguntou Silvietta. Na realidade, não se importava muito com isso. Devia fazer as pazes com Zumbi. Vinha no final da fila, caminhando de cabeça baixa.

— Acho que sim. Vi que eles iam rumo ao norte. — Mantos ultrapassou Murder e ficou na dianteira da fila. Havia prendido a Durindana na mochila. — Mas que árvores são aquelas? Que estranhas!

Árvores de troncos retorcidos afundavam na areia centenas de dedos longos e escuros. No alto, havia colônias de cercopitecos que os observavam.

Murder espantou uma mosca metalizada.

— Bah... Devem ser oliveiras.

— Que nada! São mangues. Nunca os viu nos documentários? — resmungou Silvietta.

Mantos começava a ficar sem fôlego.

— Esperem... Os mangues crescem nos climas continentais?

Murder começou a rir.

— Se você não sabe as coisas, não as diga. Este clima não é continental, é temperado.

Mantos o apontou, com a mão aberta.

— Escutem só. Chegou The Professor. Você acabou de confundir os mangues com oliveiras.

— Querem parar de brigar, vocês dois? Vamos em frente, que os pernilongos estão me comendo viva — disse Silvietta, e avançou para alcançar Zumbi. Começou a caminhar ao lado dele. — Biscoitinho, sei que você está com muita raiva, mas agora não pode amarrar a cara pra mim até quando nos suicidarmos. São nossas últimas horas, estamos fazendo a coisa mais importante das nossas vidas e devemos ficar unidos e nos querer bem. Eu lhe peço perdão, mas pelo menos um sorrisinho você me deve. Sou ou não sou sua melhor amiga?

Zumbi resmungou alguma coisa que podia ser tanto um sim como um não.

— Ora, vamos, por favor. Você sabe quanto eu lhe quero bem.

Ele arrancou um caniço da lama.

— Você me magoou.

— Já lhe pedi perdão.

— Por que não me disse que iam se casar?

— Porque sou uma idiota. Eu ia dizer, mas tive vergonha. Se não fosse esta missão, iria te convidar para ser meu padrinho.

— E eu não aceitaria.

Ela riu:

— Eu sei... Por favor, não conte a Mantos que Murder e eu queríamos nos casar, ele ficaria muito mal.

— Tudo bem.

— E agora, vai me dar um sorriso? Só unzinho, bem pequenininho?

Por um segundo, Zumbi virou a cabeça para Silvietta e um sorriso veloz como uma batida de asas lhe aflorou ao rosto, mas foi logo coberto pelos cabelos.

Caçada

44.

Quando jovem, Fabrizio Ciba tinha sido um discreto velejador. Havia atravessado o Adriático num catamarã e, com uma escuna de dois mastros, chegara até Ponza. Durante esses cruzeiros, tinha enfrentado aguaceiros e tempestades, mas nunca, nem sequer uma vez, o mar o afetara. Agora, porém, dentro daquela porra de cesto no lombo do elefante, sofria uma náusea feroz. Segurava-se às bordas do palanquim e sentia no estômago os canapés de santola e os *rigatoni* navegando no Jim Beam.

Não era o caso. Logo agora, quando podia ficar um pouquinho com Larita, se sentia um nojo.

A cantora o perscrutou:

— Você me parece meio pálido. Está passando mal?

O escritor engoliu um arroto ácido.

— Não, nada, é só uma dorzinha de cab... — Não conseguiu terminar a frase porque sentiu na nuca o cano da espingarda do doutor Cinelli.

Ciba se virou para o velho.

— Agora chega! É a terceira vez que o senhor me bate na cabeça com isso daí. Preste mais atenção.

O velho, em sua perfeita surdez, não passou recibo e continuou a balançar a arma à direita e à esquerda, apontando-a contra o matagal que comprimia a caravana.

Que babaquice nós fizemos dando ouvidos a Chiatti.

Não só estavam atochados em quatro naquele metro quadrado oscilante, em companhia de um palerma, mas também o elefante deles estava à frente da caravana, e portanto convinha atentar até para os ramos baixos. No entanto, havia um tormento mais sutil que angustiava o escritor. Ele tinha a sensação de haver perdido um pouco de vivacidade e de não estar tão brilhante como de costume. Talvez Larita tivesse prometido revê-lo por gentileza, assim como aceitara participar da caçada para não ser descortês com Chiatti. Incrível: parecia-lhe ter voltado a ser o adolescente canhestro do liceu. Naquela época, não era o Ciba desenvolto e atrevido de hoje, o paquerador experiente, o franco-atirador, mas um rapazola desajeitado, com um tufo de cabelos eriçados e óculos de grau, que se escondia dentro de enormes suéteres desfiados e calças lambuzadas. Sempre que tentava cantar uma garota, era uma tragédia. Construía planos complicadíssimos para abordá-la do modo que parecesse o mais natural possível. Odiava demonstrar seus sentimentos, parecer frágil, e portanto queria que fossem sempre elas a tomar a iniciativa. Plantava-se diante da portaria da presa e fingia estar ali por acaso. Ignorava a menina de propósito ou a tratava mal, esperando chamar sua atenção. Imaginava diálogos brilhantes, à Woody Allen, nos quais pareceria um adorável fodido.

Agora, diante de Larita, sentia-se atrapalhado e sem jeito como nos tempos de sua adolescência.

— Abaixem-se! — gritou a cantora.

Ciba dobrou o pescoço e por um triz evitou um galho que cortava a trilha ao meio. Mas Cinelli o recebeu em plena cara, perdeu os óculos e girou sobre si mesmo, enfiando a ponta da espingarda sob a axila de Fabrizio.

— Porra, que merda... Largue este troço! — O escritor arrancou a arma das mãos do velho. — Inclusive está carregada. Se disparar um tiro, me mata!

O rapazinho tomou a defesa do avô.

— Quem o senhor acha que é? Grande coragem! Implicando com uma pessoa idosa!

Larita ofereceu um lencinho ao neto. O garoto começou a enxugar os arranhões na cara do velho, o qual, estoicamente, não se lamentava.

Lá de trás, alguém gritou:

— Ei! Mexam-se! Parece que estamos num cortejo fúnebre.

Ciba se voltou para o elefante que os seguia. No cesto, estavam Paco Jiménez de la Frontera e Milo Serinov, com as respectivas garotas.

Fabrizio acenou para se acalmarem.

— E é culpa nossa? Quem guia é o indiano.

— Mas que indiano que nada, é filipino. Seja como for, mande ele se mexer — disse Mariapia Morozzi, a ex-assistente de palco namorada do goleiro russo.

Larita olhou para trás.

— Não estão vendo que é um elefante? Se queriam correr, vocês deviam fazer a caça à raposa.

— *¡Yo te quiero, señorita!* Pela Virgem de Guadalupe! Mexam esse rabo! — berrou o jogador argentino. Tinha o olhar parado e o sorriso estirado de quem abusa de cocaína.

Ciba interveio para defender a honra da jovem:

— Ei, cara! Fique na sua. Não seja mal-educado!

— *Desculpe, es* uma brincadeira... — Paco Jiménez deu uma risada nervosa e beijou sua namorada Taja Testari.

Do terceiro elefante, uma voz gritou:

— Por favor, alguém aí tem um Travelgum, contra enjoo? — Era Fabiano Pisu, o famoso ator de novelas. Verde como uma vagem, tinha os olhos arregalados. Com ele estavam o estilista magrebino Khaled Hassan, seu namorado, o diretor de ficção da RAI, Ugo Maria Rispoli, e a agente cinematográfica Elena Paleologo Rossi Strozzi. — E então? Alguém aí tem um Travelgum?

— Não... Só tenho uma barra de chocolate Mars — disse Milo.

No palanquim do quarto paquiderme, deviam estar Cachemire e seus Animal Death, o grupo de rock de Ancona, revelação do festival de Castrocaro. O cesto, porém, parecia vazio. Só aparecia uma galocha. Os quatro estavam no fundo, derrubados pelo álcool e por uma mistura de psicofármacos.

Odeio vocês todos, disse a si mesmo Fabrizio Ciba.

Sentia-se vulnerável e confuso como um estrangeiro na repartição de vistos do posto policial. Estava numa gaiola, no lombo daquele elefante. Seu segredo era ficar bem próximo à vida, a fim de poder observar com sarcasmo o horror da humanidade, mas nunca dentro. Agora, porém, via-se no meio daquele circo e não se sentia diferente daqueles palhaços. Estava até fazendo uma péssima figura perante Larita. Era melhor ficar calado, numa atitude reflexiva de escritor.

Começou a observar com ar pensativo a nuca do filipino, que continuava a chicotear o pescoço do bicho. A trilha era cada vez mais estreita e escura, não se viam rastros da tigresa. Os últimos raios de sol cortavam o sub-bosque e ouviam-se estranhos chamados, não dava sequer para saber se eram de pássaros ou de macacos.

Um lamento fraco veio do terceiro elefante. O rosto de Pisu havia assumido uma cor de terra de siena.

— Por favor, me deem um... Travelgum... um emplastro... uma banana... estou morrendo.

— Ora, conta outra! — respondeu irritada a namorada do russo. — Você é chato, hein? Não temos.

— Vocês ficam me gozando, mas eu... — O desgraçado não conseguiu terminar a frase porque da boca lhe saiu um jorro de vômito amarelo que foi parar no pescoço do condutor do elefante. O filipino se voltou:

— Puta merda! — exclamou, removendo do turbante a salada de lulas e amêijoas. — Que nojo! — E, com um arranco do pulso, desceu uma chicotada na cara do ator de novelas.

— Ahhhh! — berrou Fabiano, caracolando para fora do cesto e indo parar numa poça enorme aos pés do elefante.

— *Hombre* ao mar! — gritou Paco Jiménez de la Frontera.

Exceto por Khaled Hassan, que esbracejava para o companheiro caído, ninguém estava nem aí para o destino do pobre Pisu. Enquanto isso os elefantes, em sua antiga sabedoria, continuaram a lenta marcha, abandonando à mercê das feras do parque o intérprete da *Marchesa di Cassino*.

45.

O líder se sentia carregado de energia. Estava indo direto para a morte e tinha de novo suas Bestas consigo. Virou-se para lhes pedir que entoassem um canto propiciatório a Satanás e viu Murder e Silvietta avançando serenos, de mãos dadas, como se estivessem participando de um passeio no campo.

Murder é mesmo um sortudo, pensou Mantos.

Em 40 anos de vida, Saverio Moneta jamais fora amado daquele jeito. Antes de Serena, o líder das Bestas só tivera algumas aventuras, nos anos sombrios de contabilidade. Casinhos bobos, coisa de poucas semanas, em que você se aproxima de alguém porque se estiver com uma garota parece menos fodido aos olhos dos colegas de escola. Mais que de namoros, tratava-se de associações de socorro mútuo.

Serena Mastrodomenico, no entanto, ele havia notado assim que entrara para a movelaria. Morena e magra daquele jeito, recordava-lhe muitíssimo Laura Gemser, a atriz de *Black Emanuelle*. Uma referência masturbatória de sua puberdade.

Era louco por Serena, mas não via como possuí-la. Ele era o último dos contadores e ela, a filha do patrão. Desfilava como uma deusa de minissaia pelos corredores da movelaria e Saverio sonhava apenas com poder lhe falar, convidá-la para jantar à beira do lago de Bracciano. Ela, porém, não lhe concedia nem um olhar. Embora passasse à frente dele todos os dias, nem sequer o notara alguma vez. E era isso mesmo. Por que uma mulher refinada e mundana devia se interessar por uma nulidade como ele? Um cara que nem tinha carro para retornar à sua casa. Que havia estragado a vista lendo calhamaços sobre os mistérios dos Templários e do Triângulo das Bermudas.

Uma noite, Saverio ficou no escritório para conferir pela enésima vez o balanço semestral. Seus colegas tinham ido embora e ele estava sozinho na movelaria. Tinha comprado uma fatia de pizza de champignon e camarão e de vez em quando dava uma mordida, tomando cuidado para não manchar os livros de registro. Estava com fones de ouvido e escutava a todo o volume a *Cavalgada das Valquírias*.

Em certo momento, levantou a vista. Do outro lado do corredor, a porta do escritório de Egisto Mastrodomenico estava aberta e o aposento, iluminado.

Não podia ser o velho, que viajara para a Feira do Móvel Rústico de Vercelli.

Um ladrão tinha entrado, sem que ele percebesse? Já ia chamar os seguranças quando Serena saiu da sala do pai, carregando um monte de sacolas do shopping. O coração de Saverio Moneta explodiu. Trêmulo, ele tirou os fones de ouvido e levantou timidamente a mão para cumprimentar, e Serena nem respondeu. Mas logo voltou atrás e passou a cabeça pela porta a fim de observá-lo melhor.

— Totalmente sozinho aí?

— Bem... sim... — ele conseguiu dizer, procurando se manter ereto na cadeira.

Ela entrou na sala da contabilidade e olhou ao redor, como se quisesse conferir se realmente não havia ninguém. Saverio nunca a vira tão em forma. Serena devia ter ido ao cabeleireiro e usava um macacãozinho cor-de-rosa, aderente como uma pele de cobra, o zíper bem aberto no decote, e umas botinhas brancas de couro que lhe chegavam aos joelhos. Das orelhas pendiam duas argolas de ouro, grandes como CDs.

— Está se entediando?

— Não — respondeu Saverio de chofre, mas logo lhe ocorreu que ninguém de mente saudável se diverte conferindo balanços semestrais e corrigiu: — Um pouquinho... Mas daqui a pouco eu acabo.

Ela deu uma ajeitada nos cabelos e perguntou:

— Topa uma chupadinha?

Saverio teve a impressão de que ela perguntara se ele queria uma chupadinha. Mas devia ter entendido mal. Ela certamente havia perguntado se ele queria um cappuccino.

— A máquina está quebrada... Deviam ter consertado esta semana.

— Perguntei se você quer uma chupadinha.

Saverio não conseguia acreditar em seus ouvidos. Talvez os cogumelos da pizza fossem alucinógenos.

Continuou a olhá-la de boca aberta, como um idiota.

— E então? — Mascando chicletes, ela insistiu na pergunta, exatamente como se lhe oferecesse um cappuccino.

— Como?

— Quer ou não quer? — Serena começava a se irritar.

— Como? — A mente de Saverio estava em ponto morto.

— Não conhece? Chupadinha ou boquete é uma prática sexual pela qual eu boto seu pinto na boca e dou uma mamada nele.

Por que ela estava lhe fazendo aquilo? O que ele tinha feito de errado?

Óbvio. Era uma armadilha para poder acusá-lo de assédio sexual, como nos filmes americanos.

— Tudo bem, já entendi. — Serena contornou a escrivaninha, agachou-se, deu outra ajeitada nos cabelos, tirou da boca o chiclete e o passou a ele. — Segure aí, por favor.

Saverio guardou na mão a goma de mascar enquanto a filha do seu patrão, com a mesma fria habilidade de uma enfermeira que tira a roupa de um ferido, abria o cinto dele e lhe desabotoava a braguilha.

— Talvez você goste. — Baixou a cueca de Saverio e observou-lhe o passarinho, sem fazer comentários. Depois o agarrou com a mão direita, sopesou-o e o espremeu como se faz com a teta de uma vaca. Com a esquerda, porém, segurou-lhe o saco e começou a fazer girarem os testículos na palma da mão, como se fossem duas bolinhas chinesas antiestresse.

Saverio, de pernas abertas, agarrava-se aos braços da poltrona com uma expressão de medo estampada na face. Era espantoso o que aquela mulher estava aprontando com seu aparelho reprodutor.

Mas o espetáculo ainda não tinha acabado. Serena escancarou a boca, umedeceu os lábios com a língua pequena e pontuda e em seguida engoliu tudo, até os bagos. Saverio estava tão aterrorizado que nem sentia prazer, mas bastou-lhe se dar conta de que Serena Mastrodomenico abrigava na boca todo o seu caralho para ter um orgasmo explosivo e embaraçoso.

Ela passou sobre os lábios as costas da mão, fitou-o nos olhos e perguntou, com uma vozinha satisfeita:

— Escute, amanhã você me levaria à Ikea?*

---

* Famosa empresa sueca de móveis, objetos de decoração e utilidades para a casa. Tem lojas em cerca de quarenta países, mas não no Brasil. (N. da T.)

Ele respondeu um único e simples:
— Sim.
Aquele havia sido o primeiro sim. O primeiro de uma série infinita.

Saverio Moneta, a partir daquele dia, de obscuro contador se transformou em xerpa durante as razias que Serena executava nos centros comerciais, em motorista do utilitário dela, mensageiro, carregador, motoboy, bombeiro hidráulico, técnico de antenas parabólicas, marido e pai dos seus filhos.

Em tempo: aquele foi o primeiro e último boquete que ele ganhou em dez anos de convivência com Serena.

Mantos observou Murder e Silvietta.

Ele grandalhão e gordo, ela tão pequenininha. Ela dando nele uns chutezinhos de mentira, para fazê-lo se mover. Ele rindo e se plantando de propósito.

Saverio buscou na memória um passeio com Serena. Jamais realizado. Ou talvez, sim, na Ikea. Ele empurrando o carrinho, ela na frente, falando ao celular.

Já aqueles dois, você percebia, só de olhar, que eram cúmplices. Desde quando se conheceram no trem, falando de sua paixão pelo heavy metal e pelo Lazio, não se separaram mais. Se um lia um livro, o outro também devia ler. Aquele modo de se tocarem, de se roçarem que eles tinham. Sabiam poder contar um com o outro.

Como se tivessem lhe removido dos olhos uma venda, Mantos viu o horror. Tinha convencido jovens que se amavam a se matar por um problema que era só dele.

Você não acredita no amor, mas eles sim. Você sente ódio, eles não.

Um artelho se espetou em sua garganta e desceu até o coração. Ele reduziu a marcha. Tirou dos ombros a mochila, que parecia cheia de pedras.

— Você os viu? — perguntou Zumbi, que caminhava ao seu lado.

Mantos não conseguiu dizer uma só palavra. Tinha um nó na garganta. Abriu a boca e olhou atordoado para seu adepto.

— Libere esses dois. Eles são diferentes de nós. Vivem na luz, e nós nas trevas.

Mantos engoliu em seco, mas o nó não desapareceu. Olhou ao redor, atrapalhado. Sentia falta de ar. Agora o artelho lacerava seus pulmões.

— Ainda dá tempo. Libere esses dois.

Saverio se agarrou ao braço de Zumbi, como se não conseguisse ficar de pé. Apertou os olhos úmidos e o encarou:

— Obrigado. — Com o pouco fôlego que lhe restava, chamou o casal: — Vocês aí, venham cá.

Murder e Silvietta se aproximaram.

— O que foi? Está se sentindo mal?

Saverio meteu as mãos nos bolsos, tentou pensar numa desculpa sensata, mas estava agitado demais. Respirou fundo e só conseguiu dizer:

— Vão pra casa, agora mesmo.

Murder estendeu o pescoço, como se não tivesse compreendido.

— O quê?

— Vão pra casa. Sem muitas conversas.

— Por quê?

Seja mau. Você é um filho de Satanás.

— Vocês não são dignos das Bestas de Abaddon.

Murder ficou pálido.

— O que fizemos de errado?

O líder das Bestas apertou os punhos dentro dos bolsos.

— São repelentes. Vocês se amam, se querem bem. É o ódio que deve alimentá-los, e no entanto estão cheios de amor. Me dão vontade de vomitar.

Silvietta balançou a cabeça e olhou para Zumbi.

— Você contou a ele sobre o casamento... Mas por quê? Eu tinha lhe pedido para não dizer nada.

Mantos encarou Zumbi, sem entender. Silvietta estava falando de quê? Já ia perguntar, mas o adepto correu a explicar:

— Sim, eu contei que vocês querem se casar. Não podia esconder.

Ai, meu Deus, eles queriam se casar. Por que não me disseram nada?

Murder fitou Mantos, com olhos culpados.

— Eu tentei lhe dizer...

Não tiveram coragem.

— ... mas... mudamos de ideia, juro. Não queremos mais nos casar. Era uma besteira, uma coisa sem importância. Queremos continuar com vocês, até o fim.

Mantos gostaria de abraçá-los.

— Vocês romperam o pacto satânico. Portanto eu, o líder das Bestas de Abaddon, expulso os dois da seita. — Falou com toda a maldade que trazia no corpo, mas nisso também arrancou um pedaço do coração.

— Você não pode fazer uma coisa dessas. Não é justo. — Silvietta explodiu em prantos e tentou segurar a mão dele.

Mantos recuou um passo e a moça caiu de joelhos.

— O que é justo decido eu. Ordeno que vão embora. — Virou-se para Zumbi. — Ânimo, vamos em frente.

Murder abraçou Silvietta.

— Não chore, meu amor.

O que restava das Bestas de Abaddon se encaminhou para os bosques, já sem olhar para trás.

46.

— Não se anda tão devagar nem mesmo na Perspectiva Nevski, às oito da noite — disse Milo Serinov a Paco Jiménez.

— *Tienes* razão, *hombre*. Vou te mostrar. — O centroavante se debruçou do cesto para o condutor. — Ei... *niño*...

O filipino se voltou e olhou para trás.

— Hein?

— *¡Descánsate!* — O centroavante tascou um empurrão no coitado, que perdeu o equilíbrio e, sem um grito, desapareceu numa touceira de amoras. Com sua proverbial agilidade, Paco saltou sobre o pescoço do paquiderme e começou a dar socos na cabeça dele. Este girou o olho do tamanho de uma frigideira e esquadrinhou o jogador, que no entanto não desistia. Então o bicho levantou a tromba, emitiu um poderoso barrido e partiu a galope.

Paco, Milo e as namoradas gritavam, excitados.

Ciba viu o elefante de trás vir para cima deles como uma locomotiva sem freios e em seguida os dois animais se pegarem a ombradas. Os palanquins oscilavam assustadoramente.

— O que vocês estão fazendo? — berrou o escritor, que por pouco não caiu ali embaixo.

— Andem, suas lesmas! — Milo Serinov estava se divertindo pra valer.

— Deixem a gente passar! — gritou Taja Testari, mas o galho de um carvalho secular atingiu-a no septo nasal e um esguicho de sangue avermelhou a roupa de Mariapia Morozzi.

— Aiii! Que dor! — berrou a modelo, desmilinguindo-se dentro do cesto.

— Menos um! — estrilou Ciba, que perdera seu *aplomb* intelectual e estava se excitando.

Paco também parecia alucinado. Nada podia detê-lo.

— *¡Andale! ¡Andale con juicio!* — E já os ultrapassava quando, a uns 10 metros, veloz como uma flecha vermelha, cortou-lhes o caminho a raposa, que, sabe-se lá como, tinha conseguido escapar de seus caçadores.

À sua passagem, todos gritaram:

— A raposa! A raposa!

— Esta é a caça ao tigre. O que a raposa está fazendo aqui? — perguntou Larita.

O velho Cinelli despertou do coma e, com um golpe de mão, agarrou a espingarda no fundo do cesto, gritando também:

— A raposa! A raposa! — E começou a atirar a esmo no matagal.

Os projéteis assoviavam por todos os lados.

A cantora se encolheu, com as mãos tapando os ouvidos, enquanto Ciba segurava o cano da espingarda, tentando arrancá-la do velho maluco, que continuava apertando o gatilho sem parar. Um projétil atingiu a fivela de metal do cesto do último elefante da fila. A cilha se abriu e o grupo de rock de Ancona despencou. Os músicos foram parar num campo de urtigas.

Finalmente, a espingarda de Cinelli se descarregou. O velho olhou ao redor.

— Acertei ela, hein? Acertei?

A corrida dos elefantes continuava, revirando tudo. Galhos, árvores abatidas, moitas.

Um berro arrepiante se ergueu do bosque à esquerda deles. Montado num garanhão, Paolo Bocchi galopava, girando um sabre como um hussardo na batalha de Marengo. Desfilou ao lado dos elefantes e os ultrapassou, gritando:

— Savoia ou morte! — Usava apenas a calça de montaria. O peito nu estava arranhado por ramos e espinhos. À passagem do cavalo, os dois elefantes se agitaram ainda mais e aceleraram a corrida. O cirurgião, veloz como o vento, saltou uma sebe e desapareceu no bosque. Um instante depois, uma matilha ululante de cães irrompeu sob as patas dos paquidermes, perseguindo Bocchi e a raposa. O elefante guiado por Paco Jiménez estacou, aterrorizado. O centroavante do Roma e o cesto se arremessaram como projéteis e desapareceram na vegetação.

Um som de corne inglês subiu das trevas do bosque. E um patear de cascos se tornou cada vez mais próximo. Na contramão, materializaram-se 38 cavaleiros de jaqueta vermelha, sedentos de sangue de raposa. Viram tarde demais os elefantes que lhes barravam o caminho. Entre as fileiras dos cavaleiros muitos caíram, outros foram arrastados por quilômetros com os pés presos nos estribos. Pouquíssimos saíram ilesos.

O elefante com a agente cinematográfica Elena Paleologo Rossi Strozzi, o estilista magrebino e o diretor de ficção da RAI capotou como um Abarth A112 na curvona do Monte Mario.

Fabrizio Ciba, ainda no lombo do seu animal, percebeu que o condutor filipino havia desaparecido. Tentou deter o elefante golpeando-o com a coronha da espingarda, mas o bicho deu uma guinada e partiu para o coração do bosque. O velho Cinelli girou sobre si mesmo, voou para trás, quicou na bunda do paquiderme e ficou pendurado à cauda. O neto tentou um gesto heroico e ao mesmo tempo desesperado. Saiu do palanquim e, segurando-se à borda com uma das mãos, procurava com a outra segurar o avô. O velho agarrou a mão do neto.

— Puxe, puxe!

Os dois rolaram para o chão, entre touceiras de murta-espinhosa.

Ciba e Larita ficaram sozinhos no lombo do animal enlouquecido.

47.

Alívio e dor se misturavam na alma atormentada de Mantos, enquanto ele abria caminho entre os caniços que cresciam à beira do pântano. Zumbi o seguia, em silêncio.

Desde quando haviam abandonado Murder e Silvietta, nenhum dos dois abrira mais a boca.

O líder das Bestas continuava a vê-los ali, abraçados, olhando-o enquanto ele e Zumbi se afastavam.

Voltaram-lhe à mente as palavras proféticas de Kurtz Minetti. "As Bestas de Abaddon são uma realidade insignificante no mundo do satanismo. Vocês estão acabados." Kurtz não se enganara, a situação era desesperadora. Estavam sem dois elementos fundamentais do time, e o plano para assassinar Larita fazia água por todos os lados. E havia outra coisa que não o convencia. Por que Zumbi queria se suicidar? Por que não tinha ido com seus amigos? Não andavam sempre juntos, aqueles três? Mas Zumbi se aproximara dele como uma serpente, sussurrando-lhe que liberasse os dois.

Será que o simpático Zumbi, caladinho, caladinho, passou para as fileiras de Kurtz Minetti?

O sacerdote dos Filhos do Apocalipse podia tê-lo corrompido e encarregado de boicotar o assassinato de Larita, para levar Mantos a passar vexame ante a comunidade dos satanistas. E se vingar do seu não. E também aquela cena que Zumbi fizera antes, na *villa*, era estranha.

Mantos parou, fingindo recuperar o fôlego.

— Tudo bem?

Zumbi, morto de cansaço, botou as mãos nos quadris e assentiu. O rosto estava mais esverdeado do que de costume.

O líder das Bestas o fitou diretamente nos olhos.

— Escute, vamos deixar pra lá? — Era um verde, para tentar descobrir se seu adepto era um traidor infame. — Talvez nós também devêssemos desistir... Estamos fazendo uma besteira. Em dois, não vamos conseguir. E se, no final, não tivermos coragem para nos suicidar? Corremos o risco de simplesmente ir parar na cadeia. Se voltarmos para casa agora, estamos salvos.

Zumbi retomou a caminhada, de cabeça baixa.

— Eu não desisto. Se quiser, desista você.

— Mas por quê? Não entendo por que, de repente, você faz tanta questão desta coisa. Em geral, nenhuma lhe agrada. Pode me explicar por que agora quer se suicidar a qualquer custo?

— Não quero falar disso.

Mantos lhe segurou um braço e o encarou, ameaçador.

— Não, agora você vai falar.

— Me largue. — O adepto tentou se soltar.

— Diga. Eu sou o seu chefe. Estou ordenando.

Zumbi engoliu em seco e em seguida falou com uma voz distante.

— Noites atrás, acordei sobressaltado, como se alguém tivesse me sacudido um braço. Achei que fosse meu pai, para dizer que mamãe estava mal. Mas não, todos dormiam. Como sempre, eu tinha adormecido com a televisão ligada. E havia uma cena de teatro, em preto e branco. Um troço antigo. Aquelas coisas que eles transmitem na RAI 3 às quatro da madrugada. Peguei o controle remoto e já ia desligar quando o ator, um velho de olhos esbugalhados e franjinha, disse umas frases. Eu nunca tinha ouvido nada do gênero na vida, e desde aquela noite tudo mudou, nada mais teve sentido para mim.

Mantos estava desorientado.

— E o que ele disse?

Zumbi hesitou em responder, mas logo se decidiu:

— Quer ouvir?

— Sim. Claro.

— Decorei tudo. Comprei o livro. Mas nunca recitei aquilo para ninguém.

— Fale pra mim agora, vamos.

— Tudo bem.

Zumbi afastou as pernas, como se ondas de dor estivessem se chocando contra seu corpo. Fechou os olhos, abriu-os, fitou o céu e começou a recitar, com a voz embargada e vacilante:

— De algum tempo para cá, não sei por quê, perdi todo o meu bom humor e abandonei minhas atividades de sempre. Na realidade, ando tão sombrio que este belo edifício, a terra, me parece um promontório estéril; esta abóbada estupenda, aquele extraordinário firmamento lá no alto, aquele dossel majestoso, bordado com fogos de ouro, pois bem, nada disso me parece mais do que uma massa imunda e pestilenta de vapores. Que obra de arte é o homem, como é nobre em sua razão, infinito em suas capacidades, exato e admirável na forma e nos movimentos, como se assemelha a um anjo nas ações, a um deus no entendimento: o adorno do mundo, a perfeição entre os animais! No entanto, para mim, o que é esta quintessência do pó? O homem não me agrada, e tampouco a mulher.

Mantos ficou em silêncio um pouquinho e depois perguntou:

— Quem escreveu isso?

Zumbi fungou.

— William Shakespeare. É Hamlet. Eu estou pior do que ele. E, do jeito como me sinto, até poderia fazer algo de bom... Pensei nisso... Mas é mil vezes mais difícil do que fazer algo mau. E, francamente, estou cagando para ajudar sei lá quem... as crianças africanas. Elas me enchem o saco, assim como o resto da humanidade, e portanto prefiro acabar com tudo e ser lembrado como o filho da puta psicopata que matou Larita. E não esqueça que quem primeiro disse isso foi você. É tudo muito simples e...

— respirou fundo — ... triste. De qualquer modo, se até você quiser desistir, sem problemas, eu mato a cantora. Mas, por favor, resolva logo, os pernilongos estão me dessangrando.

Mantos se envergonhou por haver pensado que Zumbi podia ser um traidor. Claro, ele estava arrasado, certamente havia interrompido os antidepressivos.

— Zumbi, escute bem. Entre nós dois não existirá mais hierarquia. Não há mais um chefe e não há mais um adepto. Iguais. As Bestas somos eu e você. Uma dupla. Tipo Simon & Garfunkel, por assim dizer.

Os olhos de Zumbi brilharam.

— Eu e você. Iguais e juntos. Até o fim.

— Iguais e juntos. Até o fim — repetiu Mantos.

Zumbi olhou o céu.

— Já anoiteceu. Vou sabotar a central elétrica.

— Tudo bem. Eu vou raptar Larita, e nos encontramos no templo de Forte Antenne. Temos esta noite a lua certa para acabar com tudo.

48.

Com um estrondo ensurdecedor, um enorme pinheiro secular se abateu sobre o bosque. Sob o peso da árvore esmagaram-se azinheiras, carvalhos, arbustos de louro, e da terra se ergueu uma nuvem de poeira e folhas da qual emergiu, como um pesadelo primordial, o grande elefante. Sob as patas do animal lançado a galope, a terra tremia. Seu cérebro estava reduzido a um simples e primitivo impulso, correr. Sua famosa memória tinha sido anulada, e na escala evolutiva ele afundara nos abismos onde as sardinhas fogem perseguidas pelos atuns.

Não recordava mais sua infância passada numa jaula ambulante. Não recordava mais as piruetas na arena do circo. Não recordava mais as mesuras, os esguichos nos palhaços, não recordava sequer as chicotadas e bordoadas. Não recordava mais nada, o terror o tinha dominado. O que era aquele lugar escuro e inóspito? O que eram aqueles paus que brotavam da terra? Aqueles cheiros? Devia apenas fugir, e sarças, troncos caídos, moitas, ervas daninhas, nada podia deter sua corrida. De vez em quando ele encolhia a comprida tromba e, soltando um barrido lancinante, arrancava do solo um tronco e o jogava longe. A gualdrapa colorida que o cobria estava reduzida a frangalhos, e de um longo corte num flanco o sangue escorria sobre as patas traseiras. Um ramo se espetara como um arpão em sua espádua direita. Ele batia a cabeça, um olho machucado e outro arregalado, girando a pupila enlouquecida, e abria caminho na parede da vegetação.

O cesto, semidestruído, ainda estava ligado ao lombo, mas pendia torto sobre um flanco. Dentro, agarrados às correias do arnês, Fabrizio e Larita gritavam, igualmente apavorados.

O animal afastou um carvalho e por pouco não tropeçou numa raiz grossa como uma sucuri, mas se reequilibrou e retomou o galope, lançando-se dentro de um sarçal. Saltou um fosso, deu um passo, outro ainda, e de repente sentiu a terra lhe faltar sob os pés. O olho enlouquecido parou de girar, ele escancarou a boca pela surpresa e, agitando as patas e a tromba, despencou em silêncio por um precipício coberto de vegetação. Voou rumo ao fundo da ravina por uns 20 metros, bateu com a cabeça numa agulha de rocha, ricocheteou, capotou e se engastou entre duas árvores que despontavam como um garfo sobre o abismo.

Com a coluna vertebral despedaçada, o animal, de barriga para cima, se debatia soltando terríveis berros de dor, cada vez mais fracos.

Fabrizio foi cuspido para fora do cesto e também se viu despencando no escuro, agitando pernas e braços, ricocheteando entre ramos, cipós e cordões de hera, até cair entre as raízes retorcidas de um carvalho pendurado no paredão de rocha.

Um instante depois, Larita foi parar em cima dele e deslizou para o precipício.

O escritor estendeu um braço e agarrou-a pela aba da jaqueta, um segundo antes que ela continuasse a cair. O peso o puxou para baixo e uma fisgada de dor no tríceps lhe arrancou o ar dos pulmões.

Larita, suspensa no ar, esperneava e olhava para baixo, berrando:

— Socorro! Socorro!

— Fique quieta! Fique quieta! — implorava Ciba. — Se você se mexer, eu não consigo segurar.

— Socorro! Por favor, me ajude. Não me solte.

Ciba fechou os olhos, tentando recuperar o fôlego. Os bíceps vibravam pela tensão.

— Não consigo. Segure-se em alguma coisa.

Larita estendeu a mão para um feixe de hera que serpenteava entre as rochas.

— Não alcanço! Não alcanço, caralho!

— Você tem que se esticar, não estou aguentando... — Ciba estava com a cara vermelha e seu coração ribombava nos tímpanos. Não devia olhar para baixo, havia pelo menos 30 metros de queda livre.

Não sou um homem. Sou um cabo de amarração. Não sinto dor e não tenho cérebro, começou a se repetir. Mas os músculos dos braços tremiam. Com horror, sentiu que os dedos agarrados ao tecido da jaqueta perdiam a preensão. Desesperado, mordeu a raiz, gritando:

— Não vou te soltar, não vou te soltar.

Mas soltou.

Com a cara grudada ao cipó, ficou imóvel, quase paralisado. Muito abalado para conseguir pensar, chorar, olhar para baixo.

No entanto, logo ouviu uma vozinha fraca:

— Fabrizio. Estou aqui.

O escritor se debruçou e, à luz da lua, viu Larita abaixo dele, a poucos metros, agarrada à hera que crescia contra o paredão.

Ficaram em silêncio, ofegando. Quando Fabrizio conseguiu fôlego para falar, perguntou:

— Como... Você está bem?

Larita estava grudada à planta.

— Sim. Consegui... Consegui.

— Não olhe para baixo, Larita.

Ciba se ajeitou sobre a raiz, massageando o braço direito dolorido.

Uma pedrinha ricocheteou em sua testa. Depois outra. Em seguida começou uma chuva de pedrinhas, terra e galhos secos. Ciba olhou para o alto. A lua redonda estava no meio do céu. Inclinou a cabeça e no centro do satélite apareceu, como uma sombra chinesa, a silhueta negra do elefante caído sobre o carvalho.

Estava bem acima dele.

Enquanto colocava uma mão sobre os olhos para se proteger da terra, ouviu o ruído da madeira se quebrando. A árvore oscilava.

— Ai, minha Nossa Senhora — murmurou.

— O que foi? — perguntou Larita.

— O elefante! Ele vai...

O tronco cedeu de repente, com um estrondo. O paquiderme lançou um último grito desesperado e caiu junto com o carvalho e uma cascata de pedras.

Instintivamente, Ciba encaixou a cabeça entre os braços. Fechou os olhos. As tripas foram parar na garganta.

Agora voava no escuro. O negror o envolvia como uma mãe misericordiosa, impedindo-o de ver embaixo dele o terreno que se aproximava. Quantas vezes se perguntara se os suicidas que se jogam dos prédios ou das pontes tinham tempo para compreender seu fim, antes de se esmagarem no solo. Ou se o cérebro, piedosamente, diante de uma morte tão terrível tinha um blecaute e toldava os sentidos.

Agora sabia. O cérebro funcionava muito bem e gritava: "Você vai morrer!"

49.

A lua, uma bola no meio do céu, tingia a grama de prata, mas Edo Sambreddero, o Zumbi, atravessava a savana de cabeça baixa, sem lhe dignar um olhar. Numa das mãos segurava o trinchante.

Um ventinho leve, suficientemente frio para lhe dar arrepios, entrava pelo paletó. O satanista esfregou os braços para tentar se livrar daquele gelo que não o abandonava mais.

À sua frente passou um bando de gazelas, seguidas por um grupo de cangurus. Nem mesmo esse espetáculo chamou sua atenção.

Como dizia Hamlet? "Este belo edifício, a terra, me parece um promontório estéril; esta abóbada estupenda, aquele extraordinário firmamento lá no alto, aquele dossel majestoso, bordado com fogos de ouro, pois bem, nada disso me parece mais do que uma massa imunda e pestilenta de vapores."

Sim, a terra era um lugar verdadeiramente nojento.

Só mesmo num lugar nojento como este Silvietta pode se casar com alguém como Murder.

Quando surpreendeu os dois namoradinhos falando do casamento, de início havia pensado que estavam brincando. *Não pode ser verdade*, repetia a si mesmo, enquanto os dois falavam da igreja, da recepção e das outras babaquices. Depois vira Silvietta chorar de comoção e compreendeu que era tudo verdade, e alguma coisa secou para sempre dentro dele.

Quando era criança, seu avô o levava à horta, um pequeno canteiro sob o viaduto de Oriolo, e lhe dava um frasquinho de veneno para eliminar as ervas daninhas infestantes. "Basta um tiquinho", recomendava o avô, e Edo, com o conta-gotas, deixava cair só um pinguinho negro como petróleo no alto da planta. Esta, em menos de meia hora, perdia todas as cores e se transformava num graveto seco.

A mesma coisa aconteceu comigo. Silvietta lhe secara o coração para sempre.

Quantas vezes ela havia reclamado com ele de Murder, que era rústico e distraído, que sempre esquecia o aniversário de namoro?

"Não consigo conversar com ele como com você. Você é diferente. Me entende..."

Quantas noites haviam passado ao telefone, assistindo a *Amici** na TV e odiando aqueles monstrinhos sem talento que competiam, ou falando de música, do Motorhead e da importância histórica de *Denim and Leather*, do Saxon? Quantas vezes, nas tardes de sábado, haviam percorrido a Via del Corso para lá e para cá, esquecendo-se do tempo que passava, das liquidações nas lojas, das pessoas ao seu redor, do ônibus que os levava para casa?

Tudo bem, não eram namorados. Ela estava com Murder. Mas o que aquele gordalhão com caspa tinha e ele não?

Certo, sofria de halitose congênita, mas lera na internet que existia um tratamento definitivo com células-tronco. Na Itália era proibido, mas, assim que sua mãe morresse, ele receberia em

---

* Programa de calouros no estilo de *American Idol*. (N. da T.)

herança as moedas de ouro do vovô Luciani e teria grana para ir se tratar na América.

Uma vez Murder tinha ido visitar a tia em Follonica e ele e Silvietta foram jantar na pizzaria Jerry 2. Havia sido uma noite especial, criara-se uma intimidade única. A moça lhe falara dos medos que sentia quando criança, do sonho de se tornar uma rainha do *death metal*.

Depois ele a acompanhara até em casa e se despedira com o habitual beijo respeitoso na bochecha, mas Silvietta lhe aflorara com os lábios o canto da boca. Tinha sido apenas um instante, mas a pele, no ponto onde ela havia pousado o beijo, ficara sensível como quando a gente se queima com um garfo incandescente.

Durante meses, ele havia relembrado aquele beijo. Se não tivesse desviado a cabeça, como um idiota, provavelmente os dois teriam se beijado na boca.

Encostou o dedo no cantinho ainda abrasado. Sentiu um arrepio e apertou os dentes para não começar a chorar. Relembrou a noite do sacrifício no bosque de Sutri. Os outros haviam se limitado a comê-la, a cair em cima dela como um bando de cães no cio. Ele não, para ele tinha sido diferente, fizera tudo com amor e depois de finalmente gozar se acomodara sobre aqueles pequeninos seios brancos com lágrimas nos olhos, com vontade de pegá-la e levá-la consigo.

E depois que a sepultaram viva, ele, sem se deixar ver pelos outros, havia afofado a terra a fim de que Silvietta pudesse emergir da cova. Ao revê-la, três dias depois, sentada num banco em frente ao cinema, tinha compreendido que aquela garota incrível era a mulher da sua vida.

E agora descobrira que aqueles dois iam se casar.

Biscoitinho.

Não havia muito a acrescentar, exceto que já não fazia sentido viver.

50.

A sorte não abandonou Fabrizio Ciba, nem mesmo desta vez. Ele foi parar sobre o ventre flácido do elefante, que estava caído de lado num riachinho que corria entre seixos e samambaias. Larita, enrolada num emaranhado de hera, caiu junto dele um segundo depois. Os dois ficaram ali, imóveis, escoriados, doloridos e sem palavras, incrédulos de ainda estarem vivos.

Depois Fabrizio se levantou, ajudou Larita a descer do elefante e olhou ao redor. Encontravam-se no fundo de um desfiladeiro estreito, coberto de vegetação. Bem no centro se estendia uma trilha de cascalho, pontilhada de lampiões que formavam pequenas cúpulas luminosas. Todo o resto, nos lados e acima de suas cabeças, estava envolto em trevas.

Não conseguia nem pensar naquilo que acabava de lhe acontecer. Se não fosse o elefante para amortecer a queda, a esta hora ele estaria mortinho da silva.

Pode-se organizar um safári na Villa Ada? Só um louco megalômano como Chiatti é capaz de conceber uma ideia tão idiota.

Mas a culpa não era de Chiatti, se por pouco ele não havia deixado o couro ali.

É minha. É culpa minha, que vim a esta festa. Eu não devia ter vindo. Que merda estou fazendo aqui? Como me deixei convencer a subir naquele animal, caralho? No meio destes monstros? Eu sou um escritor, porra... Eu... Eu tenho que escrever o meu romance. O meu romance...

Apalpou o braço. Era difícil dobrá-lo.

Se eu tiver deslocado um ombro, não vou poder mais escrever...

Era demais para Fabrizio Ciba. Em seu estômago começou a ferver uma raiva azeda como vinagre que subia até o esôfago. Quanto mais ele relembrava o que lhe acontecera, mais se emputecia. Estava tão cheio de raiva que se arriscava a explodir como um balão. Começou a balançar a cabeça para a frente e para trás, como um pombo bicando grãos, e depois, com os dentes apertados, passou a falar sozinho e a gesticular.

— Vão tomar no cu! Vou enrabar todos eles. Um por um. Coloco todo mundo em fila e enrabo um por um. — Suas narinas tinham se alargado de tanta fúria. — Para começar, enrabo aquele palhaço do Chiatti... Escrevo o artigo e o arruíno. Chega de bancar o rei, aquele balão cheio de merda. Acho que ele não percebeu com quem está lidando...

Virou-se de chofre para Larita, buscando apoio:

— E que diabo estavam fazendo lá os caçadores da raposa...? — Mas calou-se ao vê-la imóvel, paralisada junto do animal morto.

Parecia a cena final de *King Kong*. Quando a moça está ao lado do enorme símio caído do arranha-céu.

Larita era realmente pequenina, junto do elefante. Morto, aliás, o paquiderme parecia ainda maior do que quando vivo. A tromba alongada como uma serpente entre as pedras do arroio. As patas recolhidas contra o ventre, uma presa quebrada. O olho arregalado refletia a luz do lampião. Da boca escorria um riozinho de sangue que se misturava à água do regato.

De repente Larita, como que libertada de um encantamento, abriu a boca tentando inspirar, mas alguma coisa, talvez um nó, não deixou. Então, lentamente, ela estendeu a mão e pousou-a sobre a fronte rugosa do elefante. Como se tivessem cortado os fios que a sustentavam de pé, abaixou-se, aninhou-se contra a garupa do animal e começou a chorar, sacudida pelos soluços.

Fabrizio cobriu a boca com uma das mãos. Como se esquecera de Larita? Era ela a única coisa preciosa em toda aquela merda. Era ela o anjo que o salvaria. Os dois eram diferentes. Os dois não tinham nada a ver com aquela festa. E ele devia cuidar daquela criatura e tirá-la dali a salvo.

Correu para ela e abraçou-a com força, sentindo aquele corpinho abalado pelos soluços. Era tão pequenina... Tão indefesa...

Com os olhos imersos nas lágrimas, o rosto afogueado, engolindo ar, Larita tentava falar:

— Coi... Coi... Coitadinho...

De quem ela está falando?

— Não... Não é justo... ele não tinha feito... nada de... mau. — E foi de novo tomada pelo pranto.

Do elefante, idiota.

Fabrizio puxou a cabeça dela e apoiou-a em seu ombro.

— Não chore. Por favor... Não chore — sussurrava-lhe no ouvido, acariciando seus cabelos. Mas Larita não parava. Assim que o ritmo diminuía, suspirava fundo e recomeçava.

Fabrizio tentou dizer algo. Um balbucio de frases sem sentido.

— Não... Ele não sofreu muito... Fraturou a coluna, não sentiu nada... Agora está livre... Passou a vida acorrentado...

E nada, ela continuava a chorar, parecia alimentada por uma bateria. Desesperado, não sabendo mais o que fazer para acalmá-la, ele pegou-a pelo pescoço, afastou-lhe do rosto os cabelos e, com uma naturalidade que jamais conhecera na vida, descerrou os lábios e a beijou.

51.

Zumbi chegou cansado à central elétrica, mas ainda determinado.

Lâmpadas halógenas criavam uma bolha de luz em torno da construção, que brilhava no escuro como uma estação submarina.

A central era circundada por uma rede metálica de 3 metros de altura. Para chegar a ela, passava-se por um portãozinho no qual se prendia um cartaz amarelo. Em cima havia uma caveira desenhada e o aviso: ALTA TENSÃO. PERIGO DE MORTE. No espaço em torno da casinha de tijolos estavam dispostos, em duas fileiras, grandes transformadores metálicos que zumbiam como colmeias. Inúmeros cabos se enrolavam sobre eletrodos de cerâmica e dali entravam no terreno.

Em sua breve carreira de ajudante de eletricista, Zumbi havia enfrentado no máximo o sistema da Villa Giorgini, em Capranica, 9 kWh trifásico, uso doméstico com painel de segurança e contador.

Agora, via-se diante de uma verdadeira central em miniatura. Lembrava-se de ter lido alguma coisa nos cursos por correspondência da Scuola Radio Elettra. Existiam as centrais termelétricas, as hidrelétricas e as nucleares. Hidrelétrica não podia ser, não havendo rios ou represas. Nuclear ele descartava. Provavelmente era termelétrica, e fosse como fosse ele estava cagando, devia apenas sabotá-la.

Por sorte não havia ninguém vigiando as instalações. O portão era fechado por uma corrente com cadeado.

Zumbi prendeu num elo o trinchante de prata e o torceu. O metal não cedia. Rangeu os dentes e torceu com mais vigor. Sua cara ficou vermelha pelo esforço. Lentamente, o elo começou a se dobrar. Ele aumentou ainda mais a pressão e, com um golpe, quebrou tanto a corrente como o trinchante. Em suas mãos restou o cabo do utensílio. Jogou-o fora e entrou.

Aproximou-se da construção. Obviamente, a portinha de metal estava trancada a chave. Zumbi deu um chute e ela se escancarou para um pequeno aposento coberto de painéis elétricos. Amperômetros, interruptores, cursores, LEDs, alavancas. Perplexo, ele observou todos aqueles aparelhos. Parecia-lhe estar dentro da cabine de comando de um avião. Experimentou apertar botões, baixar umas alavancas, mas não aconteceu nada de significativo. Mexendo aqui e ali, talvez conseguisse desligar a central, mas sempre seria possível religá-la. Ele devia destruí-la e deixar o parque na escuridão.

Dentro de um painel transparente, viu um grande machado com cabo vermelho. Quebrou o vidro e empunhou a ferramenta. Percebeu que, no meio de toda aquela aparelhagem, estava atarraxada uma grande placa de metal. Três cabos, grossos como cordames de navio, entravam por um enorme interruptor de aço. No centro havia uma alavanca e uma tranca que impedia de movê-la. Era aquele o coração de toda a central.

Devia cortar um daqueles cabos e...

Qual será a tensão?

Não fazia ideia. Por certo o suficiente para torrá-lo.

Iria morrer, e assim teria cumprido sua missão. Embora àquela altura, verdade seja dita, ele já estivesse cagando para a missão, para o Diabo, para Mantos, para as besteiras satanistas.

Sentia-se triste por morrer, mas tinha a estranha sensação de que havia uma plateia observando a execução de seus últimos gestos. Ele era o herói maldito do seu próprio e trágico filme.

Sobre uma bancada havia um bloquinho. Zumbi arrancou uma folha e, sem pensar muito, redigiu umas linhas. Dobrou o papel e escreveu por cima: "Para Silvietta."

52.

Mantos, nu, estava em pé sobre uma rocha e observava a Lua e suas crateras. O vento lhe acariciava a pele.

Braços estendidos. Pernas ligeiramente dobradas. Nas mãos a Durindana, apontada para a frente. Inspirando e expirando, ele limpou a mente de pensamentos inúteis. Serena se dissolveu, o velho filho da puta se dissolveu, Silvietta e Murder se dissolveram e Mantos se concentrou no milagre de coordenação que era seu corpo. A cada movimento, tornava-se cada vez mais consciente da energia que corria nas fibras dos seus músculos, da potência homicida encerrada na Durindana.

Sentia chegar a dor pela separação da vida terrena. Acolheu-a, deu-lhe as boas-vindas. Baixou a Durindana, colou a empunhadura ao ventre e elevou a perna esquerda. Percebeu cada tendão, cada músculo, curtindo a sensação que lhe dava. O frio lhe contraía o escroto.

Mantos estava finalmente à vontade. Conseguia sentir tudo. O ciciar do vento entre as árvores, os grunhidos guturais dos javalis-africanos perto do pântano, os guinchos das pencas de morcegos pendurados aos ramos dos pinheiros, o trânsito na Olímpica, as televisões ligadas nas salas, o mundo enfermo.

Depois, algo lhe deu um sobressalto. Sua traqueia se apertou e um arrepio lhe atravessou a espinha dorsal. A percepção de que, escondido nas trevas, alguém o estava observando.

Não era um animal. Tampouco um ser humano. O que era?

Estendeu a espada à frente e começou a girar sobre si mesmo. Não viu ninguém. O líder das Bestas de Abaddon saltou da rocha e, sempre mantendo a arma apontada, tirou da mochila a lanterna e acendeu-a. O feixe de luz se desenhou sobre as touceiras de louro, sobre as moitas de sarça, sobre os troncos das árvores, sobre uma cesta de lixo enferrujada.

Não havia ninguém. Talvez seus sentidos tivessem se enganado. No entanto, permanecia a impressão de que alguém o observava. Olhos carregados de ódio.

Mantos enfiou às pressas a calça, os sapatos e a túnica preta. Colocou a mochila nas costas e se afastou correndo.

53.

Zumbi tocou levemente com o dedo médio o canto da boca, ali onde Silvietta o beijara, prendeu o bilhete no painel, cuspiu nas mãos, agarrou o machado e, de pernas abertas, plantou-se diante do cabo.

Chegara o momento de mostrar a coragem que ele sempre escondera de todos.

— O homem não me agrada. E tampouco a mulher. — Levantou o machado e, com toda a força e o desespero que trazia em seu corpo magro, cortou o cabo.

Naquele fio de cobre viajava uma tensão de 20 mil volts, cerca de dez vezes a usada nas cadeiras elétricas. O fluxo de elétrons atravessou a lâmina e o punho do machado, que, embora fosse de madeira, se carbonizou na mesma hora. A mesma sorte coube às mãos e aos braços do adepto. O resto do corpo pegou fogo com uma labareda espetacular.

A tocha humana começou a se debater e a ricochetear contra as paredes do quartinho, depois parou, abriu os braços como um anjo caído que quisesse alçar voo, desabou no chão e se consumiu até que de Edo Sambreddero, o Zumbi, só restou um tronco incinerado.

As turbinas da central pararam. O zumbido se calou. As luzes do parque e da *villa* se apagaram. Também se desligaram os computadores que controlavam as cascatas, os fluxos-d'água nos lagos, os comedouros para os animais e todo o resto.

Um gerador começou a funcionar. Acendeu as luzes de emergência na casa e ativou as bombas pneumáticas dos portões de aço das entradas, que se fecharam deixando a Villa Ada no escuro e separada do resto da cidade.

Chegada aos bivaques e jantar

54.

Fabrizio Ciba e Larita estavam se beijando, ao lado do cadáver do elefante, quando os lampiões da trilha se apagaram. O escritor abriu os olhos e se viu imerso na mais completa escuridão.
— As luzes! As luzes se apagaram!
— Ai meu Deus. — Amedrontada, Larita abraçou Fabrizio. — E agora? O que a gente faz?
O escritor levou um tempinho para compreender o tamanho do problema. Aquele beijo apaixonado o deixara atordoado. A raiva havia baixado e uma estranha sensação de bem-estar o derretia todo. Agora que, finalmente, havia encontrado o amor, todo o resto lhe parecia coisa de pouca monta. Desejava apenas lavar Larita, tratá-la, desinfetar seus ferimentos e fazer amor com ela. A corrida em cima do elefante no bosque, o voo, a certeza da morte e a surpresa por estar vivo, aquela mistura de medo, raiva e morte, tinham-no excitado bastante.
— E agora, o que a gente faz? — repetiu ela, grudando-se a ele.
Fabrizio sentiu o coração de Larita batendo forte, por trás dos seios.
— Não sei... Desculpe, mas... Não podemos ficar aqui? O que importa? — Tinha esquecido o antigo prazer de sentir a consistência de um par de seios não refeitos.

— Ficou maluco?

— Por quê? Vamos esperar o amanhecer. Podemos nos esconder nas brenhas e, como seres primitivos e sem regras... — Se aquela não fosse a vida real, mas um romance seu, agora o protagonista agarraria Larita e, sem muitas conversas, iria despi-la e possuí-la sobre a carcaça do elefante, e o sangue, o esperma e as lágrimas se confundiriam numa orgia ancestral. Sim, no novo romance incluiria uma bela cena de sexo desse tipo. Na Sardenha, em algum lugar perto de Oristano.

Larita interrompeu os pensamentos dele.

— O parque está cheio de bichos ferozes. A tigresa... Os leões...

Fabrizio se esquecera completamente dos animais selvagens. Apertou a mão dela.

— Sim, tem razão, devemos sair daqui. Mas não se enxerga nada. Esperemos que o defeito seja resolvido logo.

— Devemos seguir pela trilha.

— Mas de que lado fica a *villa*? À direita ou à esquerda?

— À esquerda, acho. Espero...

— Tudo bem. Vamos pela trilha. Fica a poucos metros. — Fabrizio exibiu um tom decidido. Apesar do medo das feras, ter ao lado aquela mulher para proteger fazia-o se sentir forte e impávido. Levantou-se e ajudou Larita a fazer o mesmo. — Segure-se no meu cinto e fique atrás de mim. — Estendeu os braços como um sonâmbulo e, cambaleando entre as rochas, deu uns passos incertos no escuro. — Mas deste jeito podemos cair. É melhor engatinhando.

E assim, de quatro, os dois avançaram até sentir o cascalho sob as palmas das mãos.

Ali, no centro do desfiladeiro, aonde não chegavam as árvores, o céu refletia as luzes da cidade e era possível vislumbrar uma paliçada que delimitava o fosso no meio do caminho.

— Cá estamos! — Fabrizio ficou de pé. — Vamos nos segurar à paliçada e prosseguir. Mas antes eu quero uma coisa, do contrário não sei se consigo avançar.

— O quê?

— Outro beijo.

Abriu a boca e sentiu a língua dela que deslizava sobre a sua e se movia, lambendo-lhe o palato e as amígdalas. Ele a abraçou, quase a espremendo, mas evitou deixá-la perceber a ereção.

Sim, formavam realmente um belo casal.

Com esta eu me caso...

Que sorte tê-la encontrado! E o mérito era daquele palhaço do Salvatore Chiatti e de sua festa de merda.

Tudo bem, Sasà, eu te poupo. Não escrevo contra você.

55.

— Boa! Zumbi, você é o máximo! — gritara o líder das Bestas de Abaddon, levantando os punhos, quando as trevas caíram sobre a Villa Ada.

Já era hora de alguma coisa dar certo. Agora, devia pegar a cantora.

Mantos apontou a lanterna ao seu redor, para ver onde se encontrava. O caminho que ele percorria entrava por uma espécie de desfiladeiro que dividia o bosque em dois. Puxou da mochila o mapinha da Villa Ada e o estudou atentamente.

— Perfeito! — Estava na direção certa: devia seguir todo aquele cânion e chegaria diretamente ao lago onde haviam organizado o bivaque para os participantes da caça ao tigre. Ali encontraria a cantora junto com os outros convidados, todos apavorados. Na confusão, e com o auxílio das trevas, anestesiá-la e raptá-la seria moleza.

Todo contente, começou a correr, a Durindana na mão esquerda, a lanterna na direita, e com a adrenalina lhe inflando as artérias. Que fenômeno singular, agora que estava para morrer se sentia vivo como jamais se sentira na vida, capaz de fazer qualquer coisa. Satanás estava finalmente do seu lado. Ele era um zagueiro líbero, um espírito anárquico, um rastreador do caos. E Zumbi era seu natural parceiro satânico. Alguém que, como ele, não temia a morte e dava tudo de si onde reinava o caos.

Você vai ver só com quem está lidando, meu caro Kurtz Minetti.

Enquanto dava um salto para transpor uma poça, percebeu que um lampejo às suas costas clareava a estradinha. O líder das Bestas apagou a lanterna, jogou-se ao lado do caminho e se escondeu atrás de um carvalho.

Vinha chegando um automóvel. Ele via as luzes dianteiras se aproximarem, mas não escutava ruído nenhum. Devia ser um daqueles carrinhos elétricos usados para se deslocar na Villa.

Imobilizou-se e esperou que o veículo passasse. Dentro, havia só o condutor.

E se eu tomasse esse carro? Poderia usá-lo para carregar Larita e levá-la ao local do sacrifício.

Sem pensar muito, lançou-se de cabeça baixa em perseguição ao carrinho.

56.

Fabrizio Ciba, feliz, pensou que dali a poucos dias estaria com sua gata em Maiorca, em Capdepera, em sua casa. Depois se lembrou da umidade, das aranhas mortas na banheira, nos termossifões enguiçados. E da escrivaninha com o romance que o aguardava. Devia reformular todo o enredo, cortar pers...

O cérebro do escritor entrou em ponto morto por um instante e depois apagou, cancelando o último pensamento.

Como se chamava aquele hotel cinco estrelas, com spa...?

Deviam tirar umas férias como Deus manda, partir para um lugar distante, onde os dois pudessem desligar a cabeça e viver sua história de amor. Ele pousou um braço sobre os ombros de Larita, como se fossem velhos companheiros.

— Que tal umas feriazinhas pra gente se recuperar? Sei lá, talvez nas Maldivas. Sabe aqueles bangalôs de frente para o mar, as noites de mormaço, circundadas por uma cúpula de estrelas, as camas com mosquiteiro?

— Claro, eu gostaria. — Larita ficou em silêncio um instante. — Escute, Fabrizio...

— Diga.

Ela levou alguns segundos para fazer a pergunta:

— Você é comprometido?

— Eu? Está brincando? — apressou-se Ciba a responder.

— Tem horror à ideia?

— Não, de jeito nenhum. É que eu sou escritor... Bem, você faz música, talvez possa me entender. Tenho certo medo dos sentimentos; se forem muito fortes, temo que me esgotem. É um medo irracional, eu sei, mas tenho a sensação de que, vivendo um amor, não me reste muito para dar aos personagens dos meus livros.

— Estava revelando a ela uma coisa que jamais contara a ninguém.

— Com isso, não quero dizer que não estou disposto a tentar. E você? — Gostaria de olhá-la, mas o escuro só deixava entrever sua silhueta.

— Saí de uma relação difícil com um cara que se detestava. Em outras palavras, um babaca. E, com ele, corri o risco de morrer. Fui salva pela comunidade de dom Toniolo e pela fé.

Enquanto Larita falava, Fabrizio se lembrou de ter lido em algum lugar que ela havia sido namorada de um cantor toxicômano e que por pouco os dois não tinham morrido de overdose.

— Depois, de volta à vida, não tive coragem de entrar em outras relações. Tenho medo de topar com outro babaca. Embora ficar sozinha seja um pouco triste, às vezes.

Fabrizio puxou-a para si e lhe cingiu a cintura.

— Nós dois poderíamos ficar numa boa, juntos. Eu sinto.

Larita riu.

— Não sei por quê, mas eu tinha certeza de que você era noivo. Depois do almoço na *villa*, tentei falar com meu agente para descobrir, mas o celular dele estava desligado. Mas me diga, você acredita no destino?

— Acredito nos fatos. E os fatos dizem que somos dois sobreviventes. E dizem que devemos tentar. — Abraçou-a com força, como se ela pudesse fugir, e a beijou. Que pena estarem no escuro, ele gostaria de fitá-la nos olhos.

Ela se afastou de repente:

— E se, em vez das Maldivas, fôssemos a Nairóbi?

— Quer ir ao Quênia? Estive lá uma vez. Em Malindi. O mar não é ruim, mas vai comparar com as Maldivas?

Recomeçaram a caminhar.

— Não... Não... O que você entendeu? Estou me referindo às favelas de Nairóbi, para vacinar as crianças. Faço isso todo ano. É uma coisa importante. Se você, um escritor famoso, também fosse, seria um grande presente para eles. Ajudaria os missionários a divulgar uma situação terrível.

Fabrizio ergueu os olhos para o céu. Puta merda, ele queria tirar uma semana tranquila de descanso e ela, como resposta, lhe propunha um pesadelo humanitário.

— Bem, sim... Claro... Poderia ser... Mas... — balbuciou.
— Mas o quê?
Fabrizio não conseguiu evitar ser sincero.
— Pois é... Eu estava pensando numas férias. Cinco estrelas. Desjejum na cama. Coisas assim.
Ela lhe acariciou o pescoço.
— Você verá, vai ser mil vezes melhor... Tenho certeza de que essa experiência até te ajudará a escrever. Você não sabe quantas ideias vêm à cabeça quando a gente está perto de toda aquela dor.
O escritor ficou em silêncio. Se queria ter uma relação séria com uma mulher, devia começar a levar em conta os desejos dela e tentar lhe transmitir confiança. E Larita era especial, tinha uma força que ele jamais imaginaria, era um tufão que varre tudo o que aparece pela frente e, ao mesmo tempo, tinha algo de vulnerável e ingênuo que o questionava completamente.
— Sim — disse Fabrizio. — Tudo bem, eu vou. Levo o computador e à noite, depois das vacinas, escrevo.
Larita apertou com força a mão dele e, com voz emocionada, disse:
— Bom, vamos sair deste lugar. O mundo de verdade nos espera.

57.

Por sorte, aquela geringonça era lenta.
Já sem fôlego, Mantos estendeu a mão, agarrou-se à porta traseira e, com um salto desajeitado, subiu no carrinho. O condutor não percebeu nada.
No porta-bagagem estavam amontoadas grandes panelas das quais saía um intenso odor de curry.

Agora, devia se livrar do condutor. Baixou o capuz, contraiu-se como um gato e, soltando um rugido à Sandokan,* lançou-se sobre o homem, o qual, ao ouvir aquele urro bestial e acreditando que fosse a tigresa, freou instintivamente.

O líder das Bestas de Abaddon, empunhando a espada, continuou seu voo, planou além do capô do carrinho e caiu agachado como um leão no meio da trilha. A Durindana voou longe. O para-choque parou a 20 centímetros dos seus pés.

Mbuma Bowanda, originário de Burkina Faso, onde durante anos havia sido pastor, tinha visto uma estranha criatura se atirar acima de sua cabeça, ultrapassá-lo e desaparecer diante do focinho do carro.

Em sua aldeola perto de Uagadugu, a capital de Burkina Faso, existia a antiga crença de que, nas noites de lua cheia, da lama dos rios se formavam demônios alados, negros como piche, que roubavam as ovelhas e as vacas. Eram chamados Bonindà. Ele não acreditava nessas fábulas folclóricas, mas aquele ser era igualzinho aos monstros dos quais lhe falava sua avó em sua infância, quando o fazia adormecer.

Trêmulo, levantou-se do assento. O demônio ainda estava caído diante do veículo. Parecia morto.

Vou passar por cima dele...

Mas não fez isso. Até porque não tinha certeza de que era possível matar os demônios assim, e de qualquer modo as rodas do carrinho eram pequenas demais para passar por cima do monstro.

---

* Popularíssimo na Itália, o pirata e herói Sandokan foi criado no fim do século XIX pelo escritor Emilio Salgari (1862-1911), e protagonizou vários romances de aventura, mais tarde adaptados para o cinema e a televisão. (N. da T.)

Acabava de engrenar a ré quando o demônio negro se ergueu do chão, de cabeça baixa, apoiou as mãos no capô e soltou um berro aterrorizante.

Haviam contado a Mbuma que o medo faz as pessoas se mijarem, mas isso sempre lhe parecera um exagero. Teve que mudar de ideia. Acabava de molhar a cueca.

Com um salto, saiu do carrinho e começou a correr acelerado em direção à *villa*.

Apesar das mãos e dos cotovelos arranhados pelo cascalho, o líder das Bestas de Abaddon teve uma espécie de orgasmo ao ver aquele coitadinho fugir apavorado.

O berro à la Sandokan realmente dava medo. Mantos acabava de descobrir que possuía um talento natural para urros. Se soubesse antes, teria usado isso contra Serena, para assustá-la mortalmente quando se apresentara no quarto, nu e armado de espada.

Manquejando, recolheu a Durindana, que fora parar na grama, e entrou no carrinho. Já ia arrancar quando percebeu que alguém lhe gritava para esperar. Não conseguia ver as pessoas, mas não deviam estar longe.

Com medo, hein?

Mantos soltou uma boa gargalhada e decidiu ir recuperar Zumbi. Em dois, seguramente seria mais fácil raptar Larita, e isso lhe evitaria toda a caminhada até Forte Antenne.

Retorno à Villa Reale

58.

Quando os faróis apareceram, Fabrizio Ciba e Larita haviam começado a gritar e a agitar os braços. Mas o carrinho tinha parado a uns 100 metros e, minutos depois, manobrara e voltara atrás.

O escritor balançava a cabeça.

— Mas olha só...

Larita estava diante dele.

— Deixe pra lá, não importa, estamos quase chegando. Acho que estou vendo umas luzes.

Fabrizio percebeu que no fundo do valão as trevas se diluíam em um clarão avermelhado.

— É mesmo! O acampamento não está longe. Vamos lá.

Recomeçaram a caminhar com mais alento, o cascalho rangia sob os passos deles. O clarão, no fundo do cânion, era suficientemente forte para tingir a trilha de vermelho. Uma enorme nuvem escarlate se erguia do lago, dominando as copas das árvores.

— Mas o que estão fazendo? — perguntou-se Larita.

— Devem ter acendido fogueiras para grelhar a carne. — Fabrizio acelerou o passo. — Está me dando uma fome...

— Eu sou vegetariana. Mas, esta noite, talvez uma bistequinha...

Percorridos mais 50 metros, um cheiro sufocante de madeira queimada começou a lhes irritar a garganta. No centro da nuvenzona de fumaça, agora se percebiam compridas línguas de fogo que se refletiam nas águas negras do lago.

Larita cobria a boca com a mão.

— Não é fumaça demais para um churrasco?

Finalmente o cânion se abriu para uma grande planície e para o lago artificial. Bem no centro da bacia, uma casa flutuante estava envolta em chamas. A popa já desaparecera dentro d'água e a proa se levantava, como uma pira.

Larita agarrou a mão de Fabrizio.

— Mas o que está acontecendo?

— Não sei. Deve ser algum espetáculo. Para embasbacar seus convidados, Chiatti seria capaz de matar até a própria mãe.

Avançaram mais um pouco. Larita lhe apontou um carrinho elétrico capotado contra um pinheiro. Panelas de aço estavam viradas no chão e o arroz basmati se espalhava por toda parte. Os dois se entreolharam sem dizer uma palavra, e depois Fabrizio a pegou pela mão.

— Fique junto de mim.

Margearam o lago para chegar às outras chatas, ancoradas diante de um píer protegido por um longo toldo. Na água, nos pontos aonde não chegava o clarão da fogueira, ouviam-se estranhos movimentos, esguichos e bater de nadadeiras. Como se enormes peixes estivessem disputando comida.

Quando se aproximaram do píer, encontraram jogados no chão os fogareiros em forma de cogumelo e as mesinhas do bufê. Garrafas quebradas. Lanternas de papel carbonizadas. E, no meio daquele desastre, uma profusão de javalis-africanos e de abutres vasculhava entre os restos do jantar indiano. Parecia que uma horda de bárbaros tinha acabado de passar.

Uma vozinha sensata na mente de Fabrizio lhe sugeriu que era melhor se afastar dali o mais depressa possível.

Talvez um bando de leões tenha atacado o bivaque.

No entanto, aquilo não parecia obra de bichos, mas de seres humanos. As barracas estavam todas arrancadas e emboladas.

Larita olhava ao redor, perplexa.

— Onde está todo mundo?

Até os garçons, os cozinheiros, o pessoal de serviço tinham desaparecido.

A jovem se dirigiu para o cais. Fabrizio a seguiu a contragosto.

Nos barcos ancorados, a situação não era diferente. O bufê havia sido depredado. Os restos do jantar indiano espalhados entre as flores, as estátuas das divindades hindus quebradas, um tablado abandonado com um sitar destruído. Empoleirado numa mesa, um grande corvo negro bicava pedaços de frango tandoori.

Fabrizio se aproximou de Larita.

— Acho melhor sair daqui o mais rápido possível. Não estou gostando nem um pouco desta história.

Larita apanhou no chão um sapato prateado.

— Não entendo...

— Não importa... Vamos embora.

Atrás deles, uma voz feminina os interrompeu:

— Meu marido...

Uma mulher estava parada na porta, com um olhar catatônico. Os braços pendiam ao longo dos flancos e ela mal se aguentava em pé. O sári que usava estava rasgado e lhe pendia entre as pernas como um trapo. O sutiã tinha uma alça partida e o seio estava marcado por longos arranhões vermelhos. Faltava-lhe um pé de sapato. Os cabelos louros, que ela devia ter arrumado em um coque, agora eram um emaranhado emplastrado de sangue. Um riachinho seco descia ao lado da orelha.

À primeira vista Fabrizio não a reconheceu, mas, observando-a melhor, recordou. Era Mara Baglione Montuori, mulher de um galerista de Milão especializado em arte contemporânea. Ele a conhecia porque ela era a diretora de uma revista de moda e certa vez, muito tempo antes, o entrevistara. Agora era o espectro daquela senhora elegante e esnobe que ele encontrara no Rosati, na Piazza del Popolo. Mostrava a mesma expressão distante e traumatizada de uma mulher recém-estuprada. Como se alguma coisa ou alguém lhe tivesse fulminado o cérebro.

Fabrizio chegou mais perto e percebeu que ela fedia. Exalava um cheiro acre de suor.

— Mara, o que lhe aconteceu? Onde estão os outros? — Fabrizio percebeu que estava com engulhos.

A mulher evitou os olhos dele, mas observou ao redor, lentamente.

— Meu marido...

Larita recolheu do chão uma cadeira e fez a mulher se sentar.

— Onde está ele?

Mara Baglione Montuori tirou o outro sapato e o reteve na mão, como se quisesse niná-lo.

— Meu marido...

A cantora começou a circular pelo barco à procura do marido. Enquanto isso, Fabrizio segurava Mara pelos pulsos, tentando interceptar seu olhar.

— Lembra-se de mim? Eu sou Fabrizio Ciba, nós nos conhecemos.

A mulher o encarou e sorriu como se um pensamento divertido tivesse atravessado sua mente.

— Quarta-feira nós vamos a Portofino, para o casamento de Agnese.

Fabrizio nunca tivera muita paciência com pessoas traumatizadas ou doentes, imagine-se então agora, naquela situação.

— Já percebi que você está transtornada, lamento muitíssimo... Mas agora me explique que diabo aconteceu aqui!

Ela, porém, estava longe. Provavelmente em Portofino.

— Meu marido odeia o marido de Agnese, não entendo por quê. É um bom rapaz. Vai fazer carreira... Na idade dele, Piero não...

Ciba a sacudiu.

— Onde está o seu marido agora? Estava com você?

Mara se agastou, como se Fabrizio a importunasse, e lhe virou as costas. No chão havia uma bandeja de prata, e ela se viu refletida.

— Meu Deus, olha só o meu estado... A maquiagem... Os cabelos... Não posso aparecer assim. — Pegou um garfo na mesa. — Quando crianças, eu e minhas irmãs em Punta Ala usávamos isto para pentear as bonecas. — E começou a passar o garfo entre os cabelos encrostados de sangue.

Ciba, frustrado, jogou a cabeça para trás.

— Não dá. Ela pirou.

— Meu Deus, que horror... Venha cá! Depressa. — Larita estava junto de uma janela e olhava alguma coisa, com uma mão cobrindo a boca.

Fabrizio foi ao encontro dela, criou coragem e também olhou lá para fora.

Ciba sempre havia gostado do canal a cabo Animal Planet, com seus documentários sobre a natureza. Muitas vezes, enquanto escrevia o romance, mantinha a TV ligada naquela emissora. Quando apareciam as sequências em que o predador, descarregando toda a energia dos seus músculos, saltava sobre a presa com a força e a brutalidade da fome, Fabrizio se levantava como que encantado e ia se sentar no sofá para vê-los melhor. Gostava do olho esbugalhado do gnu, da patada do leão, da nuvem de poeira em que felino e herbívoro se embolavam e da cabeça da vítima que se levantava pela última vez.

Naquelas lutas, reconhecia a ferocidade da vida natural. A mesma que governava os assuntos humanos.

Agora que observava ao vivo, a poucos metros de distância, uma cena parecida, não a achou tão excitante. Desviou o olhar da água que se remexia, a fim de ver só de relance. O truque, porém, não funcionou. Ele não conseguia parar de assistir. E, depois de começar, era difícil parar.

Os restos de Piero Baglione Montuori boiavam na água, disputados por enormes crocodilos. Fileiras de dentes arrancavam bocados de gordura do tronco do galerista milanês, famoso por ter descoberto Andrew Dog, o escultor jamaicano. Os répteis, quando não conseguiam rasgar a carne, começavam a girar em parafuso, numa orgia de esguichos sanguinolentos. A cabeça do coitado batia contra as paredes da balsa com o rumor surdo de um coco.

59.

O líder das Bestas de Abaddon freou cantando pneu diante da central elétrica.

Não tinha encontrado Zumbi no caminho, mas em compensação cruzara com grupos de convidados em debandada. Estes, ao vê-lo passar, esbracejavam, pedindo aos gritos que parasse. E mais de um se plantara no meio da pista para tentar bloqueá-lo. Mantos não tinha sequer reduzido a marcha, apesar das pragas que lhe lançavam às costas. Tudo acontecera exatamente como ele havia previsto. Assim que baixara a escuridão, as insossas criaturas da luz tinham entrado em pânico e a Villa se transformara no parque dos horrores. E a ele, que era uma criatura das trevas, o escuro deixara mais determinado e feroz. Empunhando a Durindana, desceu do carrinho, acendeu a lanterna e olhou ao redor.

Onde diabo fora parar Zumbi?

Provavelmente, deve ter resolvido cortar caminho através dos prados e do bosque, cagando para os animais selvagens.

Zumbi era uma Besta de Abaddon e não tinha medo de nada nem de ninguém.

Antes de sair dali, Mantos, por escrúpulo, deu uma olhada na central elétrica.

Ao se aproximar do edifício, percebeu um odor estranho.

Parece carne assada.

O portão estava escancarado. No chão, a corrente com o cadeado e o trinchante quebrado.

Mantos sorriu e apontou a luz para a cabine. A parede ao redor das ombreiras e a madeira da porta aberta estavam pretas como se lá dentro tivesse irrompido um incêndio. Aquele maluco do Zumbi havia ateado fogo em tudo.

O líder das Bestas baixou a lanterna:

— Ótimo trabalho, meu valente. — O feixe luminoso cortou o pavimento e iluminou um troço preto no meio do aposento. Mantos deu dois passos à frente, para ver melhor o que era.

Um pedaço de pneu queimado? Não... Um sapato.

Deu outro passo à frente. Parecia mesmo um sapato. Um sapato carbonizado. Na sola ainda se reconhecia o salto fundido.

Mantos engoliu em seco várias vezes. Prendeu a respiração e deu mais um passo à frente, sem coragem para apontar a lanterna além dali. Em vez disso, levantou-a.

Então viu, ligada ao sapato, uma perna e em seguida os restos carbonizados de um corpo humano. As roupas deviam ter se queimado completamente, e a pele negra e ressecada estava colada aos ossos como piche. Do tronco só restava uma massa informe, da qual se destacava a caixa torácica. Os braços estavam levantados e os dedos das mãos, retorcidos como se tivessem sido dobrados pelo calor. O fogo havia literalmente comido a cabeça. Dela só restava uma esfera enegrecida e sem traços, da qual despontava uma arcada de dentes longos e brancos.

Reduzido àquele estado, nem mesmo a mãe o reconheceria. Mantos, porém, sabia que era ele. A forma da testa, a altura, os sapatos, os dentes.

Oh... Jesus. Zumbi havia ardido como um fósforo.

A Durindana lhe escapou das mãos e caiu ao solo. O estômago se revirou. Mantos cobriu a boca com a mão e precisou fazer força para não vomitar. As pernas se dobraram. Ele se acocorou ao lado da porta, incapaz de acreditar no que via.

Deve ter se incendiado ao tentar cortar a energia.

Saverio estendeu a mão.

— Zumbi, em que estado você ficou... Como... Meu amigo. — Teve vontade de gritar, de expelir toda a raiva, mas abriu a boca e apertou a cabeça entre as mãos.

Por quê? Por que assim? Não devia ser assim. Não daquele jeito. Deviam se suicidar juntos, unidos, depois de sacrificarem a cantora a Satanás. Esse era o pacto.

Por que você rompeu o pacto?

A dor atropelou Mantos como uma onda, submergiu-o com a força de um vagalhão oceânico. E ele foi ofuscado pela impiedosa luz da verdade.

Morreu por culpa minha. O que eu fiz?

Se não fosse você... Teve a impressão quase de ver aquele manequim carbonizado se erguer do chão e apontar contra ele os dedos retorcidos. *Se não fosse você... Eu estaria agora em Oriolo Romano. Com minha mãe. Com Murder e Silvietta. Com toda a vida pela frente. Quem você pensa que é, para me fazer morrer deste jeito?*

Ainda agachado junto à porta, Mantos se observou. Observou a túnica preta que havia costurado com as velhas cortinas descartadas do cinema Flamingo. Observou a Durindana comprada no eBay. E se deu conta do quanto era patético.

— Mas o que estou fazendo? — sussurrou, esperando que o manequim carbonizado lhe desse uma resposta.

Um grumo de dor explodiu como uma bolha em sua traqueia. Ele começou a piscar os olhos, enquanto as lágrimas lhe velavam a vista. O teatrinho no qual Saverio Moneta, empregado da Movelaria dos Mestres Marceneiros Tiroleses, sonhava ser mau e impiedoso como Charles Manson lhe desabara em cima. Satanás, o grande

Mantos, as Bestas de Abaddon, o sacrifício de Larita, tudo isso eram babaquices inventadas por um homenzinho patético que conseguira levar um rapaz afetado por uma grave depressão a se matar.

Engatinhando e soluçando como um menino, aproximou-se dos restos do seu adepto.

— Me perdoe, Edo... — Pegou o pulso dele, que se esfarelou em sua mão. — O que devo fazer? Me diga o que eu devo fazer.

Ninguém podia lhe responder. Estava sozinho. Sozinho e desesperado como ninguém no mundo. Zumbi não existia mais. Serena e o velho filho da puta queriam vê-lo morto. Murder e Silvietta, estes ele havia perdido.

Sentou-se, fungando e limpando o muco da cara.

Devia pegar aqueles restos e sepultá-los. Ou jogá-los nas águas do lago de Bracciano.

Enxugou os olhos.

— Não vou te deixar aqui... Não se preocupe. Vou levá-lo para casa. Para Oriolo. Chega dessas babaquices todas.

Levantou-se e, ajudado pela lanterna, olhou ao redor. Precisava achar uma caixa grande. O máximo seria uma daquelas sacolonas azuis da Ikea.

Percebeu que num painel estava pregada uma folha de papel dobrada em quatro. Aproximou-se e viu que em cima estava escrito: "Para Silvietta". Pegou-a e já ia abrir quando ouviu às suas costas uma voz masculina que gritava:

— Aí, moçada! Sintam só que cheirinho bom! O churrasco! Encontramos o churrasco! Viva, conseguimos. Seja como for, porra, que enrabação, esta festa! Chiatti é um miserável, não pagou nem a conta de luz.

Massa da meia-noite, com molho all'amatriciana

60.

Fabrizio puxou Larita de lado e disse baixinho:
— Agora eu e você, como quem não quer nada, vamos embora deste lugar. E correndo, aliás. Tenho um péssimo pressentimento.
— E aquela pobre mulher? — A cantora apontou Mara Baglione Montuori, que continuava a desembaraçar os cabelos com o garfo. — O que vamos fazer?
— Não podemos levá-la, ela nos atrasaria. Assim que encontrarmos alguém, pedimos para vir buscá-la.
Larita estava incerta.
— Não sei... Deixá-la aqui, sozinha, não me parece correto.
— É correto, vá por mim. — Fabrizio pegou-a pela mão e a puxou para o píer. — Ao que me lembro, perto do lago tem um acesso para a Villa Reale. — Arrancou do solo uma comprida vara de bambu em cuja ponta ardia uma lâmpada a óleo. — Vamos lá.
Encaminharam-se por uma alameda ladeada por grandes plátanos, deixando o lago para trás.
Muitas perguntas giravam dentro da cabeça do escritor. Ele continuava a ver os crocodilos arrancando pedaços de carne do corpo dilacerado do galerista.
Larita caminhava ao seu lado, de cabeça baixa, sem falar.
Fabrizio ia lhe pedir para se apressar quando notou, ou lhe pareceu notar, uns movimentos no escuro. Acenou a Larita para se deter e ficou escutando. Nada. Ouvia-se apenas, ao longe, o ruído dos automóveis na Salária.
Devo ter me enganado.

Observou Larita, que estava com os olhos brilhando e tremia.

Ciba percebeu que seu coração batia disparado. Tomou-lhe a mão:

— Devemos estar quase chegando.

Retomaram a marcha.

— O que é aquilo? — guinchou Larita, dando um salto para trás.

Fabrizio se imobilizou.

— Onde?

— Naquela árvore.

Fabrizio, com as pernas moles como tentáculos, levantou a lâmpada para o ponto que Larita indicava. Não via nada. Deu um passo à frente, agitando a lâmpada ao seu redor. Os ramos das árvores se debruçavam sobre a trilha. Não havia nada, mas que merda, ele estava se cagando. O pânico lhe apertou a garganta.. O que era aquilo?

Uma silhueta negra estava pendurada num galho.

Um macaco?

Não podia ser um macaco. Grande demais.

Um gorila?

Gordo demais. Por um instante, ele pensou que fosse uma escultura, um boneco pendurado.

Recuou e a luz fraca da lâmpada clareou o resto da copa da árvore. Pendurados, havia mais dois...

Homens.

Uns gordalhões se balançando.

Virou-se e gritou para Larita:

— Fuja! Depressa!

Ouviu atrás de si um ruído abafado e um ronco. Um daqueles monstros devia ter pulado para baixo.

Começou a correr esbaforido. A lanterna se apagou em suas mãos e a única luz que restou foi a do bivaque, ao longe.

Galopava desesperado como jamais fizera na vida, sentindo o cascalho que rangia sob as solas dos sapatos e o ar que lhe redemoinhava traqueia abaixo.

Esperava que Larita estivesse ao seu lado.

E se ela tiver ficado para trás?

Vire-se! Pare! Chame a garota!, gritava sua cabeça.

Queria fazer isso, mas só conseguia correr e torcer para que ela estivesse fazendo o mesmo.

No entanto, poucas dezenas de metros depois, ouviu-a gritar.

Eles a pegaram! Puta merda, eles a pegaram!

Enquanto corria, olhou para trás. Tudo estava imerso na escuridão, e naquela escuridão ele ouviu os lamentos dela e os ruídos guturais dos monstros.

— Fabrizio! Me ajude! Fabrizio!

Parou, dobrado ao meio pela falta de fôlego, e suspirou:

— Estou velho demais para esta merda. — Depois, com uma coragem inesperada, gritou: — Soltem a moça, filhos da puta! — E retornou, de punhos fechados, de olhos fechados, girando os braços, esperando assustá-los, enxotá-los, aniquilá-los.

Mas tropeçou, despencou no solo e bateu a mandíbula contra o cascalho. Apesar da dor, levantou-se, com sangue nos dentes, e, no momento em que se levantava, um punho, um bastão, algo pesado, se abateu com uma violência inaudita sobre seu ombro direito e ele se viu de novo no chão, e, gritando até explodir as têmporas, tentou teimosamente se levantar de novo, mas outro punho afundou em seu estômago.

Fabrizio Ciba se afrouxou como um balão rasgado e mil luzinhas de cor laranja explodiram diante dos seus olhos. Expeliu todo o ar que trazia no corpo e, enquanto estava ali, quase agonizando, sentiu umas mãos enormes que o agarravam e o carregavam com a mesma facilidade com que uma pessoa carrega uma sacola de supermercado.

Estava em apneia, acomodado sobre o ombro do ser que caminhava. Abriu os olhos. O céu rosado estava acima dele, podia tocá-lo com a mão e sentia o ronco dos seus pulmões espremidos que, como saquinhos sob vácuo, reabsorviam o ar.

E enquanto dizia a si mesmo que conseguiria respirar de novo e não morrer, percebeu que a escuridão era algo mais do que a simples ausência de luz. Era a substância na qual se asfixiaria.

Um golpe na nuca lhe arrancou aquele último pensamento.

61.

— O que você está comendo? Nos dê alguma coisa. Não seja egoísta.

Saverio Moneta viu três sujeitos que metiam a cara pela porta. O mais alto, com uma franjona e óculos sem armação, ele seguramente havia visto na TV, devia ser um apresentador. O outro, mais atarracado e com uma testa de dois dedos de altura, devia ser um político. E o terceiro, bah... Não o conhecia.

Com seus uniformes de caçadores assinados por Ralph Lauren, com seus cabelos cheios de gel, com aquelas garrafas de champanhe na mão, sentiam-se uns deuses, mas eram só três merdas bêbados.

Saverio entendia daquela raça de merdas. Tivera que lidar com aquele tipo de gente precocemente, na época da escola. Costumavam circular em grupo, para dar força um ao outro. E se te enquadravam, se compreendiam que você queria ser deixado em paz, giravam ao seu redor como hienas esfomeadas.

Com sorte, limitavam-se a te esperar fora da escola e, com um pretexto qualquer, compravam briga, te espancavam e tudo acabava ali. Outras vezes, porém, se mascaravam de amigos, eram simpáticos e cordiais, te faziam acreditar que você podia ser um deles, e a essa altura, como um babaca, você baixava as defesas e eles te despedaçavam o coração, te sacaneavam. Depois te jogavam fora como um brinquedo quebrado. Mas aos domingos iam à missa com as famílias e comungavam. Depois do ensino médio, patrocinados pelo capital familiar, partiam para estudar no exterior. Ali se refinavam e, quando retornavam a Oriolo, eram advogados, especialistas em direito comercial, dentistas. Pareciam pessoas de bem, mas por baixo ainda eram uns merdas. Muitas vezes iam parar na política e falavam de Deus, de valores familiares e pátria. Esses eram os novos próceres da cultura católica.

Saverio escondeu às pressas, no fundo do bolso da calça, o bilhete de Zumbi. Apertou os olhos e seus lábios se estiraram num esgar sardônico.

— Querem ver o que eu estou comendo?

O sujeito de cavanhaque comemorou.

— Nós dois nos entendemos, irmão. Mostre os tesouros que está escondendo.

E o político acrescentou:

— Compartilhe com seus amigos.

Saverio se voltou, com os olhos espiritados. Recolheu do chão o corpo de Zumbi. Espantou-se do quanto pesava pouco.

— O que preferem, uma coxa ou um braço? — E mostrou os restos carbonizados.

De início, os três não entenderam o que era. O sujeito de cavanhaque deu um passo à frente e em seguida um para trás, numa espécie de tarantela desajeitada.

— Meu Deus...

— Que merda é isso? — perguntou o político, agarrando o braço do apresentador.

— Parece um morto incinerado. Caralho, que nojo — concluiu o terceiro, deixando cair a garrafa de champanhe, que se desintegrou em mil cacos.

Saverio pousou Zumbi no chão, pegou a Durindana com as duas mãos e a ergueu acima dos ombros.

— E então, o que eu corto pra vocês? Um braço ou uma coxa?

Os três desgraçados se voltaram e fugiram, empurrando-se para passar na frente através do portãozinho. O político soltou um berro desesperado e afundou até o tronco no solo, que se abriu como uma boca para engoli-lo. O coitado começou a esbracejar, mas ali embaixo alguma coisa o puxava. Ele abriu os braços, tentando se opor, mas um instante depois já desaparecera no buraco negro.

Os outros dois permaneceram ali, de pé na beirada, sem saber o que fazer. Depois o apresentador criou coragem e se debruçou um instante sobre o buraco, mas um instante foi suficiente para que um braço enorme brotasse e lhe agarrasse a barbicha. Arrastado pela cabeça para dentro do buraco, ele também foi absorvido nas vísceras da terra.

O terceiro estava prestes a fugir quando uma mão apareceu e lhe segurou o tornozelo, para puxá-lo. O homem acabou no chão e começou a dar chutes para se soltar. Com o outro pé, golpeava a manzorra agarrada à sua perna. E não adiantava nada. Aqueles dedos, grossos como charutos e de unhas pretas, eram insensíveis à dor. O cara tentava resistir, firmando as mãos sobre o terreno, e implorava:

— Me ajudem! Por favor! Me ajudem!

Conseguiu se agarrar a uma estaca do portão. Só que outra mão lhe pegou a perna livre e a essa altura não havia nada a fazer: ele também desapareceu no buraco.

Saverio Moneta, petrificado à porta da cabine, havia visto toda a cena. Não tinha durado nem três minutos.

Caralho... Caralho... Caralho... Era a única palavra que seu cérebro conseguia conceber, enquanto ele via que do buraco, lentamente mas sem muito esforço, saíam dois braços grossos como presuntos, seguidos por uma cabeça pequena e careca, encaixada entre dois ombros caídos, e pelo resto de um ser enorme, envolto em pneus de carne. Parecia estar usando uma malha de ginástica verde de Sergio Tacchini.

Deve pesar pelo menos 200 quilos.

Saverio havia lido vários tratados sobre o uso de armas brancas no Japão feudal e sabia que existia um mítico golpe mortal que o mestre do século XVI Hiroyuki Utatane tinha denominado "O Vento entre os Lótus". Exigia muito equilíbrio, mas, se bem-efetuado, era capaz de arrancar de vez a cabeça do adversário.

Soltou um urro, levantou um pé, saltou no ar e ao mesmo tempo fez uma pirueta de 180 graus, mantendo a Durindana apontada diante de si.

A espada cortou o ar, enquanto o ser, com a rapidez e a graça de uma bailarina obesa, recuou um passo, estendeu a mão e agarrou a lâmina.

Com o contragolpe, Saverio voou para trás e foi parar na parede da casinha. Ainda trazia o cabo entre as mãos. O resto da espada, contudo, estava presa no punho do ser, que a lançou ao chão como lixo.

A porcaria de sempre do eBay... Saverio jogou longe o que restava de sua espada sacrificial. *Acho que vou dar um feedback negativo àqueles filhos da puta de* The Art of War *de Caserta.*

O bicharoco se aproximou a menos de 1 metro. Erguia-se acima dele com todo o seu tamanho.

O líder das Bestas de Abaddon levantou a cabeça para olhá-lo. Um desbotado raio de lua brilhava nos olhinhos vermelhos e inexpressivos do monstro, que balançou a cabeça e sorriu, mostrando uma fileira de dentes tortos e cariados. Saverio se viu agarrado pelos braços e soerguido. Fechou os olhos, tentando reabsorver nos pulmões toda a dor.

Sentia a respiração pútrida do monstro. Gostaria de lhe cuspir na cara, mas já não tinha saliva na boca.

Não importa. Estava pronto para morrer. Não pediria, não imploraria. Morreria como Mantos, o deus etrusco da Morte.

O monstro o lançou contra uma árvore, e a última coisa que Saverio viu, antes de se estatelar contra o tronco, foi a Lua, redonda e imensa, que conseguira encontrar um vão entre os véus leitosos das nuvens.

Estava tão próxima...

Terceira parte
Katakumba

> But I'm a creep,
> I'm weirdo.
> What the hell am I doing here?
> I don't belong here.
> RADIOHEAD, *Creep*.

O barão Pierre de Coubertin, nascido em Paris em 1863, é lembrado por haver cunhado a odiosa frase: "O importante não é vencer, mas participar" (que, aliás, não é dele, mas sim de um bispo da Pensilvânia). Além disso, Coubertin é conhecido por ter reformado o sistema educacional francês e ressuscitado no mundo moderno os antigos jogos olímpicos gregos. Grande defensor do esporte e da atividade física na formação do caráter da juventude, o barão foi encarregado pelo governo francês de constituir uma sociedade esportiva internacional. Depois de consultar catorze nações, fundou o Comitê Olímpico Internacional, que em 1896 organizou em Atenas as primeiras Olimpíadas modernas. Foi um sucesso enorme, repetido quatro anos depois em Paris. A terceira Olimpíada se deu em 1904, em Saint Louis, nos Estados Unidos. Para a quarta edição, o barão esperava levar os jogos olímpicos a Roma, por seu desejo de recriar a mítica rivalidade entre Roma e Atenas, as duas potências do mundo antigo. Naquele período, porém, a Itália, para variar, tinha problemas econômicos e declinou da oferta.

Em 16 de junho de 1955, o sonho do barão de Coubertin finalmente se tornou realidade: a cidade de Roma, após uma empolgante disputa com Lausanne, conquistou o direito de receber os Jogos da XVII Olimpíada, previstos para 1960.

O governo italiano investiu cerca de 100 bilhões de liras para mostrar ao mundo inteiro que a Itália também fazia parte do exclusivo clube dos países ricos.

A Cidade Eterna se transformou num canteiro de obras a fim de se preparar para o evento. Construíram-se novas ruas e edificou-se, entre o parque de Villa Glori e a margem do Tibre, uma vila olímpica para hospedar os atletas provenientes de todo o mundo. Uma grande área de prédios modernos, imersos no verde, a poucos quilômetros do centro histórico. Ergueram-se dois ginásios esportivos. O estádio Olímpico foi reformado para conter até 65 mil espectadores. Também se construíram novas piscinas, velódromos, campos de hóquei. E, pela primeira vez na história das Olimpíadas, as imagens das competições foram transmitidas para toda a Europa pela RAI.

Roma se fez notar no mundo pela beleza dos campos de competição: as Termas de Caracalla recebiam a ginástica, a basílica de Maxêncio a luta, enquanto a maratona partia do Capitólio e, seguindo a Via Appia Antica, terminava sob o Arco de Constantino. Justamente na maratona, aconteceu algo extraordinário. Abebe Bikila, um pequeno atleta da Guarda Imperial etíope, venceu a prova correndo descalço. Transpôs a faixa de chegada com o novo recorde mundial.

Com a beleza de 36 medalhas, a Itália se colocou no terceiro lugar do pódio, atrás dos soviéticos e dos americanos.

Tudo isso é mais do que conhecido. O que pouquíssimos sabem, porém, é o que aconteceu a um grupinho de atletas soviéticos durante a noite de encerramento dos jogos.

A URSS participava dos Jogos Olímpicos havia somente duas edições. Em 1952, em Helsinque, acontecera a primeira aparição de atletas soviéticos. Antes disso, os dirigentes do Partido Comunista consideravam os jogos "um meio de desviar os trabalhadores da luta de classes e de adestrá-los para novas guerras imperialistas". Na realidade, a atitude desconfiada do Kremlin escondia a intenção de só se apresentar à ribalta olímpica quando a União Soviética pudesse exercer um papel de protagonista. De 1952 em diante, as duas superpotências, congeladas pela Guerra Fria, encontraram nas Olimpíadas um perfeito campo de batalha para demonstrar toda a própria força. De um lado a União Soviética, com uma férrea organização paramilitar incessantemente incrementada por estudos científicos, levantando suspeitas e insinuações sobre o uso de medicamentos para potencializar seus atletas. De outro, os Estados Unidos, protagonistas de todas as edições dos Jogos a partir de 1896, amparados pela possibilidade de selecionar os melhores entre os milhares de desportistas dos colleges *e das universidades.*

Humilhada nas Olimpíadas de Helsinque, e vencedora em Melbourne por margem mínima, a União Soviética chegara a Roma com a intenção de mostrar a superioridade do regime comunista.

A representação soviética era separada de todas as outras e ocupava prédios reservados. Os atletas não deviam ter nenhum contato com os das nações que eram o símbolo do capitalismo ocidental corrupto. Eram constantemente mantidos sob controle por funcionários do Partido.

Entre os atletas encontravam-se Arkadii e Liudmila Brusilov. Ele, lançador de dardo; ela, ginasta artística. Tinham se casado em 1958 em Kutuko, uma aldeia vizinha a Moscou. Ambos alimentavam um sonho: abandonar a URSS *e ir viver no Ocidente. Detestavam o regime autoritário comunista e queriam ter seus filhos no mundo livre. No entanto, isso era apenas um sonho, ninguém podia deixar o país. E valia ainda mais para atletas considerados representantes oficiais da ideologia e da força soviéticas em todo o mundo.*

Durante os jogos, os dois começaram a organizar um plano para se evadir e se refugiar no Ocidente. Um dia depois de ganhar a medalha de prata, Liudmila deixou escapar para Irina Kalina, uma saltadora com vara que dividia com ela o alojamento, seus projetos de fuga. Irina pediu que o casal a levasse junto. Explicaram-lhe que era perigoso e que aquela escolha condicionaria o resto da existência deles. O KGB não lhes daria trégua. Deviam se refugiar num lugar secreto e viver em total clandestinidade.

— Não importa... Estou disposta a tudo — disse Irina, cujo avô tinha acabado num gulag *na Sibéria.*

Lentamente, o segredo começou a circular entre os atletas. E por fim eram 22, entre homens e mulheres, organizando a evasão.

Do modo como progrediam as competições, era evidente que os soviéticos obteriam o triunfo. E, depois do encerramento dos Jogos, seguramente comemorariam o fato de ter derrotado, pela segunda vez e de maneira ainda mais vigorosa, os imperialistas americanos.

E assim foi. Os dirigentes organizaram um jantar para toda a delegação com travessas de salada russa, carpa cozida, batatas recheadas e cebolas refogadas, tudo regado por litros de vodca. Já às nove da noite, organizadores, treinadores, atletas e funcionários do Partido estavam bêbados. Uns cantavam, outros declamavam velhos poemas, outros executavam baladas ao piano. O clima, aparentemente, era feliz, mas por trás estava velado por uma terrível nostalgia.

Os 22 dissidentes haviam enchido de água suas garrafas de vodca. A um sinal preestabelecido de Arkadii, todo o grupo se encontrou no jardim do pavilhão. Os dois guardas jaziam adormecidos em cima de um banco. Foi fácil transpor o muro e fugir, protegidos pela noite romana.

Correram velozes ao longo do Tibre, até os campos esportivos da Acqua Acetosa, dali subiram sem jamais se deter até o bairro Parioli e se viram diante de uma grande colina coberta de bosques. Não sabiam, mas aquele era Forte Antenne, a ponta extrema de um imenso parque chamado Villa Ada.

Entraram lá, e deles nunca mais se soube nada.

Obviamente as autoridades soviéticas negaram o fato. Não podiam admitir perante o mundo que alguns de seus mais gloriosos atletas haviam fugido, repudiando o comunismo e seu próprio país. Desencadearam os serviços secretos para localizá-los e fazê-los pagar. Durante anos, os agentes os procuraram em todos os lugares do mundo. Nada. Um tiro n'água. Eles pareciam ter se dissolvido, como se algum país ocidental os tivesse ajudado a diluir seus rastros.

Como dissemos, o subsolo da Villa Ada é atravessado pelas antigas catacumbas de Priscilla. Mais de 14 quilômetros de galerias e cubículos escavados no tufo, divididos em três níveis lotados pelos despojos dos antigos cristãos. O nome da necrópole se deve à romana Priscilla, nascida na segunda metade do século II d.C. Parece que essa mulher doou o terreno aos cristãos, que ali escavaram seu cemitério.

Lá dentro se esconderam Arkadii e a companhia dos dissidentes. Depois de percorrer a necrópole de alto a baixo, eles organizaram suas moradas na galeria do nível mais profundo, a mais de 50 metros da superfície terrestre. Essa zona, fresca no verão e quente no inverno, tinha sido explorada, mapeada, e finalmente fechada ao público e esquecida. Os turistas visitavam apenas uma parte do nível superior, na zona em frente ao mosteiro das irmãs beneditinas.

Somente à noite, quando o parque fechava, os russos subiam as galerias e saíam para procurar comida. Sua alimentação se baseava principalmente naquilo que os romanos abandonavam durante o dia: restos de sanduíches, fritadas, batatas fritas e tira-gostos, lanchinhos, snacks, a sobra das latinhas de Coca-Cola. A economia deles era basicamente centrada na coleta de rejeitos. Semelhante, sob certos aspectos, à das populações coletoras do Paleolítico. Vestiam-se com malhas, agasalhos e bonés que os distraídos esqueciam nos gramados ou perdiam nos percursos esportivos equipados. Os estudiosos do comportamento animal poderiam comparar a relação que se instaurou entre os atletas soviéticos e os romanos à simbiose entre os hipopótamos e as garças. Essas esplêndidas aves vivem sobre o dorso dos grandes mamíferos, nutrindo-se dos parasitas da pele deles. De igual modo, os romanos encontravam a Villa sempre limpa, e os russos, comida e roupas.

Nas galerias das catacumbas, a pequena comunidade começou a se reproduzir e foi aumentando aos poucos. Obviamente, sendo uma população reduzida, os cruzamentos entre consanguíneos ocorriam com frequência, gerando uma deriva genética incontrolada e acelerada. De igual modo, a vida subterrânea, na escuridão dos túneis, e uma dieta rica em carboidratos e gorduras contribuíram para transformá-los *morfologicamente. As novas gerações eram obesas, com graves problemas dentais e bastante pálidas. Em compensação, tinham uma visão adaptada ao escuro e, como descendiam diretamente de atletas, eram muito ágeis e fortes.*

Parece incrível, mas em quase cinquenta anos ninguém notou a presença deles. Só entre os varredores e os encarregados da manutenção da Villa Ada circulava a lenda sobre os homens-toupeiras. Contava-se que à noite eles saíam pelos buracos de ventilação das catacumbas e limpavam toda a imundície do parque, livrando-os do grosso do trabalho. Também havia, contudo, os que juravam tê-los visto saltar de uma árvore a outra, realizando acrobacias inacreditáveis. Isso, porém, parecia apenas mais uma lenda metropolitana.

A aquisição da Villa por parte de Chiatti rompeu a delicada relação entre o parque e seus moradores subterrâneos.

De um dia para outro, os russos não encontraram mais as cestas de lixo que regurgitavam restos de comida. E lentamente o parque se povoara de bichos ferozes. Não sendo caçadores, mas coletores, e com um metabolismo que constantemente exigia glicose e colesterol, os habitantes das catacumbas começaram a passar mal e a adoecer alimentando-se de ratos, insetos e outros animaizinhos.

Quebrando a antiga e absoluta regra que eles se haviam imposto ao entrarem nas catacumbas, e que proibia sair ao ar livre durante o dia, o velho rei Arkadii enviou à superfície um pequeno pelotão de exploradores munidos de óculos de sol, capitaneado pelo seu filho Ossocatonha, a fim de descobrir que diabo estava acontecendo na Villa.

Ao retornarem, os exploradores contaram que o parque havia sido fechado e se tornara uma espécie de zoológico particular de um homem muito poderoso, que estava organizando uma grande festa.

Convocou-se imediatamente o conselho dos velhos atletas, presidido pelo rei, já totalmente cego e devastado pela psoríase. Ele sabia o que estava acontecendo. Aquilo que sempre temera em cinquenta anos de vida subterrânea. O império soviético acabara por triunfar, invadira a Itália com seus exércitos e agora o comunismo reinava incontestado sobre o planeta inteiro.

Seguramente, aquele parque se tornara a residência de um burocrata, um figurão do Partido, e a festa era uma comemoração da vitória soviética.

— E o que devemos fazer, meu pai? — perguntou Ossocatonha.

O rei demorou alguns minutos antes de responder.

— Durante a noite da comemoração, sairemos a descoberto, atacaremos os soviéticos e pegaremos aquilo de que precisamos para sobreviver.

Show Larita live na Villa Ada

62.

Sasà Chiatti, de roupão de cetim, cuecão listrado e enormes óculos infravermelhos, estava de pé no centro do terraço da Villa Reale. Com o braço direito segurava um fuzil de assalto TAR-21 folheado a ouro, coronha cravejada de cristais Swarovski, e com o esquerdo um lança-granadas M79 com coronha em alabastro e cano folheado em prata. Entre os dentes apertava um charuto Cohiba Behike, preparado pelas hábeis mãos da enroladora cubana Norma Fernández.

Aproximou-se da grande escadaria que levava ao jardim e estendeu as armas num gesto de saudação.

— Bem-vindos à festa.

Jamais poderia imaginar que eles teriam a coragem de se apresentar no dia de sua coroação. Havia sido ingênuo em não pensar nisso. Era óbvio. Assim, diante de todos, sua derrota seria total e absoluta. Uma advertência a quem tentasse enfrentá-los.

Desceu alguns degraus, fez fogo sobre a carrocinha dos superalcoólicos e a desagregou.

— Estou aqui. Apareçam, venham me encarar — gritou, na noite verde do seu visor.

Teve vontade de rir. Queriam puni-lo porque ele ousara se elevar, porque havia mostrado a todos que até um rapaz pobre, filho de um modesto funileiro de carroceria de Mondragone, graças ao seu empreendedorismo se tornara um dos homens mais ricos da Europa. Porque dera trabalho aos desempregados e esperança a um monte de mortos de fome. Porque havia reanimado a economia desta droga de país.

Sua mãe, aquela santa mulher, que não havia estudado mas tinha um cérebro que funcionava, já o avisara. "Salvato, mais cedo ou mais tarde vão achar um jeito de te foder. Vão se juntar e te afogar na merda."

Fazia anos que Sasà Chiatti dormia ansioso, esperando aquele momento. Havia contratado tropas de advogados, especialistas em direito comercial, economistas. Mandara construir uma muralha em torno de sua Villa para se defender, escavar um bunker subterrâneo onde pudesse se esconder, recrutara guarda-costas israelenses e blindara seus automóveis.

Não adiantara porra nenhuma. Eles tinham vindo do mesmo jeito. Haviam sabotado a central elétrica, arruinado a festa, e agora queriam expulsá-lo.

Através do visor noturno percebeu uns dois, bem gordos, que corriam entre os restos do bufê carregando sacolas cheias de comida.

— Indigentes. Sabem de uma coisa? Estou contente, assim acabamos com esta história. — Carregou o lança-granadas. — E querem saber de outra coisa? A festa, os convidados, os VIPs podem ir todos tomar no cu, matem todos eles. E também estou cagando para esta Villa de merda. Podem destruí-la. Querem guerra? Pois terão guerra. — Fez explodir a grande fonte. Estilhaços de mármore, esguichos de água e nenúfares despedaçados se espalharam por dezenas de metros.

Desceu mais três degraus.

— Querem saber quem sou eu, caralho? Querem saber como um malandro de Mondragone se permite comprar a Villa Ada, porra? Pois eu vou lhes explicar. Agora vou lhes mostrar quem é Sasà Chiatti quando fica de saco cheio. — Começou a varrer com a metralhadora as mesinhas do bufê. Os pratos de canapés de trufas, as bandejas de croquetes de frango e as jarras com coquetel Bellini se desintegravam sob os projéteis. As mesinhas se desmanchavam no chão, crivadas de balas.

Era uma bela sensação. A metralhadora se aquecera e lhe queimava a mão. Enquanto puxava do bolso do roupão um carregador e o substituía, ele relembrou o livro que lera sobre os heróis gregos.

Havia um de quem gostava muito, Agamêmnon. No filme *Troia* era representado por um ator excelente, cujo nome lhe fugia naquele momento. O herói grego tinha vencido os troianos e mantivera como butim de guerra uma bela jovem, Criseida. Um deus, um importante, um ajudante de Zeus, oferecera a ele em troca da moça um monte de dinheiro, mas Agamêmnon não aceitou. Agamêmnon não tinha medo dos deuses. E os deuses se vingaram e lançaram contra seu acampamento uma terrível pestilência.

— Esta é a vingança de vocês... — Olhou no alto o céu esverdeado. — Só que os deuses gregos eram grandes e poderosos. Os italianos são miseráveis. Vocês mandaram estes balofos para me matar. — Mirou uma espécie de molosso que arrastava um sacolão cheio de bebidas e o esborrachou no solo.

Chegou ao pé da escadaria.

— Não deveria ser este o objetivo da democracia? A todos uma oportunidade! — Com um movimento brusco, Chiatti recarregou o lança-granadas. — Aproveitem esta oportunidade de ir tomar no cu. — E explodiu um gordalhão que carregava nos ombros um leitão assado.

"Nojentos, mortos de fome... Viva a Itália. — Cuspiu o charuto e começou a correr e a atirar enlouquecido, ceifando os sicários obesos. — *Fratelli d'Italia, l'Italia s'è desta...* — cantava, enquanto as balas do TAR-21 esguichavam por todos os lados. — *Dell'elmo di Scipio si è cinta la testa...** — Acertou um, cujo crânio se abriu como uma melancia madura.

"Imbecis, nem se armaram! Quem acham que são, caralho, para vir aqui assim? Vocês não são imortais. Digam aos que os enviaram que é preciso muito mais para derrubar Sasà Chiatti. — Parou, ofegante, e caiu na gargalhada. — Acho que não vão poder dizer coisa nenhuma, estarão todos arrebentados."

Enfiou outra granada e acertou a Apecar dos Sorvetes Algida. Houve uma explosão que por um instante iluminou como o dia o jardim à italiana, o labirinto de buxo, o gazebo das informações e as barracas de caça. A roda anterior da caminhonete brotou da bola de fogo, transpôs as mesinhas dos aperitivos, os restos da fonte, os canteiros de hortênsias e atingiu o construtor em plena testa.

Com seus 90 quilos, Sasà Chiatti cambaleou e pareceu resistir ao impacto, mas em seguida, como um arranha-céu cujos alicerces foram minados, desabou. Enquanto o mundo ao seu redor capotava, ele apertou com o indicador o gatilho da metralhadora e arrancou a ponta da pantufa de veludo azul, sobre a qual estavam

---

* "Irmãos da Itália, a Itália despertou/ Com o elmo de Cipião cingiu a cabeça." Versos iniciais do hino nacional italiano. (N. da T.)

costuradas suas iniciais em ouro. Dentro havia quatro dedos e uma bela porção do pé.

Ao despencar, bateu com a cabeça contra a quina de uma mesinha de vidro. Uma comprida lasca triangular se plantou bem na sua nuca, atravessou a caixa craniana, a dura-máter, a aracnoide, a pia-máter, e se enfiou no tecido mole do cérebro como uma lâmina afiada em um Danette de baunilha.

— Ahhhh... Ahhhh... Que dor... Vocês me acertaram — conseguiu engrolar, antes de vomitar sobre o próprio corpo os restos semidigeridos dos *rigatoni all'amatriciana* e das almôndegas com pinhão e uva-passa.

Com o visor noturno todo torto, observou o que restava da extremidade de sua perna esquerda. O coto, um amontoado de carne viva e pontas de osso, perdia um líquido verde-escuro como uma torneira sem rosca. O construtor estendeu a mão, puxou de uma mesinha emborcada uma toalha e enfaixou o ferimento como pôde. Depois pegou uma garrafa de *amaro* Averna e bebeu um quarto.

— Filhos da puta. Pensam que me machucaram? Enganam-se. Vamos, me surpreendam, mostrem o que sabem fazer. Estou aqui — disse, acenando para que se aproximassem. Agarrou a metralhadora e continuou a atirar ao redor, até não haver mais nada em que atirar. Ficou em silêncio por um instante e percebeu ter o pescoço e os ombros encharcados de sangue. Tocou a nuca. Entre os cabelos despontava um pedaço de vidro. Segurou-o entre o polegar e o indicador e tentou extraí-lo, mas o caco escorregava. Tentou de novo, ofegante, e assim que o moveu um flash rosa lhe cegou o olho esquerdo.

Decidiu deixar o vidro ali, encolheu-se contra os restos da escultura em gelo de um anjo e, com as poucas forças que lhe restavam, bebeu o resto da garrafa, sentindo o sabor agridoce do Averna misturar-se com o salgado do sangue.

— Vocês não me fizeram porra nenhuma... Não me... Conspiradores de merda. — Da cabeça do anjo e dos esboços derretidos das asas caía uma chuva gelada que lhe deslizava sobre o crânio liso e sobre a máscara de infravermelho, escoava pelas bochechas gorduchas e gotejava sobre a barriga dilatada, sobre o roupão, e aguava a poça de sangue em que ele estava caído.

A morte era fria. E um polvo de gelo envolvia os tentáculos gelados ao longo de sua espinha dorsal.

Pensou na mãe. Gostaria de dizer a ela que seu molequinho lhe queria bem e havia sido corajoso. Mas já não tinha fôlego nos pulmões. Por sorte, escondera a velha na segurança do bunker.

Puta merda... disse a si mesmo, abrindo um sorriso. Era bonito ir embora assim. Como um herói. Como um herói grego na batalha. Como o grande Agamêmnon, o rei dos gregos.

Sentia sono e muito cansaço. Que estranho, o pé já não doía. E também a cabeça já não pulsava, estava leve. Sasà teve a impressão de sair do próprio corpo e de se ver.

Ali, prostrado embaixo de um anjo que se derretia.

A cabeça lhe caiu sobre o peito. A garrafa lhe deslizou entre as pernas. Olhou as mãos. Abriu-as e fechou-as.

Minhas mãos. Estas são as minhas mãos.

No final, eles tinham vencido.

Mas eles, quem?

Salvatore Chiatti adormeceu levando consigo uma pergunta para o além.

63.

Fabrizio Ciba recuperou os sentidos como se emergisse de um poço sem fundo. De olhos fechados, escancarou a boca e permaneceu encolhido em posição fetal, engolindo e expelindo ar. Recordou a escuridão e as pencas de gordalhões pendentes das árvores.

Eles me raptaram.

Ficou parado, sem abrir os olhos, até que o coração começou a desacelerar. Estava dolorido dos dedos dos pés até a ponta dos cabelos. Mal se movia, uma dor atroz lhe subia pelos ombros...

Foi onde me golpearam.

(Não pense nisso.)

... e, através dos músculos do pescoço, se irradiava como um choque elétrico por trás das orelhas até as têmporas. A língua estava tão inchada que quase não lhe cabia na boca.

Eles caíram das árvores.

(Não pense nisso.)

Certo, não devia pensar. Devia apenas ficar parado e esperar que a dor passasse.

Devo pensar em algo bonito.

Pronto, estava em Nairóbi, deitado numa cama. As cortinas de linho movidas por um vento quente. Ao seu lado, Larita, nua, vacinando as crianças quenianas.

Onde está Larita?

(Não pense nisso.)

Dali a pouco se levantaria, tomaria um anti-inflamatório e prepararia para si um belo suco de toranja.

Não funciona.

Estava caído sobre um terreno duro e frio demais para poder fantasiar.

Apoiou a mão no chão. O pavimento, molhado, parecia feito de terra batida.

Não abra os olhos.

Até porque mais cedo ou mais tarde teria de abri-los e descobrir para onde o monstro o levara. Por enquanto, era melhor não, estava na maior merda e não queria outras surpresas ruins. Preferia ficar ali, calminho, imaginando a África.

Havia um odor estranho, de umidade, que lhe dava náusea. Lembrava o odor que se sentia no porão escavado no tufo do palacete do seu tio em Pitigliano. E fazia frio, exatamente como lá.

Estou embaixo da terra. Eram pelo menos cinco naquela árvore. Me raptaram. Era um complô para me raptar.

Um grupo de terroristas obesos tinha descido das árvores para raptá-lo.

Primeiro lentamente, em seguida cada vez mais depressa, seu cérebro começou a elaborar aquela ideia sem pé nem cabeça, a sová-la e fazê-la crescer como se fosse massa de pizza. E ele podia botar a mão no fogo como o rapto havia sido coordenado por aquele filho da puta do Sasà Chiatti, um verdadeiro mafioso em conluio com o poder. A festa, os safáris, era tudo um disfarce destinado a esconder um plano global para tirar do caminho um intelectual incômodo, que apontava o dedo contra a degradação moral da sociedade.

É óbvio, querem me fazer pagar.

Durante toda a sua carreira ele se expusera, indiferente às consequências, contra os poderes ocultos. Considerava isso o dever civil de um escritor. Havia escrito um artigo inflamado contra os lobbies dos lenhadores finlandeses que abatiam as florestas milenares. Aqueles animais que o tinham raptado bem podiam ser uma falange extremista finlandesa.

Em outra ocasião, havia declarado abertamente no *Corriere della Sera* que a cozinha chinesa era uma merda. E todo mundo sabe que os chineses são uma máfia e não deixam impune quem tem a coragem de atacá-los publicamente.

Na verdade, aqueles colossos eram um tanto balofos demais para serem chineses...

E se estivessem mancomunados com os lenhadores finlandeses?
Lembrou-se do grande Salman Rushdie e da *fatwa* islâmica.
E agora vão me justiçar.
Bem, se ia acabar assim, ao menos morreria com a certeza de ser recordado como um mártir da verdade.
Tipo Giordano Bruno.
Ocupado em se desvencilhar do emaranhado de sua mente, o escritor só percebeu que não estava sozinho quando escutou uma voz.
— Ciba? Está me ouvindo? Sobreviveu?
Era uma voz baixa, quase um sussurro. Atrás dele. Uma voz com um desagradável erre dental, aquele que soa quase como um vê. Uma voz que lhe enchia o saco.
Fabrizio abriu os olhos e soltou um palavrão.
Era o mala sem alça do Matteo Saporelli.

64.

No dia em que fora chamado para organizar o *catering* da festa, o imprevisível chef búlgaro Zóltan Patrovič tinha visto de relance, no escritório de Chiatti, uma pintura a óleo de Giorgio Morandi que representava uns garrafões sobre uma mesa.

Aquela obra do pintor bolonhês daria prestígio à sala Emilia-Romagna do seu restaurante Le Regioni.

O local, situado na Via Casilina, esquina com a Via Torre Gaia, estava havia anos no topo dos guias gastronômicos europeus. Tinha sido projetado em 1990 pelo arquiteto japonês Hiro Itoki, como uma Itália em miniatura. Visto do alto, o comprido edifício tinha as mesmas formas e proporções da península itálica, inclusive com as ilhas maiores. Era subdividido em vinte salões que correspondiam, pelo formato e pelas especialidades culinárias, às regiões italianas. As mesas tinham os nomes das capitais.

O quadro de Morandi ficaria perfeito acima da miniadega climatizada onde ele guardava o Lambrusco.

O búlgaro havia decidido que, depois da festa, pediria a tela de presente a Salvatore Chiatti. E se, como imaginava, o construtor opusesse resistência, iria convencê-lo metendo-lhe na cabeça um pouco de confusão.

Agora que a recepção tinha ido para o brejo, que os convidados estavam dispersos pelo parque e que ele vira o corpo sem vida do empresário numa poça de sangue, não havia razão alguma para não recompensar seu trabalho com aquela obra de arte.

No escuro, com uma vela na mão, encaminhou-se silencioso como um gato preto pela escadaria que levava ao primeiro andar da *villa*, abandonada pelos garçons e pelo staff.

Os degraus estavam cobertos de pedaços de móveis, roupas, pratos, estátuas quebradas.

Os gordalhões tinham saqueado a residência. Ao chef não interessava quem eram e o que queriam. Ele os admirava. Haviam apreciado sua cozinha. Ele os vira atirar-se sobre o bufê com um ímpeto e uma violência primordiais. Naqueles olhos incolores, percebera o êxtase ancestral da fome.

Havia algum tempo, às vezes lhe ocorria voltar do seu restaurante sentindo-se cansado e frustrado. Detestava o modo como as pessoas usavam o talher para investigar o prato, intercalavam as garfadas com as conversas, organizavam almoços de trabalho à base de inúteis antepastos. Para recuperar a paz interior, era obrigado a assistir aos documentários sobre a fome no Terceiro Mundo.

Sim, o imprevisível chef búlgaro adorava a fome e odiava o apetite. O apetite era a expressão de um mundo saciado e satisfeito, prestes à rendição. Um povo que saboreia em vez de comer, que belisca em vez de se empanturrar, já está morto e não sabe. A fome é sinônimo de vida. Sem fome, o ser humano é apenas um simulacro de si mesmo e, consequentemente, se entedia e se mete a filosofar. E Zóltan Patrovič odiava a filosofia. Sobretudo aquela aplicada à cozinha. Tinha saudade da guerra, da escassez, da pobreza. Logo venderia sua tralha toda e se mudaria para a Etiópia.

O imprevisível chef búlgaro chegou ao andar de cima. O ar estava saturado de fumaça e, onde quer que pousasse a luz oscilante da vela, havia destruição. Do quarto vinham murmúrios e clarões de um fogo.

A ele não interessava o que estava acontecendo ali dentro, devia ir ao escritório, mas a curiosidade o venceu. Apagou a vela e se aproximou da porta. Uma grande tapeçaria e as cortinas de brocado ardiam, as chamas clareavam o aposento. Sobre o leito com baldaquino, estava deitada Ecaterina Danielsson, completamente nua. Os cabelos, como uma nuvem vermelha, emolduravam seu rosto anguloso. Ao redor da mulher, uns dez obesos murmuravam ajoelhados uma estranha cantilena, estendiam as mãos e tocavam seus minúsculos seios brancos, de mamilos cor de ameixa, o ventre liso com o umbigo feito em taça, o púbis coberto por uma faixinha de pelo cor de cenoura e as pernas longuíssimas.

A modelo, coluna arqueada como um felino, movia preguiçosamente a cabeça, com os olhos semicerrados numa expressão de êxtase, a boca larga e úmida, aberta. Ofegava, pousando as mãos sobre as cabeças dos gordalhões prostrados ao redor da cama como escravos adorando uma deusa pagã.

Zóltan se afastou, acendeu de novo a vela, percorreu o longo corredor e entrou no escritório de Chiatti. Ergueu a chama. Seu quadro ainda estava ali. Ninguém o tocara.

Alguma coisa semelhante a um sorriso surgiu por um instante no rosto do chef.

— Não o desejo, mas devo possuí-lo. — Deu um passo em direção à pintura, mas ouviu ruídos no escuro do quarto. Encolheu-se atrás de uma estante.

Mais do que ruídos, eram sons repulsivos.

Zóltan deslocou a vela e viu entre duas estantes, em um canto, um homem de joelhos. Estava reduzido a um esqueleto. A cabecinha calva, inclinada para o piso, escondia-se entre os ombros delgados e só se via a coluna, com as vértebras que se erguiam como uma cadeia de montanhas. A pele, fina como papel de seda, era coberta por uma rede de rugas e pendia frouxa dos braços, finos como gravetos. Ele despedaçava alguma coisa e a metia na boca, produzindo sons guturais e gorgolejos.

Curioso, o cozinheiro deu um passo à frente. O parquê estalou sob seus pés.

O homem no chão se voltou de chofre e arreganhou os poucos dentes que lhe restavam na boca. Os olhinhos brilhavam como os de um lêmure. O rosto emagrecido estava lambuzado de um líquido escuro e oleoso. A figura recuou, rosnando e encostando-se à parede. Entre as pernas, mantinha os restos de uma grande assadeira de berinjela à parmegiana.

O chef sorriu.

— Está gostosa, não? Fui eu que fiz. Dentro, tem molho de tomate. E as berinjelas são fritas num azeite leve. — Aproximou-se do quadro.

O velho esticou a cabeça, sem perdê-lo de vista.

— Coma à vontade. Eu pego isto aqui e vou embora — disse o chef, com uma voz baixa e tranquilizadora, mas o outro, grunhindo, apanhou a assadeira no chão e se lançou contra ele. Zóltan estendeu a mão direita e lhe agarrou a calota craniana.

Aleksei Jusupov, famoso maratonista, imobilizou-se na mesma hora. Seus olhos se apagaram e os braços caíram ao longo dos flancos. Da assadeira que ele ainda segurava nas mãos, escorreram para o piso os restos da parmegiana.

Que estranho, de repente já não tinha medo daquele homem de preto, pelo contrário, percebeu que gostava dele. Recordava-lhe o antigo monge de sua aldeia. E a mão sobre sua cabeça irradiava um calor benéfico ao longo de seu esqueleto envelhecido e artrítico. Notava como que uma energia curativa que circundava os ossos e amaciava as articulações enrijecidas pelo tempo e pela umidade da vida subterrânea. Sentia-se forte e em forma, justamente como quando era um rapazinho.
Fazia muitos anos que já não pensava naquele período de sua vida.
Corria quilômetros e quilômetros pela margem gelada do lago Baikal, sem nunca se cansar. E seu pai, embrulhado no capote, controlava seus tempos. Para comemorar, se ele tivesse melhorado o recorde, iam pescar sobre um longo embarcadouro de onde se avistavam as montanhas do Barguzin cobertas de neve. No inverno era ainda mais bonito, abriam um buraco no gelo e baixavam as iscas. E, se tivessem sorte, puxavam grandes carpas marrons. Animais vigorosos, que combatiam bravamente antes de ceder.
Como era boa aquela carne gorda, cozida com batatas, couve negra e rabanete! O que ele não daria para ter de novo a sensação daqueles filés que se derretiam na boca, e do rabanete que lhe ardia no nariz...
Aleksei se reviu na cabana de pesca iluminada apenas por um lampião a querosene e pelos reflexos da estufa a lenha. *Papa* o fazia beber um copo de vodca e lhe dizia que aquilo era combustível para o corpo de um velocista, e depois se metiam na cama, sob camadas de cobertas ásperas que cheiravam a cânfora. Um ao lado do outro. E depois *papa* o abraçava com força e lhe dizia no

ouvido, com um bafo que fedia a álcool, que ele era um bom garoto, que corria como o vento e que não devia ter medo... Que era um segredo entre os dois. Que não doía, pelo contrário...
Não. Não quero. Por favor... Papa, *não me faça isto.*

Alguma coisa se rompeu na mente de Aleksei Jusupov.

O calor benéfico desapareceu-lhe dos membros e o terror o envolveu como uma ducha fria. Apertando os olhos cheios de lágrimas, viu à sua frente o pai, vestido de monge.

— Пошёл вон! Я тебя ненавижу* — fez Aleksei, e, recorrendo a toda a força que lhe restava, golpeou o autor dos seus dias com a assadeira de fundo duplo em aço.

O imprevisível chef búlgaro, incrédulo, caiu no chão, e o atleta russo acabou com ele a golpes de assadeira.

*Espetáculo pirotécnico by Xi-Jiao Ming
and the Magic Flying Chinese Orchestra*

65.

O ex-líder das Bestas de Abaddon acordou no escuro, todo moído, chacoalhado como um saco de batatas.

Não demorou muito a compreender que estava nos ombros do monstro que o atirara contra uma árvore. Esperneou, tentando se soltar, mas um braço o apertou suficientemente forte para fazê-lo entender que era melhor ficar quieto, se não queria sufocar. O gordalhão caminhava depressa, sem se cansar, e parecia enxergar

---

* Vá embora! Odeio voce.

perfeitamente nas trevas, virava à direita e à esquerda como se tivesse nascido naquele labirinto. De vez em quando uma baba de lua conseguia escorrer através das aberturas acima da abóbada e das trevas surgiam pequenos esqueletos acomodados nos lóculos de uma comprida galeria subterrânea.

Estou nas catacumbas.

O ex-líder das Bestas conhecia as catacumbas de Priscilla. No ensino fundamental, tinha estado lá com uma excursão da turma. Naquela época, era apaixonado por Raffaella De Angelis. Uma garota magra como uma sardinha, com longos cabelos castanho-escuros e um aparelho de prata ancorado nos dentes. Ela lhe agradava porque o pai tinha um Lancia Delta cor de anil, com poltronas de alcântara azul-celeste.

Para ser simpático, quando avançavam pelas catacumbas Saverio tinha ido atrás dela sem se deixar ver e lhe dera um beliscão na nádega, sussurrando: "O etrusco ainda mata."* E Raffaella, apavorada, soltara um grito, dando cotoveladas. Saverio, atingido no nariz, tinha desmaiado.

Recordava como se fosse ontem seu despertar no cubículo com o afresco da Mulher Velada. Todos os seus colegas de turma formando uma rodinha em torno dele, a professora Fortini balançando a cabeça, a velha freira do convento fazendo o sinal da cruz e Raffaella xingando-o de imbecil. Apesar da dor no nariz, pela primeira vez na vida ele percebera estar no centro das atenções. E havia compreendido que, para ser notado, era preciso fazer coisas extraordinárias (não necessariamente inteligentes).

O pai de Raffaella o levara para casa no Lancia Delta, que exalava o cheiro bom dos carros novos.

---

* *L'etrusco uccide ancora* (1972), filme de terror, dir. Armando Crispino. (N. da T.)

Que fim teria levado aquela garota tão bonitinha?

Se ele não tivesse feito aquela brincadeira idiota, se tivesse sido gentil com ela, se fosse mais seguro de si mesmo, se... talvez...

SE e TALVEZ eram as duas palavras que deveriam ser esculpidas em seu túmulo.

Saverio Moneta jogou a cabeça para trás e se abandonou sobre os ombros do seu raptor.

66.

Fabrizio Ciba observava a abóbada de uma gruta clareada pelos reflexos avermelhados de um fogo. O teto revelava uma rústica forma geométrica. Como uma cripta escavada na rocha. Pendurada à parede, ardia uma tocha. A fumaça preta e densa subia e se canalizava por buracos que serviam de chaminé. Nas laterais estavam escavadas dezenas de pequenos lóculos nos quais havia montinhos de ossos.

Matteo Saporelli continuava a encher o saco.

— E então... Como você está? Consegue se levantar?

Fabrizio continuou sua inspeção, ignorando-o.

Reunidas contra as paredes, todas acocoradas no chão, ele via as silhuetas de muitas pessoas. Observando melhor, percebeu que eram convidados da festa, garçons e alguns homens da segurança. Reconheceu uns dois atores, o comediante Sartoretti, um subsecretário dos Bens Culturais, uma ajudante de palco. E, coisa estranha, ninguém falava, como se fosse proibido.

Matteo Saporelli, porém, continuava a atormentá-lo baixinho:

— E então? O que me diz?

Exausto por aquelas contínuas perguntas, Fabrizio se voltou e viu o jovem escritor. Estava com mau aspecto. Com um olho inchado e aquele corte na testa, parecia a feia cópia de Rupert Everett espancado por alguém mais corpulento e malvado do que ele.

Fabrizio Ciba massageou o pescoço dolorido.

— O que lhe aconteceu?

— Uns gordalhões me raptaram.

— Você também?

Saporelli apalpou o olho inchado.

— Eles me espancaram quando tentei fugir.

— A mim também. Me dói tudo.

Saporelli baixou a cabeça, como se devesse admitir uma culpa terrível.

— Escute... Eu não queria... Lamento muitíssimo...

— Lamenta o quê?

— Esta confusão. Vocês todos foram envolvidos por culpa minha.

Fabrizio se inclinou para olhá-lo melhor.

— Como assim? Não entendi.

— Exatamente um ano atrás, escrevi um rápido ensaio sobre a corrupção na Albânia para um pequeno editor de Foggia. E agora a máfia albanesa está me fazendo pagar. — Saporelli tocou o ferimento com a ponta dos dedos. — Seja como for, estou disposto a morrer. Vou implorar que poupem vocês, não é justo que os incluam também. Vocês não têm nada a ver com isso.

— Lamento lhe dizer, mas acho que você se engana. — Fabrizio bateu no peito. — É tudo culpa minha. Foi um grupo de lenhadores finlandeses que nos sequestrou. Eu desmascarei o estrago que eles fazem nas florestas milenares do norte da Europa.

Saporelli caiu na gargalhada.

— Ora, imagine... Eu os ouvi falar, eles falam albanês.

Fabrizio o encarou, perplexo.

— Não diga, agora você sabe albanês?

— Não, não sei. Mas parece mesmo albanês. Eles usam certas consoantes típicas dos idiomas balcânicos — disse Saporelli, continuando obsessivamente a apalpar o hematoma. — Mas me diga a verdade, como eu estou? Tenho o rosto desfigurado, não?

Fabrizio o observou por alguns segundos. O aspecto do outro não era afinal tão ruim, mas ele assentiu lentamente com a cabeça.

— Será que voltarei a ser normal?

Ciba lhe deu a má notícia.

— Não creio. Foi uma bela pancada... Esperemos que pelo menos o olho ainda funcione.

Saporelli desabou no chão.

— Estou com uma dor de cabeça terrível. Você não teria um Saridon? Algum outro analgésico?

Fabrizio ia dizer que não, mas depois se lembrou da pílula mágica que Bocchi lhe dera.

— Sortudo como sempre, hein? Tenho isto aqui. Você vai ver como ficará bem.

Com o olho são, o jovem autor a examinou.

— Que troço é este?

— Não se preocupe. Tome.

O prêmio Strega, após um instante de incerteza, engoliu o comprimido.

Nesse momento, do escuro de um túnel veio um ritmo lento de percussão. Parecia um batimento cardíaco.

— Ai, meu Deus, estão chegando. Vamos morrer todos! — berrou Alighiero Pollini, o subsecretário dos Bens Culturais, e abraçou o Mago Daniel, o famoso prestidigitador do Canal 26. A assistente de palco começou a choramingar, mas ninguém se deu o trabalho de confortá-la. A batida se tornara mais forte e ribombava na cripta.

Fabrizio, atordoado pelo cagaço a ponto de lhe doerem até as obturações, disse:

— Saporelli, eu... eu... te admiro.

— E eu te considero meu pai literário. Um modelo a imitar — respondeu o jovem, num impulso de sinceridade.

Os dois se abraçaram e fitaram a entrada do túnel. A escuridão era tão negra que parecia palpável. Como se milhões de litros de tinta de escrever fossem transbordar, em poucos segundos, para o interior da cripta.

O ritmo tribal, ocultado pelas trevas, parecia composto de instrumentos de percussão, tambores, mas também por palmas.

Lentamente, como se se livrassem do escuro que os aprisionava, apareceram umas figuras.

Todos pararam de choramingar e de se lamentar. Ficaram em silêncio, olhando a procissão.

Eram enormes. Brancos como gesso e com as cabeças pequenas encaixadas nos ombros caídos. Rolos de gordura lhes escondiam a cintura, e os braços pareciam presuntos. Alguns traziam bongôs, que seguravam sob a axila, e outros golpeavam o peito, produzindo o ritmo ancestral. Também havia mulheres, mais baixas e com os peitos achatados e grandes como queijos, e crianças, igualmente obesas, que apertavam amedrontadas a mão das mães.

Lentamente, o grupo tímido e pesadão se adiantou. Vestiam-se com malhas desportivas em frangalhos, agasalhos rasgados, restos de uniformes de jardineiro. Nos pés traziam tênis deformados e consertados com pedaços de barbante e arame. Em torno dos bíceps gorduchos, coleiras de cão. Alguns usavam fones de ouvido quebrados, nos quais haviam pendurado berloques, medalhinhas com nomes e números de telefone, tampinhas de garrafa. Outros tinham pneus de bicicleta em torno do peito.

A pele era desprovida de pigmentos e os olhinhos, vermelhos e esbugalhados, pareciam incomodados pela luz. Os cabelos, sem cor, estavam trançados com fitas de plástico branco e vermelho, daquelas que servem para delimitar canteiros de obras.

A certa altura, todos juntos, pararam de bater e ficaram em silêncio diante dos convidados. Depois se abriram em duas alas para deixar passar alguém.

Um grupo de velhos, tão raquíticos que pareciam saídos de um campo de concentração, abriu caminho entre os obesos. Eram branquíssimos, mas não albinos. Alguns tinham cabelos escuros.

Os gordalhões se ajoelharam. Em seguida, um homem e uma mulher, sentados em cadeiras de plástico branco, foram depositados no centro da cripta.

O velho usava uma espécie de cocar ornamental, ligeiramente semelhante ao dos índios da América, composto de canetas Bic, garrafinhas de Campari Soda e canudinhos multicores. Grandes óculos escuros Vogue lhe cobriam quase toda a face. Sobre o busto trazia uma armadura composta de frisbees de plástico colorido.

A mulher tinha sobre a cabeça um baldinho azul, de cujos lados pendiam cordões de cabelos brancos trançados com tirinhas de câmaras de ar e penas de pombo. Estava envolta num imundo colete acolchoado North Face, do qual brotavam duas perninhas finas e varicosas.

O rei e a rainha, pensou Fabrizio.

67.

Aqueles dois são o rei e a rainha, pensou Saverio, que se encontrava no outro lado da grande cripta.

O gordo o depositara ali, no meio dos outros convidados. Ao lado havia duas senhoras de certa idade, vestidas de amazonas.

Mantinham-se todos em silêncio e balançavam a cabeça em sincronia, como aqueles bonecos nos vidros traseiros dos automóveis. Em um canto estava Larita, encolhida no chão, e não parecia muito bem. Limpava obsessivamente a face e o rosto, como se estivessem cobertos de insetos.

Saverio se sentia estranhamente tranquilo. Um terrível cansaço baixara sobre ele. O fato de ter resgatado do chão o cadáver carbonizado de Zumbi o deixara insensível. Como um Buda, mantinha-se imóvel, o rosto distendido, ao lado das faces contraídas pelo medo, transtornadas pelas lágrimas, dos outros convidados.

Talvez seja este o espírito do samurai de que Mishima fala.

Havia uma diferença substancial entre ele e aquela gente. Ao contrário dos outros, ele já não se apegava à vida. E, sob certo aspecto, sentia-se mais parecido com aqueles monstros, surgidos das vísceras da terra como um pesadelo. Só que os monstros haviam sido capazes de fazer aquilo que ele e as Bestas não tinham conseguido. Levar o terror à festa.

Um obeso que empunhava uma roda de bicicleta como se fosse um escudo bateu um bastão no solo e disse, numa língua desconhecida:

— Тише!*

O velho rei, sentado em seu trono de plástico, observou os prisioneiros e em seguida, com um fio de voz, murmurou:

— Высоветские?**

Saverio gostaria de ser um deles, suportaria qualquer tipo de iniciação, seria capaz de se deixar pendurar em ganchos de açougue para lhes demonstrar que era um elemento valioso, um guerreiro. Um membro do povo da escuridão.

---

* Façam silêncio!
** Vocês são soviéticos?

Os convidados se entreolhavam, esperando que alguém conhecesse o curioso idioma.

Um sujeito de franjinha, com um olho inchado e um corte na testa, se levantou e pediu silêncio.

— Amigos, sosseguem, eles são albaneses. O problema é comigo. Farei com que libertem todos vocês. Alguém aí que conheça o albanês pode me servir de tradutor?

Ninguém lhe respondeu. Depois Milo Serinov, o goleiro do Roma, disse:

— Я русский.*

O velho lhe acenou para se levantar.

O jogador obedeceu e os dois começaram a conversar, em meio ao estupor geral. Finalmente, Serinov se dirigiu aos raptados:

— São russos.

Choveram perguntas, todos queriam saber:

— O que querem de nós?

— Que mal fizemos a eles?

— Por que não nos libertam?

— Você disse a ele quem somos?

Serinov, com seu italiano claudicante, explicou que aqueles eram atletas russos dissidentes, fugidos durante as Olimpíadas de Roma, e que viviam nas catacumbas por medo de serem mortos pelo regime soviético.

— E nós com isso?

O jogador sorriu divertido.

— Pensavam... Pois é... Pensavam que fôssemos comunistas.

Uma gargalhada fragorosa e espontânea partiu dos convidados.

---

* Eu sou russo.

— Há-há-há! Nós? Mas não nos viram? Nós odiamos os comunistas! — exclamou Riccardo Forte, empresário emergente no ramo dos laminados de alumínio. — Você explicou a eles que o comunismo está morto e enterrado? Que os comunistas são mais raros do que os... — Não lhe ocorria a comparação.

— Do que os *paninari*, os mauricinhos — completou Federica Santucci, a DJ da Rádio 109.

— Claro que expliquei, e contei que o regime soviético não existe mais e que agora os russos são muito mais ricos do que os italianos. Disse que eu também sou russo, sou jogador de futebol e faço o que me dá na telha, já que ganho um monte de dinheiro.

Entre os convidados, respirava-se de repente um ar leve e borbulhante. Todos ficaram contentes e trocaram tapinhas de solidariedade.

O velho rei se dirigiu novamente ao jogador, que traduziu:

— O coroa aqui disse que vai nos libertar, se prometermos não contar nada sobre a existência deles. Não estão preparados para abandonar as catacumbas.

— Ora, imagine. E a quem contaríamos? — comentou um.

— Sem problema! Eu até já me esqueci — disse outro.

Uma jovem de longos cabelos ruivos olhava ao redor:

— Que fenômeno estranho! Eu nem os vejo mais.

Michele Morin, o diretor da série de TV *A doutora Cri*, se levantou.

— Pessoal, por favor! Falando sério! Um minuto de atenção. Vamos jurar de pés juntos? Assim eles ficam mais tranquilos. Merecem.

— Bom, mas umas fotos a gente poderia fazer. Eles são tão folclóricos... Eu trabalho para a *Vanity Fair*.

— Seja como for, me diverti bastante. Não vejo a hora de contar a Filippo...

Todos haviam ficado de pé e circulavam pela cripta, observando interessados o povo subterrâneo. Finalmente, começavam a espairecer. Caçadas organizadas por Chiatti, coisa nenhuma. Esta era a verdadeira surpresa.

— Que gorduchos adoráveis!
— Vejam só as crianças. Umas gracinhas.

68.

Durante a gestão da prefeitura de Roma, a velha comporta que controlava o fluxo de água na grande bacia artificial da Villa Ada tinha dado muitos problemas aos encarregados da manutenção. Nos últimos dez anos, quebrara-se pelo menos seis vezes, e a cada uma havia sido consertada. Passava-se algum tempo, e a enorme válvula enferrujada recomeçava a vazar e o lago recuava, deixando atrás de si um tapete de lodo escuro e nauseabundo.

Após a compra da Villa Ada por Sasà Chiatti, a rede hídrica foi substituída por uma nova e mais sofisticada. Para projetar o complexo esquema hidráulico que alimentaria canais e riachinhos, os dois lagos artificiais, os bebedouros para os animais, as fontes e a piscina, veio diretamente de Austin o jovem e genial engenheiro hidráulico texano Nick Roach, famoso por ter supervisionado a construção do dique Stanley de Albuquerque e a do AquaPark de Taos.

O técnico disseminou, nas bacias da Villa Ada, sensores que enviariam continuamente aos computadores da sala de controle informações sobre o nível da água, a temperatura, a dureza carbonática e o pH. Um programa elaborado por Roach com o auxílio da software house Douphine Inc. regulava, através das bombas, todos os fluxos nas bacias, recriando as condições naturais do lago Vitória, da bacia do Orinoco e do delta do Mekong.

Enquanto se encontrava no local, dirigindo a construção da rede hídrica, o engenheiro topou com a velha comporta do grande lago meridional. A válvula era uma peça de arqueologia industrial, enorme, recoberta de musgo e com o volante em ferro-gusa. Em cima estava gravada a marca de fábrica: "Fundição Trebbiani. Pescara. 1846". Roach se demorou observando-a, sem palavras, depois se ajoelhou no chão e começou a soluçar.

Sua mãe se chamava Jennifer Trebbiani e era originária dos Abruzzi.

Nos últimos dias de vida, quando o câncer já lhe comera o intestino, a mulher murmurava ao filho que seu bisavô havia partido de Pescara para as Américas deixando nas mãos do irmão a fundição da família.

Portanto, pela lógica, aquela válvula havia sido produzida pela fundição dos seus antepassados.

Em um ímpeto de nostalgia, Nick Roach decidiu então manter a comporta em seu lugar, na nova rede hídrica. Sabia que isso não era correto, do ponto de vista do projeto, e que provavelmente, em caso de blecaute, exporia a válvula a pressões superiores à sua capacidade, mas manteve a decisão, em homenagem à mãe e aos antepassados pescarenses.

Quando, na noite da festa, a energia elétrica faltou de repente, todos os computadores que regulavam os fluxos e as bombas que mantinham constante o nível da bacia se desligaram e o lago começou a se encher de água, submetendo as tubulações e as comportas a uma pressão excepcional.

Às 4h27 da madrugada, todas as conexões da adutora esguichavam água como irrigadores, mas a velha válvula parecia aguentar. Depois houve um barulho sinistro, um rangido metálico, e o volante em ferro-gusa saltou no ar como uma rolha de champanhe. A adutora explodiu e 2 milhões de litros de água contidos na bacia foram sugados através da boca de aspiração no centro do lago, formando em poucos minutos um turbilhão que engoliu os crocodilos, as tartarugas anfíbias, os esturjões, os nenúfares e os lótus.

Toda aquela água abriu uma voragem na terra, afundou a abóbada de tufo de uma galeria da catacumba que passava justamente sob o lago e começou a enchê-la como se ela fosse uma enorme tubulação. Levou menos de três minutos para submergir o nível superior do antigo cemitério cristão e, arrastando tudo o que encontrava, ossos e pedras, aranhas e camundongos, se lançou, entre esguichos e sorvedouros, pelas escadas íngremes, cavadas dificultosamente pelas rudimentares talhadeiras dos cristãos, que levavam ao nível inferior. Ali, a água, obstaculizada pelo pequeno diâmetro das escadas, pareceu perder força, mas logo um enorme costão de tufo se desagregou como um castelo de areia sob uma onda e abriu-se um novo caminho, que lhe permitiu expressar toda a sua raiva incontível e submergir tudo o que encontrava. Os antiquíssimos afrescos que representavam dois pombinhos apaixonados, que estavam ali havia dois mil anos, foram arrancados das paredes da tumba de um abastado comerciante de tecidos.

A essa altura a pavorosa frente de água, rugindo como um reator, prosseguiu na escuridão rumo à grande cripta onde se encontravam os convidados e o povo que vive sob a terra.

Danças new and revival by DJ Sandro

69.

Os convidados tagarelavam, expressavam opiniões, acotovelavam-se na cripta ao redor dos russos como se estivessem num vernissage. Federico Gianni, o executivo-chefe da Martinelli, coberto pelos frangalhos do uniforme da caça ao leão, estava conversando com Ciba.

— Mas que história maluca... os atletas soviéticos vivendo por cinquenta anos no subsolo de Roma. Isso dá um romance incrível. Uma coisa do gênero *O nome da rosa* no mínimo.

Fabrizio se mantinha na dele. Aquele sujeito era um tremendo falso, um traidor.

— Você acha? Não me parece tão excepcional assim. São coisas que acontecem com muita frequência.

— Está brincando? Pode sair um grande livro. Esta história, enviada às livrarias com o lançamento adequado, vai arrebentar.

O escritor coçou o queixo.

— Não sei... Não me convence.

— E você é quem deve escrevê-la. Sem dúvida nenhuma.

Fabrizio não se conteve:

— Por que não a encomenda a Saporelli?

— Saporelli é jovem demais. Isto aqui exige uma pena madura, do seu calibre. Alguém que deu uma guinada na literatura italiana.

Aqueles elogios começavam a abrir uma brecha na couraça do autor de *A cova dos leões*.

De fato, o filho da puta não se enganava: aquela história era muito melhor do que a grande saga sarda, mas ele não devia ir baixando logo as calças.

— Bem, preciso pensar...

Mas o varapau não pretendia desistir. Seus olhos brilhavam.

— Você é o único que pode fazer um livro desses. Poderíamos até anexar um DVD.

A ideia começava a tentar Ciba.

— Um DVD? Acha? Funcionaria?

— Imagine! Muitos conteúdos. Sei lá, a história das catacumbas... E um monte de outras coisas. Decida você. Eu lhe dou carta branca. — Gianni pousou o braço sobre os ombros dele. — Escute, Fabrizio. Nestes últimos tempos, não temos nos falado muito. Esse é o problema, quando se tem que tocar o barco. Por que não marcamos um almoço de trabalho para os próximos dias? Você merece mais. — Fez uma pausa técnica. — Em todos os sentidos.

Um peso terrível desapareceu, o diafragma contraído relaxou de repente, e Fabrizio percebeu que, desde a apresentação do indiano, havia continuado a viver numa sensação de mal-estar físico. Sorriu.

— Tudo bem, Federico. Amanhã a gente conversa e combina tudo.

— Ótimo, Fabri.

Desde quando não o chamava de Fabri? Ouvir isso foi mel para seus ouvidos.

— Ah, eu vi você com aquela cantora... Como se chama?

Caralho, Larita! Tinha se esquecido dela completamente.

Os olhos de Gianni se enterneceram à lembrança da jovem.

— Uma bela gatinha. Você a comeu?

Enquanto Fabrizio se voltava para descobrir onde a moça fora parar, um fragor ribombou no interior da antiga necrópole.

De início o escritor pensou numa explosão na superfície, mas logo se deu conta de que o fragor continuava, ou melhor, tornava-se cada vez mais forte, e a terra tremia sob seus pés.

— E agora, o que está acontecendo? Não aguento mais... — bufou entediado o Mago Daniel.

— Devem ser os fogos de artifício... Vamos correr... Já perdemos a massa da meia-noite *all'amatriciana*, e não quero perder o desjejum com *cornetti*, por nenhum motivo... — respondeu todo excitado o namorado dele, o ator teatral Roberto De Veridis.

Não. Isto não são fogos de artifício, pensou Fabrizio. Mais parecia um terremoto.

O infalível instinto animal que costumava lhe dizer se valia a pena ir a uma festa ou não, que o fazia intuir se daria ou não uma entrevista e lhe sugeria o momento mais oportuno para aparecer e desaparecer da ribalta, desta vez lhe informou que ele devia abandonar imediatamente aquele lugar.

— Com licença um instante... — disse a Gianni.

Começou a procurar Larita, mas não a viu em lugar nenhum. Em compensação, encontrou Matteo Saporelli, que, num canto, havia tirado a roupa e estava espargindo terra sobre o corpo, enquanto cantarolava *Livin' la vida loca*.

Aproximou-se do colega.

— Saporelli, venha. Depressa. Vamos sair deste lugar. — E lhe estendeu a mão.

O jovem escritor o encarou com dois olhos arregalados, cujas pupilas se reduziam a pontinhos, e passou a espalhar terra sob as axilas.

— Não, obrigado, amiguinho... Acho que este lugar é mágico. E acho inclusive que talvez devêssemos tentar nos querer bem um pouco mais. O problema de hoje é esse. Esquecemos que este planeta é nossa casa e deverá abrigar nossos descendentes por outros milhares de anos. O que vamos deixar para eles? Um punhado de moscas?

Ciba o encarou, compungido. A pílula o deixara doidão. Mas manso, felizmente.

— Tem razão. Por que não vamos lá pra fora, e você me explica melhor?

Saporelli o abraçou, comovido.

— Você é o melhor, Ciba. Eu iria, mas não posso. Neste lugar vou erigir um templo para memória futura, quando chegarem os alienígenas e virem os antigos restos desta civilização doente. E lembre-se de que a terra não é de ninguém. Ninguém pode se permitir dizer isto é meu, isto é seu... A terra é dos homens e pronto.

— Claro, Saporelli. Boa sorte.

Ciba abriu caminho em meio à multidão. Todos haviam parado de falar e escutavam em silêncio aquele barulho cada vez mais ensurdecedor.

Mas onde está Larita, cacete? Talvez não a tenham trazido para cá.

Uma baforada de ar quente e úmido, como aquele produzido pela passagem do metrô, desalinhou seus cabelos. Fabrizio se voltou e, da entrada de uma galeria, brotou uma nuvem negra e alada que se espalhou pelo antro subterrâneo.

Antes que ele tivesse tempo de compreender o que era aquilo, um morcego do tamanho de uma luva foi parar em sua cara. Ele sentiu o pelo asqueroso do animal lhe roçar os lábios. Gritando de nojo, enxotou o quiróptero e se abaixou, cobrindo a cabeça com as mãos.

Como que possuídos pelo tarantulismo, os convidados gritavam e saltavam em meio às ratazanas que lhes deslizavam entre as pernas, enquanto agitavam os braços para afastar os morcegos.

Por que os ratos fogem? Porque abandonam o navio que afunda.

Fabrizio percebeu que os russos estavam se distanciando velozmente por uma galeria oposta àquela de onde vinha o barulho.

Os homens carregavam as crianças nos braços, e também o rei e a rainha haviam sido colocados sobre os ombros de dois obesos. Devia segui-los.

Enquanto, a cotoveladas, abria espaço entre as pessoas, viu Larita. A moça estava no chão e centenas de roedores corriam em cima dela. O pavimento tremia cada vez mais forte. Dos túneis despencavam tíbias, crânios, costelas.

Fabrizio parou:

— Lar...

Um velho senador da UDC o atropelou, gritando:

— É o fim!

E uma mulher que segurava um fêmur para tentar abater os morcegos, na aflição, golpeou o septo nasal do escritor. Ciba cobriu o rosto.

— Aiiii... Sua filha da puta! — Virou-se para a cantora. Ela ainda estava ali, no chão. Indefesa. Parecia desmaiada.

A caverna era abalada por ininterruptas vibrações, e ficava difícil se manter de pé.

Isto tudo vai desabar.

Não podia morrer. Não assim.

Olhou Larita. Olhou a galeria.

Escolheu a galeria.

70.

Embora os morcegos fossem animais sagrados para os cultores do satanismo, Saverio Moneta tinha nojo deles. Por sorte, o capuz da túnica o protegia. Do teto da catacumba despencavam pedras e terra, e tudo tremia. Os convidados pareciam enlouquecidos, debatiam-se entre ratos e morcegos. Mas ninguém ousava entrar na escuridão das galerias. A única coisa que conseguiam fazer era gritar, como um bando de macacos presos numa jaula.

Enquanto isso os russos, caladinhos, caladinhos, haviam se retirado.

Devia segui-los e procurar uma saída. Contudo, naquela barafunda, não conseguia avançar. Deslocou-se até a parede, encostando-se à rocha.

— Mestre! Que alegria! — Um rapaz, nu e todo lambuzado de terra, atirou-se a ele e o segurou pela túnica. — Mestre, você chegou! Ainda bem. Estou erigindo o templo para memória futura.

— O quê? — Saverio não entendia. O rapaz se ajoelhara à sua frente. Os gritos das pessoas, as vibrações do cemitério e o alarido distante o deixavam surdo. — O que você disse? — Abaixou-se para ouvir.

— Cá estamos. O horror é aqui.

Um grande fragmento da abóbada desabou em meio à multidão. Uma nuvem de terra envolveu tudo. Os convidados se embolavam como sombras na poeira.

O ex-líder das Bestas fitou o sujeito bem nos olhos e compreendeu que ele estava fora de si.

— Com licença, preciso ir.

O rapaz se pendurou nele.

— O horror! O horror! A terra não é de ninguém.

Mantos tentou se livrar.

— Me solte. Me deixe andar, por favor.

— Você devia entender, mas não entende. Irmão que mata irmão. Este é o nosso mundo.

Os escombros haviam sepultado uma mulher, entre as pedras despontava uma perna. Pela panturrilha magra subia a longa tatuagem de uma hera que desaparecia entre os detritos.

Desesperado, Saverio arrastou consigo o maluco, que continuava a falar:

— Você deve me indicar o caminho, e no entanto quer nos abandonar.

Mantos lhe deu um pontapé e finalmente conseguiu se soltar.

— Afinal, o que você quer de mim?

O doido, ajoelhado no chão, fitou-o nos olhos.

— Você sabe o que deve fazer.

Mantos recuou, aterrorizado. Por um instante, tivera a impressão de que aquele era Zumbi.

— Mas quem é você, caralho? — balbuciou o ex-líder das Bestas, e começou a correr em direção à galeria, abrindo caminho de cabeça baixa.

Em um canto, viu Larita.

Saverio estacou.

A moça estava encolhida no chão e as pessoas a pisoteavam.

Você deve concluir sua tarefa! Deve sacrificá-la. Pelo menos minha morte terá servido para alguma coisa, pareceu-lhe que Zumbi dizia.

Mantos gritou e, lutando contra a corrente dos convidados, abrindo espaço a socos e cotoveladas, alcançou a cantora.

A jovem estava de boca aberta, faces afogueadas, e tentava engolir ar como se tivesse um ataque de asma.

Saverio a escudou com o corpo. Iria tirá-la daquele buraco e levá-la para a colina de Forte Antenne. Ali, iria sacrificá-la em homenagem a Zumbi.

Larita soluçava.

— Tive um ataque de pânico. Não conseguia respirar. E todos pisavam em mim.

— Eu estou aqui — disse Mantos, apertando-a nos braços com força.

Lentamente, a jovem recomeçou a respirar. Enxugou as lágrimas e olhou para ele pela primeira vez. Viu a túnica preta.

— Quem é você?

Ele ficou em silêncio, sem saber o que responder. Gostaria de dizer a verdade. Cochichar no ouvido dela. *Eu sou o seu assassino.* Mas disse:

— Você não me conhece.

— Você é muito gentil.

— Escute, não podemos ficar aqui. Levante-se. Consegue andar?

— Acho que sim.

— Então, ânimo, vamos tentar. — Agarrou-a por um flanco e colocou-a de pé.

Larita lhe apertou a mão.

— Obrigada.

Ele a fitou naqueles olhos cor de avelã.

E, quem sabe, talvez Saverio Moneta, o Mantos, tivesse respondido que ela não devia agradecer. Talvez, como nunca em toda a sua vida, tivesse tido colhões para dizer... Como dissera o sujeito nu?

O horror! Sim, o horror de uma vida toda errada.

Quem sabe o que ele diria, se uma onda de água escura e espuma não os tivesse derrubado e arrastado aos trambolhões.

71.

Fabrizio Ciba avançava por uma galeria iluminando-se com o isqueiro. Não enxergava porcaria nenhuma, e a cada dez passos tropeçava num montículo de terra ou num buraco.

Lamentava ter abandonado Larita. Arrastando-a consigo, porém, jamais conseguiria se salvar.

Só os mais fortes sobrevivem. Se não tiverem um estorvo para carregar.

O barulho, às suas costas, tornara-se ensurdecedor.

Virou-se de chofre e, à luz da pequena chama, viu uma parede de água que vinha ao seu encontro, negra e furiosa.

— Mas que merda... — conseguiu dizer, antes que a água o revirasse como um pano sujo numa máquina de lavar e o carregasse como se ele fosse um estorvo.

72.

Piero Ristori tinha 77 anos e morava na Via di Trasone, a poucos passos da Villa Ada. Estava aposentado havia dez anos. E, desde quando deixara de trabalhar, tinha dificuldade para dormir. Às duas, acordava e ficava estirado na cama, esperando a luz do dia. Pregado junto ao corpo adormecido de sua mulher, recordava. No silêncio escandido pelo tique-taque do despertador, vinham à tona, como nhoques postos para ferver, imagens de sua infância em Trento. Recordava a adolescência, o colégio, as férias na Ligúria. Com saudade, revia sua mulher jovem, de maiô, linda de tirar o fôlego, deitada numa boia de Cesenatico. Haviam feito amor pela primeira vez ainda sem serem casados. E depois, Roma. A redação do jornal. Milhares de artigos escritos às pressas e com fúria. O ruído das máquinas de escrever. Os cinzeiros cheios de guimbas. Os almoços na taberna La Gazella com os colegas. E sobretudo lhe voltavam à mente as viagens. As Olimpíadas de Helsinque. Os campeonatos de atletismo em Oslo. Os mundiais de natação nos Estados Unidos. Uma portuguesa com franjinha e sardas, cujo nome ele não lembrava mais.

No escuro do quarto, uma lancinante melancolia se apoderava de Piero Ristori e lhe arrancava o ar do peito. De toda a sua vida, só haviam restado recordações inúteis e desconexas. Sensações, odores e a vontade de voltar atrás.

Que vida fantástica ele tivera! Pelo menos, até se aposentar.

A partir daquele momento, as coisas ficaram claras. Era um velho, e aquilo era o purgatório na Terra. Às vezes lamentava não estar suficientemente gagá (como grande parte dos seus amigos) para não perceber isso. Tinha dolorosa consciência de que seu temperamento havia mudado. Irritava-se por qualquer besteira, detestava os jovens, a confusão, as pessoas que continuariam a viver enquanto ele se tornaria comida para os vermes. Havia colecionado todos os defeitos da velhice e nenhuma virtude.

O único momento agradável do dia era quando a luz começava a se filtrar pelas persianas e os pássaros desatavam a cantar. Ele pulava da cama com uma sensação de liberdade, saía daquele sepulcro onde sua mulher jazia inconsciente, vestia-se e levava Max, o pequeno jack russell, para fazer as necessidades. A cidade estava silenciosa e tranquila. Comprava o leite e o pão fresquinho no mercado e depois os jornais. Sentava-se num banco do Parco Nemorense (antes ia à Villa Ada, agora não conseguia acreditar que a prefeitura pudesse tê-la vendido) e folheava os cotidianos, deixando Max livre para correr um pouco.

Naquele dia, tinha chegado ao jornaleiro da Via Salária com uns dez minutos de atraso em relação à sua tabela de marcha. Na noite anterior havia tomado um comprimido de sonífero para não escutar o inferno da festa de Salvatore Chiatti. Durante o dia inteiro, o bairro fora bloqueado para o conforto daquele mafioso.

Piero Ristori comprou *Il Messaggero*, *La Gazzetta dello Sport* e *La Settimana Enigmistica* no Eugenio, o jornaleiro, que estava acabando de abrir os fardos de cotidianos recém-descarregados.

— Bom-dia, doutor. Ouviu ontem os confrontos entre a polícia e os manifestantes?

Max, por obscuras razões, adorava fazer suas sujeiras em frente à banca. Piero Ristori puxou a coleira, mas o cão já tinha começado.

— Ouvi, sim. Claro que ouvi. Deviam morrer todos.

Eugenio espichou a coluna dolorida.

— Dizem que estavam lá Paco Jiménez de la Frontera, Milo Serinov e toda a Magica.

O velho puxou do bolso do paletó um saquinho plástico a fim de recolher o cocô de Max.

— E quem liga? Você sabe, o esporte não me interessa mais.

Eugenio esteve prestes a responder, perguntando por que, então, ele comprava todos os dias *La Gazzetta dello Sport*, mas não quis se meter a discutir com aquele velho intratável. Que pena. Havia sido um grande jornalista esportivo, uma pessoa simpática, mas, depois de se aposentar, se tornara birrento e odiava o mundo.

Mas eu, não, eu quando me aposentar vou ser uma pessoa melhor, disse a si mesmo o jornaleiro. *Finalmente poderei ir pescar no lago de Bolsena. Mas ainda tenho que batalhar por mais 22 anos.*

Piero Ristori deu uma olhada na primeira página da *Gazzetta*. Falava-se da contratação milionária de um jogador francês.

— Está vendo? Hoje em dia, é só uma questão de dinheiro. O esporte, o de verdade...

Ia concluir a frase dizendo o que repetia diariamente à sua mulher. O esporte, o de verdade, aquele das velhas Olimpíadas, morreu.

Um barulho repentino o silenciou. Virou-se para a Salária, mas não viu nada. O rumor, porém, continuava.

Passou a mão pela testa... Aquilo lhe recordava alguma coisa. O barulho que se escutava ao caminhar sobre a barragem de Ridracoli, na Emilia-Romagna, onde antigamente eles iam passar as férias de verão com os filhos. Era um som inconfundível, semelhante ao de uma turbina de avião.

O velho jornalista, com o cocô de Max numa mão e os jornais embaixo do braço, apertou as pálpebras por trás dos óculos e continuou a observar ao redor. A Via Salária estava livre, e tudo parecia normal.

Eugenio também olhava ao redor, perplexo, franzindo as sobrancelhas. Já Max parecia enlouquecido, puxava a coleira e gania como se tivesse visto um gato.

— Fique quieto... Cristo, o que...

Pela segunda vez, um rumor o calou. Desta vez, mais parecia um assovio agudo.

Eugenio agora olhava para o alto. Piero Ristori ergueu a vista e percebeu, no céu livre de nuvens, um disco negro que girava acima dos prédios, sobre a rua. Mal teve tempo de compreender que era uma tampa de bueiro, e já o disco de bronze caía, direto como um fuso, e afundava no teto de um Passat Variant. As janelas explodiram, as rodas cederam e o alarme começou a soar enlouquecido.

Com o rabo do olho, o velho jornalista percebeu que da calçada em frente se erguia, como o pescoço de uma cobra, uma coluna de espuma branca. O jato-d'água subia além do muro que contornava a Villa Ada.

Depois teve a impressão de que o bueiro cuspia para cima uma coisa preta.

— Mas que diab...?! — disse Eugenio.

Sobre as cabeças deles, a uns 10 metros, um ser humano esbracejava e esperneava no ar. Despencou como quem mergulha de um recife e foi parar no meio da rua.

Piero Ristori fechou os olhos. Um segundo depois, quando os reabriu, viu que o homem estava de pé na divisória da Via Salária. Suas pernas tremiam pelo impacto, mas, miraculosamente, ele estava ileso.

Enquanto a água inundava a pista, o jornalista deu dois passos à frente, em direção ao homem.

Era um velho magro, coberto com os farrapos de uma malha de ginástica preta. A longa barba branca e os cabelos completamente encharcados se grudavam ao corpo. Não se movia, como se tivesse os pés colados ao asfalto.

O jornalista deu mais três passos e transpôs os carros estacionados ao longo da calçada.

Não, não pode ser...

Apesar de já ter se passado meio século, apesar da arteriosclerose que lhe entupia os vasos sanguíneos, apesar da barba comprida que escondia o rosto do homem, os velhos lobos temporais de Piero Ristori, ao ver aqueles olhos frios como as planícies siberianas, aquele narigão, recordaram.

Sentiu-se transportado para o passado, para o verão de 1960. Roma. Olimpíadas.

Aquele ali era Sergei Pelevin, o grande saltador com vara que havia obtido o ouro. Tinha desaparecido durante os jogos junto com um grupo de atletas russos, e nunca mais se soube que fim havia levado. Piero Ristori o entrevistara para o *Corriere della Sera* após a premiação.

Mas o que fazia ali, cinquenta anos depois, no meio da Via Salária?

O jornalista, com as mãos trêmulas, puxando atrás de si o cachorro, aproximou-se do atleta, que continuava empalado como uma estátua em plena rua.

— Sergei... Sergei... — balbuciou. — Mas que fim você levou? Onde esteve? Por que fugiu?

O atleta se voltou e de início pareceu nem ver o jornalista.

Depois fechou e abriu os olhos brilhantes, como se aquele sol no horizonte o incomodasse. Mostrando as gengivas desdentadas, respondeu:

— Свободу... я выбрал...*

Não conseguiu terminar a frase, porque um Smart Fortwo, que vinha da Olímpica a mais de 120 por hora, o pegou em cheio.

73.

Saverio Moneta havia conseguido não a soltar, segurando-a pela mão enquanto eram derrubados e revirados pela corrente que os arrastava pelas galerias negras da necrópole subterrânea. Tinham engolido litros de água e não haviam respirado por um tempo infinito, mas depois, sem saber como, afloraram em um bolsão de ar que ficara preservado sob a abóbada de uma galeria.

Saverio mantinha a ponta do nariz encostada ao teto e, de boca aberta, inspirava e tossia. Ao seu lado, também Larita não parava de tossir.

— Está aguentando? — ofegou a cantora.

Saverio se firmou melhor com as mãos e com os pés contra os lóculos funerários. A corrente era fortíssima, se ele relaxasse um segundo seria carregado.

— Sim. Estou.

Larita se agarrou com uma das mãos a um esporão de rocha.

— Tudo bem?

— Bem. — E, para ser mais convincente, ele repetiu: — Bem.

Não era verdade. Devia ter quebrado a perna direita. Enquanto eram arrastados pela corrente, havia batido violentamente contra uma parede.

Soltou da rocha a mão direita e tocou o ponto que doía. Sentiu...

---

* A liberdade... eu escolhi.

Ai, meu Deus.
... uma comprida lasca pontuda lhe saía da carne.
Um pedaço de madeira, alguma coisa, se plantou na minha coxa...
Mas logo entendeu e por pouco não se soltou.
Era seu fêmur quebrado que brotava da perna como uma faca. Sua cabeça começou a girar. Os ouvidos ferviam. O esôfago se apertou. Um troço ácido lhe subiu até o palato.
Vou desmaiar.
Não podia. Se desmaiasse, a corrente o sugaria. Ficou parado, agarrado à rocha, esperando que a vertigem passasse.
— O que a gente vai fazer? — A voz de Larita ribombava longe.
Saverio vomitou e fechou os olhos.
— Ficamos aqui? Esperamos que venham nos salvar?
Ele fez um grande esforço para responder.
— Não sei.
Estou me dessangrando.
A água o impedia de ver o ferimento. E isso era bom.
— Eu também não — disse Larita, depois de um breve silêncio.
— Mas aqui não podemos ficar.
Por favor, me ajude, estou morrendo, era a única coisa que ele queria dizer. Mas não podia. Devia ser homem.
Que absurdo... Menos de 48 horas antes, era um triste funcionário de uma movelaria, um fodido humilhado pela família, e agora se via numa catacumba alagada, junto da maior cantora italiana, e estava morrendo dessangrado.
A sorte zombeteira estava lhe concedendo uma oportunidade. Aquela ali, que não sabia nada dele, de seu azar congênito, iria vê-lo e julgá-lo pelo que ele era naquele momento.
Pelo menos uma vez, alguém o veria como um herói. Um homem sem medo. Um samurai.

O que Yamamoto Tsunetomo dizia no *Hagakure*? "O caminho do samurai é um anseio de morte."

Sentiu a força de vontade se consolidar como um grumo duro nas vísceras doloridas.

Mostre a ela quem é Saverio Moneta.

Reabriu os olhos. Estava escuro, mas ele via os ossos dos mortos boiando ao redor. Por algum ponto, devia entrar um pouco de luz.

Larita se aguentava com dificuldade.

— Acho que a água está subindo.

Saverio tentou se concentrar e não pensar na dor.

— Escute... Daqui a pouco, o ar vai acabar. E sabe lá quando chega o socorro. Temos que conseguir sozinhos.

— De que jeito? — perguntou Larita.

— Acho que estou vendo um clarão naquele lado. Você o vê também?

— Sim... mas muito pouco.

— Bom. Vamos para lá.

— Mas, se eu me soltar, a água me arrasta.

— Eu cuido disso. — Mantos se voltou na direção da voz da cantora, afundando os dedos no tufo friável. — Espere... Segure-se nos meus ombros. — A dor lhe velava a vista. Para não gritar, ele pegou uma tíbia que boiava e apertou-a entre os dentes. Depois se aproximou da moça, que se agarrou aos seus ombros e com as pernas lhe cingiu o tronco.

74.

Matteo Saporelli era um peixe.

Ou melhor, uma albacora-de-laje. Não, melhor ainda, um golfinho. Um esplêndido golfinho macho que nadava entre as misteriosas ruínas de Atlântida. Braços colados ao corpo, balançava a cabeça para cima e para baixo em sincronia com as pernas, que se moviam como pés de pato.

Sou um mamífero marinho.

Explorava os restos de uma grande civilização afundada nos abismos oceânicos. Agora se encontrava nos longos corredores que levavam aos aposentos reais. Com sua visão agudíssima, avistava ouro, pedras preciosas, antigas joias incrustadas de algas e corais. Via caranguejos e lagostas caminhando sobre montanhas de moedas de ouro.

Sentia-se à vontade. Tinha sido uma longa contraevolução, de milhões de anos, aquela que devolvera os mamíferos ao mar, mas realmente valera a pena.

A vida aquática é superior.

Só havia um problema que arruinava aquele mágico estado de graça.

O ar. O ar lhe faltava um pouco, para ser um golfinho. Isso o desagradava. Recordava que os cetáceos podem permanecer imersos por muito tempo, mas ele precisava desesperadamente de ar.

Tentou não dar importância a isso. Havia maravilhas demais ali dentro, não se podia perder tempo para respirar.

Além das joias e dos polvos fúcsia, havia corais incríveis, que ele poderia passar horas admirando.

Tudo bem, sabe o que vou fazer? Tomo um pouco de ar e depois desço de novo.

Batendo as pernas como o homem da Atlântida, subiu rumo à superfície e emergiu o nariz num pequeno bolsão de ar sob a abóbada da catacumba.

75.

Enquanto Saverio Moneta avançava dificultosamente para o clarão, com Larita pendurada ao pescoço, a cabeça de um homem brotou da água, a menos de 1 metro de distância.

Após um segundo de estupor, o líder das Bestas de Abaddon cuspiu a tíbia e gritou:

— Socorro!

Também Larita começou a berrar.

— Socorro! Socorro!

O homem inflou e desinflou as bochechas, olhou-os um instante, emitiu um estranho som gutural, uma espécie de ultrassom, e imergiu de novo.

Saverio não acreditava nos próprios olhos.

— Você também viu?

— Sim.

— É um maluco. Você não sabe o que ele me disse. Mas quem é, caralho?

Larita levou uns instantes para responder.

— Parecia Matteo Saporelli.

— Quem é esse?

— Um escritor. Ganhou o prêmio Strega. — Em seguida, a voz da cantora subiu uma oitava: — Veja! Veja ali!

De um buraco na abóbada da catacumba caía um feixe de luz que se apagava nas águas lamacentas.

Saverio, lutando contra a corrente que os puxava na direção oposta, chegou dificultosamente sob o buraco.

Era uma longa perfuração circular escavada na terra. As paredes estavam cobertas de raízes e teias de aranha. No alto, viram os galhos de uma figueira agitados pelo vento e, atrás, o céu pálido de um amanhecer romano.

Larita se soltou de Saverio e se agarrou à rocha.

— Nós vamos conseguir... — Estendeu a mão, mas era alto demais. Então tentou se impelir batendo os pés, mas nada. — Se eu tivesse nadadeiras...

Não vai conseguir, pensou Saverio, enquanto ela procurava de novo tomar impulso para a borda do buraco. Este ficava a uns 70 centímetros da superfície da água e não havia onde se segurar no tufo, liso como uma placa de mármore. Nadando com as pernas, Larita jamais chegaria lá.

A jovem estava ofegante.

—Tente você. Eu não consigo.

Saverio impulsionou o tronco, mas assim que moveu a perna soltou um berro desesperado. Uma fisgada de dor, cortante como a lâmina de um bisturi, atravessou a carne da coxa ferida. Ele caiu de volta, sem forças, de boca aberta. Bebeu muita água.

Larita o segurou pelo capuz da túnica, antes que a corrente o levasse. Puxou-o para si.

— O que você tem? O que houve?

Saverio apertava os olhos e se mantinha à tona com dificuldade. Com um fio de voz, sussurrou:

— Acho que estou com uma perna quebrada. Perdi muito sangue.

Ela o abraçou, apoiou a testa contra sua nuca e explodiu em soluços.

— Não... E agora, como faremos?

Saverio sentia o nó do pranto lhe pressionar o esterno. Mas tinha jurado ser homem. Respirou três vezes e disse:

— Espere... Não chore... Tive uma ideia, vamos ver.

— Qual?

— Se eu me firmar contra um lóculo, você sobe nos meus ombros e depois se agarra às paredes do buraco. Chegando lá, é fácil.

— Mas como você vai fazer, com essa perna?
— Usarei só a esquerda.
— Tem certeza?
— Tenho.

Saverio se grudou à parede de tufo. Cada movimento se tornava dificílimo, retardado por um cansaço que ele jamais sentira na vida. Cada célula, tendão, neurônio do seu corpo havia esgotado as forças. Com o sangue, também estavam indo embora suas últimas energias.

Vamos, por favor, não desista, disse a si mesmo, sentindo os olhos cheios de lágrimas.

Com o pé bom, tateou a parede até encontrar um lóculo onde se firmar. Estendeu um braço e se segurou numa pequena excrescência.

— Rápido! Suba em mim.

Larita lhe montou em cima, usando-o como uma escada. Pôs os pés sobre os ombros dele e em seguida um sobre a cabeça.

Para não perder a preensão, Saverio foi obrigado a apoiar a outra perna.

Por favor... Por favor... Seja rápida... Não aguento mais, urrava na água.

Sentiu que em certo momento o peso diminuía. Olhou para cima. Larita havia alcançado o buraco e se escorava nas bordas com as pernas. Com uma das mãos, agarrava uma raiz que brotava da parede.

— Consegui. — Larita estava sem fôlego. — Agora, estique o braço e eu puxo você pra cima.

— Não pode...

— Como assim, não posso?

— A raiz não aguenta... Você vai acabar na água.

— Não. É robusta. Tranquilo. Me dê a mão.

— Vá você. Depois chame o socorro. Eu espero aqui. Vá, ânimo. Não pense em mim.

— Não. Não quero deixá-lo aqui. Se eu for, você não resistirá e será puxado pela corrente.

— Por favor, Larita... Vá... Eu estou morrendo... Não sinto mais as pernas. Não há nada que se possa fazer.

Larita começou a chorar, sacudida pelos soluços.

— Não quero... Não é justo... Não vou largá-lo aí. Você... como se chama? Não sei nem o seu nome...

Saverio mantinha só a boca e o nariz fora da água.

— Mantos. Eu me chamo Mantos.

— Mantos, você me salvou a vida e eu o deixo morrer? Por favor, pelo menos vamos fazer uma tentativa.

— Mas, se não conseguirmos, jure que vai sozinha.

Larita enxugou as lágrimas e acenou que sim.

Mantos fechou os olhos e, com as poucas forças que lhe restavam, deu um impulso e estendeu a mão para a de Larita. Mal a tocou e caiu de volta, de braços abertos, como se tivesse tomado um tiro no peito. Seu corpo afundou, voltou à tona por alguns instantes e depois a corrente o puxou para baixo. Ele não opôs resistência. Foi levado até o fundo.

De início seu corpo não queria ceder, lutava para não se deixar dominar. Depois, vencido, se aquietou e Saverio só sentiu a água que lhe roncava nos ouvidos. Era bonito se deixar ir assim, ser carregado para baixo, no escuro. A água que o estava matando apagava seus últimos ardores de vida.

Que libertação, disse a si mesmo, e depois não pôde mais pensar.

76.

Um pontinho minúsculo mantinha o sol ancorado no horizonte, quando Fabrizio Ciba reabriu os olhos.

Viu uma abóbada de folhas douradas, nuvens de mosquitinhos, borboletas. Ao redor, ecoavam os chamados dos pássaros. E sentia a água escorrendo e gotejando acariciante, como a de uma ducha. Aspirou o odor de terra encharcada. Sobre os ombros, a nuca e os farrapos molhados que vestia, chegava o calor tépido do sol.

Ficou parado, sem pensar em nada. Depois, lentamente, as lembranças da noite anterior, da catacumba, do paredão de água que o sepultara, se coagularam em um pensamento. Um pensamento muito positivo.

Estou vivo.

Essa consciência o embalou, e ele começou a refletir que até aquela experiência horrível iria passar. Com o tempo, perderia dramaticidade e, no arco de alguns meses, seria recordada com um misto de divertimento e pesar. E teria um sentido.

A mente humana funciona assim.

Surpreendeu-se com a própria sabedoria.

Chegara o momento de descobrir onde se encontrava. Erguendo-se sobre os cotovelos, viu que estava deitado num leito de lama e areia que se espalhava entre duas colinazinhas cobertas de árvores. No centro, corria um fio-d'água. Havia ossos por toda parte, sapatos, um capacete de equitação e um grande crocodilo de pernas para o ar, o ventre inchado e branco. As moscas já zumbiam ao redor do bicho.

Levantou-se e se espreguiçou, contente por não ter ferimentos e por se sentir em forma, embora um tanto chumbado. E percebeu estar com fome.

É um bom sinal. Um sinal de vida.

Encaminhou-se na direção do sol. Transpôs o bosquezinho bocejando, mas teve que parar diante de uma visão de tirar o fôlego.

Na vegetação se abria uma fresta. Ao longe viam-se a Olímpica, engarrafada pelo habitual trânsito matutino, os campos de rúgbi desertos da Acqua Acetosa, a curva imóvel e cinzenta do Tibre. Mais ao fundo, o viaduto do Corso Francia coberto de automóveis e a colina Fleming luxuriante de vegetação.

Roma.

Sua cidade. A mais bela e antiga do mundo. Jamais a amara como naquele momento.

Começou a evocar mentalmente um bar, um bar romano, qualquer um. Com o pequeno funcionário de paletó e gravata apoiando os cotovelos no balcão sujo de açúcar. Os *cornetti* de creme. As trouxinhas de maçã. Os *tramezzini*. O ruído dos pires e xícaras jogados na pia. O tilintar das colheres. O *Corriere dello Sport*.

Deixou a colina quase saltando. Se não estava enganado, a saída era naquela direção. Encontrou uma trilha e começou a descer de dois em dois os degraus que, através do bosque, levavam até o lago.

Havia alguma coisa, um objeto estranho, bem no meio da escada. Ele reduziu a marcha. O objeto parecia de metal e tinha rodas. Aproximou-se um pouco mais, até compreender o que era.

Uma cadeira de rodas.

Estava virada de lado. Adiante da cadeira havia um corpo, caído sobre os degraus. Prendendo a respiração, Fabrizio se aproximou.

De início não o reconheceu, mas em seguida viu a cabeça careca, as orelhas de abano. A bolsa fecal da Vuitton.

Passou a mão pelos cabelos. *Meu Deus, é Umberto Cruciani.*

O velho mestre, no chão e sem sua cadeira, parecia um bernardo-eremita arrancado da concha.

Fabrizio não precisou tocá-lo para saber que ele estava morto. Os olhos abertos embaixo das sobrancelhas escuras e espessas. A boca sem dentes escancarada. As mãos crispadas.

Devia ter despencado pela escada.

Fabrizio se inclinou sobre o cadáver do grande escritor e lhe fechou os olhos.

Mais um grande se fora. O autor da *Muralha ocidental* e de *Pão e pregos*, as obras-primas da literatura italiana dos anos 1970, tinha ido embora deixando um mundo mais pobre e triste.

Fabrizio Ciba foi sacudido por um soluço, por outro e mais outro. Em nenhum momento havia chorado durante aquela noite louca, mas agora explodiu em pranto como um menino.

Não chorava de dor, mas de alegria.

Enxugou as lágrimas, acariciou aquele rosto esquelético e, com um golpe, arrancou do pescoço do cadáver o pen drive de 40 Gb.

Sorriu, ainda fungando.

— Obrigado, mestre. Você me salvou.

E o beijou na boca.

77.

Larita havia conseguido emergir do poço. As raízes tinham-na ajudado a escalar até o topo.

Agora caminhava de cabeça baixa através de uma enorme pradaria na qual pastavam tranquilamente gnus, búfalos e cangurus.

Não conseguia tirar da mente a imagem da mão de Mantos que roçava a sua, lhe dava um bilhetinho e desaparecia na água escura.

Puxou do bolso o pedaço de papel todo molhado. Em cima havia um rabisco desbotado, mas ainda legível.

"Para Silvietta."

Quem era Silvietta? E, sobretudo, quem era Mantos?

Um herói surgido do nada que se sacrificara para salvá-la.

Talvez Silvietta fosse sua amada.

A cantora ia abrindo o bilhete, quando ouviu as sirenes da polícia.

Com o pedacinho de papel na mão, começou a correr.

Desjejum com cornetti

78.

Depois de muitas horas de trabalho, os bombeiros tinham conseguido abrir uma brecha no muro externo da Villa. Era mais fácil do que derrubar os portões de aço. Haviam interditado a zona, que ficara lotada de curiosos, carros da polícia, dezenas de ambulâncias, repórteres e fotógrafos. Os convidados iam saindo aos poucos. Muitos mal se aguentavam em pé e eram acolhidos por equipes médicas que os deitavam em macas. Corman Sullivan havia sido envelopado numa câmera hiperbárica inflável. Antonio, o primo de Saverio, com a cabeça enfaixada num enorme turbante de gaze, bebia um chá quente. Paco Jiménez de la Frontera e Milo Serinov falavam ao celular. Cristina Lotto se abraçava ao marido. O Mago Daniel estava de cueca e conversava com o velho Cinelli e com um chinês vestido de acrobata.

Larita abriu caminho entre as pessoas. Seu coração batia forte, as mãos tremiam de emoção.

Uma enfermeira jovem se aproximou dela com um cobertor.

— Venha comigo.

A cantora acenou que estava bem.

— Um instante... Só um instantinho.

Onde ele estava? *E se...* Não quis concluir aquele pensamento triste demais.

Ele não se encontrava em lugar nenhum. Depois, no entanto, Larita percebeu um grupinho de jornalistas que se acotovelavam ao redor de alguém. Fabrizio estava ali, respondendo às perguntas dos entrevistadores. Embora estivesse envolto num cobertor cinza, parecia em excelente forma.

Um peso desapareceu do coração de Larita, que se aproximou para vê-lo melhor.

Nossa Senhora, como ele me atrai.

Por sorte, Ciba não a vira. Ela lhe faria uma surpresa, assim que ele terminasse de falar com os jornalistas.

79.

— E então? Conte... O que aconteceu? — perguntou Rita Baudo, do Tg4.

Fabrizio Ciba havia decidido não falar com a imprensa, ser intratável e inabordável como sempre, mas, ao ver que todos os jornalistas tinham corrido para ele, esquecendo-se dos outros VIPs, não conseguira deixar de afagar o ego. E também, na mão que mantinha dentro do bolso, apertava o pen drive de Cruciani que lhe infundia 40 Gb de força e coragem. Tocou o lóbulo da orelha com a outra mão e exibiu um olhar de sobrevivente.

— Não tenho muito a dizer. Fomos parar na festa de um psicopata megalômano. Esta é a triste parábola de um ser humano arrogante e orgulhoso que acreditou ser um César. Em certo sentido, um herói trágico, uma figura de outros tempos... — Poderia continuar pontificando pelo resto do dia, mas resolveu concluir.

— Logo escreverei a crônica desta noite de horror. — Quando um fotógrafo o enquadrou, deu uma ajeitada no tufo de cabelos rebeldes que lhe caíam sobre os olhos brilhantes.

Mas Rita Baudo não estava satisfeita.

— Como assim? Não pode nos dizer mais nada?

Fabrizio se despediu com a mão, como se dissesse que, embora emocionalmente abalado, tivera a clemência de falar com os repórteres, mas agora precisava de privacidade.

— Desculpem, estou muito cansado.

Nesse momento, com a delicadeza de um jogador de rúgbi, Simona Somaini irrompeu entre os jornalistas.

A loura atriz estava envolta num cobertor microscópico da Cruz Vermelha que lhe descobria estrategicamente as estrepitosas tetas e os mamilos grandes como dedais, velados pelo sutiã todo rasgado, o ventre chato e a tanga igualmente microscópica, suja de lama. A aventura nas catacumbas lhe dera um ar marcado, que a tornava mais humana e ao mesmo tempo ainda mais sexy.

— Fabri! Aí está você! Tive medo de... — fez ela, e o beijou na boca.

O olho verde de Ciba se arregalou e, por um décimo de segundo, expressou uma dúvida. Em seguida se fechou, e os dois se beijaram agarrados, numa profusão de flashes.

A essa altura, o cobertor de Simona lhe caiu aos pés como uma cortina, mostrando seus 100-60-90.

Quando esgotaram o oxigênio, ela apoiou a juba cor de savana no pescoço dele e enxugou os olhos brilhantes voltados para as objetivas.

— Nesta noite terrível, apesar de tudo, descobrimos... — Virou-se para Fabrizio. — Você conta a eles?

Fabrizio arqueou uma sobrancelha, perplexo.

— Contar o quê, Simona?

A atriz ficou atônita mas logo se recuperou, inclinou a cabeça para um lado e sussurrou, embaraçada:

— Ora, vamos contar a eles. Pelo menos desta vez, não vamos nos esconder. Nós também somos seres humanos... Sobretudo hoje. Depois desta aventura terrível.

— Você poderia ser mais clara? — perguntou o jornalista de *Rendez-vous*.

— Bem, não sei se posso dizer.

O repórter de *Festa Italiana* lhe espetou o microfone na cara.

— Por favor, Simona, fale.

Fabrizio compreendeu que a Somaini era um gênio. Apertou ainda mais o pen drive e soube que a amava. Aquele era o golpe de cena final, a digna conclusão que o tornaria o homem mais importante da festa, o mais invejado de todos. Respirou fundo e disse:

— Resolvemos ficar noivos.

Explodiram os aplausos dos jornalistas, dos paramédicos e dos curiosos retidos atrás das barreiras.

Simona esfregou o nariz no pescoço de Ciba, como uma gatinha.

— Serei a Marilyn dele.

Fabrizio pediu um instante de silêncio.

— Eu gostaria de comemorar dando a vocês uma notícia de primeira mão. Finalmente, concluí o meu romance. — E acrescentou: — E não vou publicá-lo pela Martinelli.

Somaini o abraçou com força, levantando a panturrilha e o delicioso tornozelo.

— Meu amor, que notícia! Não vejo a hora de ler o livro. Vai ser uma obra-prima.

Um enorme Porsche Cayenne negro apareceu buzinando. Paolo Bocchi, ainda totalmente congestionado, botou a cabeçorra para fora. No assento do carona, Matteo Saporelli roncava.

— Que festa excepcional! A melhor dos últimos anos! E então, querem carona?

Fabrizio segurou a mão de Simona.

— Sim, para o aeroporto.

— Sem problema! — disse o cirurgião plástico.

— Para onde você vai me levar, amor? — perguntou Simona, toda excitada.

— Para Maiorca.

80.

Larita havia observado a cena até o momento em que os dois se beijaram.

Depois arranjou um agasalho para vestir, escondeu-se embaixo do capuz e conseguiu se afastar daquela barafunda antes que alguém a reconhecesse.

Tinha sido corajosa, não caíra no choro.

Com seu azar de sempre, naquela noite havia conhecido outro babaca. Mas, por sorte, ele sumira de sua existência antes de poder causar danos.

Na mão, trazia o bilhetinho que Mantos lhe dera. Abriu-o, tomando cuidado para não o rasgar. Meio apagado, mas ainda legível, o texto dizia:

> EU ME APAIXONEI
> SEM CONHECER O AMOR
> E PERCO A VIDA
> SEM TÊ-LA CONHECIDO
> EDO, O ZUMBI

Fim

Quarta parte
Quatro anos depois

Chi vince a Merano
Chi cerca il petrolio
Chi dipinge ad olio
... Chi porta gli occhiali
... Chi tutto sommato...
RINO GAETANO, *Il cielo è sempre più blu.*

Depois da terrível noite da festança e da morte de Sasà Chiatti, a Villa Ada havia voltado às mãos da prefeitura. E os romanos tinham recomeçado a frequentá-la como se a época de Chiatti jamais tivesse existido.

De fato, daquela ostentação restara bem pouco. Uma lápide na entrada da Via Panamá com os nomes dos VIPs mortos. Os trilhos do trenzinho já envoltos pelos ramos de hera.

Alguns javalis-africanos e o casal de abutres Gino e Nunzia, gordos como perus, que ciscavam nas cestas de lixo. Os outros animais tinham ido parar nos jardins zoológicos da península.

Quanto ao resto, o local voltara a ser a boa e velha Villa Ada. Imensa, intricada, suja, espinhosa, poeirenta, toca de estrangeiros sem visto de permanência, de cães sem dono e de ratazanas. Os pinheiros seculares, doentes até o cerne, continuavam a cair sobre os transeuntes. Os prados foram de novo invadidos pelo mato. Os lagos, verdes e fétidos, viraram berço de mosquitos da dengue, ratões-d'água e tartarugas aquáticas. Reapareceram os cães sem focinheira, os policiais que flertavam com as domésticas, os ciclistas vestidos como placas refletivas, os tocadores de bongô, os fumantes de maconha, os velhos sentados nos bancos.

Em 29 de abril, porém, exatamente quatro anos após a noite da festa, num daqueles dias romanos ensolarados, mas ainda frios, lá estavam Murder e Silvietta.

Reclinados numa manta escocesa, faziam um piquenique à base de fritada de macarrão, croquetes de arroz recheados e pizza de champignons.

Três anos antes, haviam decidido que aquela data seria dedicada à memória de Mantos e Zumbi.

Não que fizessem muita questão de homenagear seus amigos, mas para eles era ótimo. Davam-se uma folga (tinham aberto em Oriolo uma empresa familiar de tratamento de pisos em terracota), embarcavam no Ford Ka e seguiam para Roma. E, se o tempo estivesse bom, como naquele dia, faziam um piquenique, liam e às vezes até tiravam uma soneca ao ar livre.

E assim recordavam os amigos.

Aquele ano, porém, era especial. Também tinham levado Bruce, o filho de 2 anos que já andava e, se eles não ficassem de olho, partia com aquelas perninhas instáveis até ir parar sabe-se lá onde.

Silvietta ergueu do livro o olhar.

— Ei, vá buscá-lo... — disse ao marido.

Murder se levantou e bocejou.

— Está gostando mesmo desse livro, hein?

— *Uma luz na névoa* é lindo. Não consigo parar. Em minha opinião, é melhor do que *A cova dos leões*. Ciba se tornou um escritor maduro. E, também, estas histórias de camponeses da Baixa Padana são tão comoventes...

Murder deu uma dentada na pizza.

— Como será que ele conheceu essa gente? Sempre viveu em Roma.

— É um gênio. Puro e simples talento. Ainda recordo quando ele declamou o poema na festa. Que pessoa especial! — Silvietta olhou ao redor. — Ânimo, mexa-se. Seja um bom papai. Vá buscar Bruce.

Murder se espreguiçou.

— Tudo bem, minha rainha, vou trazer seu pimpolho.

Deu um beijo nela e saiu na direção dos carrosséis, para onde o menino tinha ido.

Por um instante Silvietta ficou olhando o marido que se afastava. Tinha que consertar sem falta a bainha descosturada dos jeans dele. Em seguida se atirou de novo ao romance. Faltavam menos de cinquenta páginas. Mas, três minutos depois, ouviu que Murder a chamava.

— Amor... Amor... Venha cá, depressa.

Silvietta fechou o livro e o deixou sobre a manta. Encontrou o marido e o garotinho junto de um filhote de pastor alemão. O menino estendia a mãozinha para o animal, que corria ao seu redor balançando a cauda.

Bruce não tinha medo, pelo contrário. Ria às gargalhadas e tentava agarrá-lo.

Silvietta se aproximou do filho.

— Gostou dele, meu amor?

Murder acariciou o cachorrinho e este se jogou de barriga para cima, pronto para uma bela coçada.

— Talvez a gente devesse arranjar um pra ele. Veja só como está se divertindo.

— E, depois, quem o leva lá fora?

Murder deu de ombros.

— Eu. Qual é o problema?

— Não acredito em você. — Silvietta deu um soquinho afetuoso no ombro do marido.

Murder carregou Bruce, que começou a choramingar.

— Bem, vamos comer, senão fica tudo frio.

Quando voltaram, encontraram o piquenique depredado. Alguém tinha levado a sacola com os croquetes, e a fritada também desaparecera.

Murder plantou as mãos nos quadris e abriu as pernas.

— Veja só que filhos da puta! A gente não pode se afastar um instantinho...

Silvietta apanhou a bolsa.

— Mas o dinheiro eles não levaram.

Murder apontou um croquete espapaçado embaixo de uma moita de louro.

Em silêncio, tentando não fazer barulho, marido e mulher se aproximaram. De início não viram nada, mas em seguida perceberam que sob os ramos estava agachado um homem vestido num velho macacão esfarrapado e exibindo na cabeça um estranho adereço, feito de penas de pombo e garrafinhas de Coca-Cola. Estava se empanturrando com o piquenique deles.

— Ei! Você aí! Ladrão! — gritou Murder. — Devolva minha fritada!

Apanhado em flagrante, o homem se apavorou e deu um salto. Por um instante, menos de um instante, se voltou e olhou para eles. Depois pegou no chão a fritada e, claudicando, desapareceu vegetação adentro.

Os dois ficaram ali, petrificados.

Silvietta cobriu a boca com a mão.

— Não me diga que era...

Murder fitava a moita. Finalmente engoliu em seco e olhou sua mulher.

— Não. Não vou dizer.

E cá estamos, nos agradecimentos.

Em primeiro lugar, devo agradecer a Antonio Manzini. Obrigado, meu amigo. Sem sua tagarelice extravagante, suas invenções, seu estímulo, esta história jamais existiria. Também agradeço a Lorenza, que enxerga mais longe do que eu, e à minha maravilhosa família. Um obrigado especial vai para Vereno, Marino, Massimo e Sauro, por terem me construído o melhor refúgio do mundo, e para Marco, o diretor de orquestra de uma pequena loucura. E também para Severino Cesari e Paolo Repetti, Antonio Franchini, Kylee Doust e Francesca Infascelli, que me apoiaram quando eu nadava contra a corrente.

Ah, pois é, como posso me esquecer de Nnn... nnn... nnn... ntwinki e Nicaredda, silenciosas e atentas companheiras de vida.

Obviamente, este romance é fruto da minha fantasia e de sonhos turbulentos. Se encontrarem aqui coisas e fatos semelhantes à realidade, problema de vocês. Para a história da Villa Ada e das Olimpíadas, no entanto, saqueei a Wikipedia e outros sites. Devo dizer uma última coisa. A Villa Ada está numa situação de terrível degradação. Um dos últimos pulmões verdes de uma metrópole asfixiada pelo *smog* e ensurdecida pelo barulho está prestes a morrer. Se as instituições não tomarem providências urgentes, para cuidar dos pinheiros doentes (cuidar não significa decapitar), recuperar os lagos e reconstruir estruturas decrépitas, perderemos mais um pedaço desta velha e cansada cidade que é Roma.

Até a próxima.

Nenhum animal sofreu maus-tratos nem foi ferido durante a redação deste romance.

Impresso no Brasil pelo
Sistema Cameron da Divisão Gráfica da
DISTRIBUIDORA RECORD DE SERVIÇOS DE IMPRENSA S.A.
Rua Argentina 171 – Rio de Janeiro, RJ – 20921-380 – Tel.: 2585-2000